書下ろし

扼《やく》殺《さつ》

善福寺川スチュワーデス殺人事件の闇

橘かがり

祥伝社文庫

目次

序章

一九五九年三月

一人の農婦が善福寺《ぜんぷくじ》川沿いの土手を歩いていた。三月はじめの朝は空気がぴんと張りつめていて、刺すように肌寒い。農婦は薄曇りの空を見上げて、ぶるっと身震いした。数日前に降った雨のせいで道はぬかるんでいて、歩きにくい。足をとられないように気をつけながら川沿いの道を歩いて行った。

川は善福寺池に源を発し、杉並《すぎなみ》区を北西から南東に貫くように流れ、中野富士見《なかのふじみ》町付近で神田《かんだ》川に合流する。低い住宅地を流れ、古くから氾濫《はんらん》する川として知られている。ふだんは水が枯渇《こかつ》しそうなほど浅いのに、大雨になると一気に水量が増し、周辺住民をひやりとさせるのだった。

善福寺川の周辺駅の荻窪《おぎくぼ》や高井戸《たかいど》には宅地化の波が押し寄せ、最近では急速に開発が進んでいる。けれど農婦が歩いている川沿いはその中間地点に位置していて、開発からすっかり取り残されていた。荻窪と高井戸を結ぶ道路が善福寺川を横切り、バスやタクシーが走っているが、それもまばらで、夕刻を過ぎるとあたりは静まり返った。早朝や夜には、道行く人もほとんどいない。

川沿いには鬱蒼《うつそう》とした雑木林が広がり、藁葺《わらぶ》き屋根の古い家が連なっている。付近には赤土の上にできた畑が点在している。農婦の家の所有する畑もこのそばにあり、農婦は早い朝食を終えて畑の水やりに出かけるところだった。

ようやく長い冬があけたとはいうものの、下草はまだ短く、ナラやクヌギの木々もようやく葉をつけはじめたばかりで裸木に近い。むき出しになった樹皮は暗い灰褐《はいかっしょく》色で、縦に割れ目ができている。細く伸びた枝に、カラスが数羽とまって甲高《かんだか》い声を上げている。カラスの鳴き声や犬の吠える声以外には、ほとんど物音も聞こえない。

折しも一ヵ月後に皇太子と美智子《みちこ》さんの婚礼の儀が迫っていて、日本中がミッチー・ブームに浮かれていた。美智子さんがテニスをする際に着ていた白のVネックセーターや、髪に巻いていたヘアバンド、ペンダントやストールなどが、ミッチースタイルと呼ばれ大流行している。もうすぐ十八になる農婦の末娘までもが、髪型を真似《まね》てヘアバンドをつけてはしゃいでいた。女の子が生まれたなら美智子と名づけるなどと言っている。ずいぶん時代は変わったものだと農婦は思う。

庶民の生活はまったく変わりばえしないが、それでも岩戸《いわと》景気と呼ばれる好景気とご成婚によって、町中がどことなく活気を帯び、人々は浮き足立っている。良い時代になったのだろうか。

　農婦はふと川に目をやった。善福寺川の川幅は七、八メートルほどで、水深は浅い。水はたいそう汚れて黒ずんでいて、泡の浮いた澱《よど》みを帯びてゆっくり流れている。木の枝や棒切れだけではなく、長靴や下駄まで浮かんでいた。

　黒ずんだ流れにはそぐわない可憐《かれん》なシロツメクサが川べりに咲いていて、そこだけが少し春めいて見える。もうしばらくしたら、スミレやタンポポも咲き始め、あたり一面を覆《おお》うのだろう。曇り空の間から差す淡い光が川面《かわも》を照らし、一瞬きらりと反射した。そのときだった、農婦が水面に浮かぶ奇妙なものに気づいたのは。

　仰向けになったマネキン人形が川の中央に横たわっている。人形は厚手のスーツを着ていた。川が浅いので隠れるところなく全身が見えていて、それに沿って水が迂回《うかい》し、もつれるように水流が乱れている。農婦が更《さら》に近づいてみると、陽光を遮《さえぎ》るように片手を額《ひたい》に当てて、もう一方の手を胸に置いている姿が目に入った。

　人形なんかではない。まぎれもなく、若い女だ。

　それが息絶えた命だと判断するのを、拒《こば》みたい気持ちがあった。死んでいるのではない、ただ眠っているだけなのだと。だが開かれた瞳《ひとみ》はまばたきもせず、手足は強張《こわば》りピクリともしない。息をしている気配は、まったく見られなかった。

　農婦の膝《ひざ》がガクガクとふるえはじめた。全身から力が抜けてその場にしゃがみこんだ。

しばらく目をつぶったが、勇気を出してもう一度目を開けた。

女のブラウスが少しめくれて、スカートからは白いスリップが見えているが、服装は良家の子女らしく、きちんと整っている。唇が薄く開いて、笑っているようにも見えた。手足が華奢《きやしや》でほっそりとした身体つき、色白で頰《ほお》はふっくらしている。

自殺だろうか。こんな若くて美しい娘が、一体どうして。つい最近まで瑞々《みずみず》しい力が漲《みなぎ》っていただろう肉体が、打ち捨てられている姿は痛々しいばかりだった。

農婦はしばらく呆然《ぼうぜん》としていたが、ようやく立ち上がると、橋を渡って一番近くの農家に駆け込んだ。

「お、おまわりさんを、呼んで下さい。お、女の人が、川で死んでいます」

あらん限りの力をふりしぼって、大声で叫んだ。農婦の叫びに呼応するように、鎖につながれた飼い犬が低い唸《うな》り声をあげた。

苑子《そのこ》　一九五九年三月

第一章　花落ちる館

苑子《そのこ》は鏡台の前に座るといつもより入念に化粧をした。苑子が使っている化粧品はロンドンで購入してきたものばかりだ。日本人の肌にあった国産の化粧品も悪くはないけれど、発色の点でやはり少し劣るように感じる。このファウンデーションは、長時間つけていても肌がくすまない。口紅も発色が良く、落ちにくく艶《つや》が出る。さすが舶来ものは違う。

化粧水をたっぷりつけて軽くマッサージをしてから下地をつける。ファウンデーションを乗せると、肌にすぐになじみ、顔色がぱっと明るく見える。眉《まゆ》を描き、アイラインを引いてから唇に紅をさす。いつもより少し濃いローズピンクの口紅は、苑子を意志的な女性に見せるようだった。

神父から速達が届いてからというもの、苑子はずっと落ち着かないでいる。神父から今までも時々手紙は受け取っていた。しかし速達というのははじめてだった。

「速達が届いていたわよ。どなたからなの」

叔母《おば》にそう言われ、苑子は封筒を受け取った。茶封筒には速達と書かれていたが、中には紙切れ一枚しか入っていないようで、やけに軽い。それが却《かえ》って深刻さを物語っているようで、苑子は叔母の問いかけにも答えず、二階の自室に駆け上がると、コートも脱がずにあわてて封を切った。

——ソノコさん、このまえはなしたことはカイケツしました。もう、ダイジョウブ。アンシンしてください。ただヒトツ、オネガイがあります。ユウジンが、アナタにぜひアイタイといっています。アナタがチョクセツはなしてくれたら、カレもきっとあきらめることでしょう。できるだけキレイにしてきてください、いつものように。

3ガツ8ニチ　ゴゴ5ジ　シンガッコウよこのあきちで、おまちしています。

しんあいなるソノコさんへ

神父はよほど急いでいたのだろうか、文字がいつもより乱れている。日本語は難しいといって四苦八苦しているのはよく知っている。それにしても、いつにも増してぞんざいな気がしてならない。最寄り駅から待ち合わせ場所への簡単な地図も同封されていた。

この前話したこと……それは神父が会計担当の仕事で偶然知り合ったという貿易商からの依頼についてだった。大変世話になり、恩人とも言うべき人だということで、神父は焦《あせ》っていた。苑子の前でぐっしょり汗をかき、必死の形相《ぎょうそう》で頼みこんだのだった。

愛する神父の頼みとあれば、苑子は何としても叶えたいと思ったし、今までもずっとそうしてきた。ただ今回だけはわけが違った。神父の依頼を聞いて、苑子は絶句した。あやうくその場で失神しそうになった。神父は気が違ってしまったのではないかとさえ、苑子には思えたのだ。

――我々の仕事は香港《ホンコン》からあらゆる品を運んでいる。時計も貴金属もそうだ。そのような品を確実に迅速に運んで来るためには、伝書使が必要だ。君のいとしい苑子がいれば、我々の仕事はうまくいく。その仕事を手伝ってもらえるという思惑があったからこそ、君の恋人苑子のスチュワーデス試験合格のために、散々骨を折ったというわけだ。

貿易商の男は、神父の前で厳然とそう言ったという。

「神父さま。私に、密輸を手伝えと、そう仰《おつしや》るのですか？」

きっと否定してくれるだろうと思った。けれど苑子が尋ねると、神父は力なく頷《うなず》いて、顔を覆った。そして苑子に哀願したのだった。

「苑子、オ願イデス。私ノ頼ミヲ聞イテクダサイ。ソウシタラ、私タチモ、イッカ一緒ニ暮ラセルカモシレマセン」

確かに苑子は神父と一緒に暮らしたいと切望していた。聖職者の彼との結婚など、はなから諦《あきら》めている。ちゃんとした夫婦になれるなどとは、毛頭考えていない。ただ、そばで暮らすことができれば良い、苑子の望みはそれだけだ。

難関のスチュワーデス試験に苑子が合格できたのは、奇跡のように感じられた。他の受験者に比べて苑子は、身長もやや低めだった。何より語学力があまり高くなかった。それでも合格できたのは、確かに奇異に思えなくもなかった。叔父《おじ》さんがＢＡＣ（英国アジア航空会社）東京支社の営業部長だったことが、理由なのだろう。苑子はずっとそう解釈してきた。叔父さんに頼み込んだこともなかったが、審査の段階で、もしかすると有利に働いたのかもしれない。そんな風に漠然と考えていた。

まさかそこに神父の恩人の思惑が絡んでいたなんて。本当なのだろうか。苑子は言葉を失う。

熱心に受験を勧めたのは、確かに神父だった。英語力に自信がない苑子がいくら躊躇《ちゅうちょ》しても、何度も説得して受験させようとしたのは、神父に他ならなかった。裏でそんな画策が進められていようとは、思いもしなかった。

「苑子ノ願イハ何デモカナエル、ダカラ、今回ダケハ、私ノ願イヲ聞イテホシイノデス」

正義感の強い苑子の性格を知りながら、こんな依頼をする神父が、情けなくてならない。

神父の人間性を疑ったことは一度としてない。けれど彼には確かに弱いところがある。人から頼まれると、嫌とは言えないのだ。苑子以外の女性にも、ついにこやかに応じてしまう。ほかの女性にも親しげな素振りを見せる神父を、苑子がなじったことは一度や二度ではない。

要するに神父は優しすぎるのだ。今度もおそらく貿易商の頼みを、きちんと断ることができなかったのだろう。聖職者でありながら、何ということだろう。今度という今度は、神父の意志薄弱に腹が立ってならない。

——できるだけキレイにしてきてください。

この一文は何を意味するのだろうか。カイケツしました、と書かれたすぐあとに、カレもきっとあきらめることでしょう、そう書かれている。ということは、貿易商はまだ諦めていないということなのか。やれやれと苑子は思う。

優柔不断な神父には、問題を解決できないのだ。自分が出て行くことで解決になるのなら、仕方あるまいと苑子は観念していた。男性の心を和《なご》ませることには、少なからず自信がある。苑子の言うことを、たいがいの男性はちゃんと聞いてくれる。神父が言えないのなら、苑子が面と向かって、はっきり断ってやらなければと思う。

スチュワーデスの仕事に就けたのはむろん望外の喜びだった。けれど神父との関係の方が、苑子にはずっと大切だ。スチュワーデスの仕事など、明日にでも手放したってかまわない。

けれど神父は違う。聖職者の地位と名誉を手放すことができないのだ。男はいつだって、世間体や名誉を大切にする。女はいつだってそんな男の身勝手に泣かされてきた。やんちゃな息子がしでかした、喧嘩《けんか》の後始末をする母親の心境に、苑子はいつしかなっていた。


いつもよりたっぷり時間をかけて化粧をしてから、苑子はクローゼットの前で考え込んだ。まだ風も冷たく、本格的な春には遠いが、春を予感させる明るいピンクのスーツを着て行こうか。それともいつも似合うと誉《ほ》められるグリーンのスーツにしようか。姿見の前に立って合わせてみる。ピンクのスーツは優しい雰囲気をかもし出すが、グリーンのスーツの方がきりっとして見える。深めの口紅の色には、グリーンが似合うように思えた。

やはり今日はグリーンにしよう。そう決めてから、苑子は清潔感のする白い下着を身に着けた。白い下着は気持ちを引き締めてくれる。面接試験のときにも、この下着を身に着けて行った。スタイルを少しでもよく見せようと、少しきつめのコルセットに身を包んだ。それからガーターベルトにストッキングを留める。

「戦後、靴下と女性は強くなった」とはしきりに言われる表現だが、最近のストッキングは確かに丈夫になったと思う。伸縮性もあり履《は》き心地もしなやかで、なおかつ破れにくい。

ストッキングがガーターに留まったことを確認してから、スリップを身につけスーツに袖《そで》を通す。姿見に映る自分の姿に少しだけうっとりする。鮮やかな口紅にグリーンが何と映えることだろう。

スーツの上には同系統のダークグリーンのコートをはおった。これでどこから見ても完璧だ。時刻を確かめると、そろそろ出かけなければならない時間になっていた。苑子はハンドバッグを持って、急いで階段を駆け下りた。玄関でパンプスを履いていると、台所から叔母が顔を出し、眩《まぶ》しそうな視線を投げた。

「まぁおしゃれして、今からお出かけ？　すてきなスーツね。その口紅の色もとてもきれい。よく似合うわ」

「今夜は少し遅くなります。夕飯は要《い》りません。外で食べてまいります」

「何時ごろになりそうなの？」

叔母が少し心配そうな表情をする。

「そんなに遅くならないと思いますけれど。外から電話しますわ。いつもすみません」

そう言って苑子は小さく頭を下げた。自分はもう立派な大人なのだから、謝る必要などないのだ。けれど神父との逢引《あいびき》のために出かける時には、いつもほんの少し叔母に申し訳ない気持ちがする。だからこそ、早くこの下宿を出たいと願っているのだ。

「わかったわ。気をつけて行ってらっしゃい」

叔母はいつもと変わらぬ笑みを湛《たた》えて、苑子を送り出してくれた。これから誰と会うのか、何のために出かけるのか知ったなら、腰を抜かしてしまうだろう。あれやこれやと詮《せん》索《さく》しない叔母に感謝の気持ちが湧《わ》く。同時にかすかな罪悪感も覚える。しかしもう後戻りはできない。


商店街を早足で歩いていると、タバコ屋の老婆と目があった。

「おや、スチュワーデスのお嬢さん、今日はいつにもましてきれいだねぇ。そんなに急いで、いったいどこにお出かけだね」

「ありがとうございます。ちょっと急ぎの用ができまして」

苑子は軽く頭を下げた。老婆は目を細めて苑子の姿をしげしげと眺《なが》めている。下宿から電話をかけにくいときには、この店の公衆電話を使わせてもらうことが多かった。ここから神父に電話をかけたことが何度かあった。もしかすると会話を聞かれていたのかも知れない。苑子は急に恥ずかしくなった。

新米スチュワーデスが商店街のそばに住んでいると、町内でちょっとした噂《うわさ》になっていたらしい。世界に羽ばたくスチュワーデスという仕事は、セクレタリー、スターと並んで、女性たちの間で「3S」などと呼ばれて、羨望《せんぼう》のまなざしで見られている。じろじろ見られることにはもう慣れっこになっていたが、今日はいつもより更に多くの視線を感じる。道行く人がちらちらと苑子の方を振り向くのだ。そんなに化粧が濃かったかしら。コートが派手だったかしら。苑子は下を向いて、駅まで小走りで向かった。

三日ほど前に駅前に開店したスーパーマーケットの前に人だかりができていた。上空には赤と白で彩られたアドバルーンが二つ浮かんでいる。昨日は派手な衣装に白い化粧を施したちんどん屋さんが、商店街を練り歩いていたらしい。豆腐屋の店員が通りに出て、スーパーの人だかりを心配そうに眺めている。

人をかき分けるようにして、ようやく私鉄の駅に到着すると苑子はほっとした。切符を切る若い駅員が、苑子を眩しそうに見て、顔を赤らめた。駅の時計は四時半を指している。神父との待ち合わせまであと三十分だが、歩く時間を入れても何とか間に合いそうだった。

階段をのぼると下り電車がちょうどホームに滑り込んで来た。駅のそばにある大学の学生たちが、ホームで何やら楽しそうに騒いでいる。その一群をかきわけるようにして、苑子はようやく電車に乗りこみ、隅の席に腰掛けた。ヒールの高い靴で小走りでやって来たので、少し足の裏が痛んだ。

目の前に小さな男の子を連れた母親が座っている。苑子と同じ年頃だろうか、育児に疲れたのか化粧っけもなく、髪をひっつめにしている。男の子が窓の外を見たいと言うので、慌《あわ》てて靴を脱がせてやっている。窓の外には次第に家並みが少なくなり、畑や林などの見慣れた田園風景が広がり始めた。早春の夕暮れ時ののどかな景色だ。夕焼けに染まる空の下、絵のような景色だと苑子は思った。

麦畑の間を流れている一筋の細い水脈が車窓に映ると、男の子が甲高《かんだか》い叫びを上げた。

「おかあさん、見て、川だよ、川。何ていう名前の川なの」

「ぜんぷくじがわ、という名前よ」

「ぜんぷくじ？　お魚はいるの？」

「さぁ、濁った浅い川だし、お魚はいないのじゃないかしら」

「じゃ、おたまじゃくしはいる？」

男の子はますます興奮して大きな声で質問を続けた。

若い母親は唇に人差し指を当てて「しっ」と叱《しか》った。男の子は母親の注意などお構いなしに、はしゃぎ続けている。その光景を苑子は複雑な思いで眺めていた。

本来なら自分も、子どもの一人や二人、育てている年齢だった。普通の女の幸せとは、何と遠いところに来てしまったのだろう。でも悔いはない。この恋のために、一生をかけても良いと思える人に出会ったのだから。普通の女の幸せなど、苑子にはもう関係ない。

地図を見ながら、待ち合わせの空き地にようやく到着したのが、五時五分前だった。いつも神父は時間に正確で、苑子より前に到着していることも多かったが、今日はどうやら苑子が先に着いたようだ。周りには雑木林が広がっていて、道行く人もなく、カラスの鳴き声だけが響いている。少し薄気味悪いようなところだった。あと一時間もしたなら真っ暗な闇に沈むのだろう。ぬかるみに足をとられ、よそゆきのパンプスを泥で汚してしまった。

どうしてこんな場所で待ち合わせをしたのだろう。苑子は訝《いぶか》った。しかも今日に限って五分たっても十分たっても、いっこうに神父は現われない。連絡をしたくても、そばに公衆電話などありそうにない。だんだん心細さが募ってきた。

場所を間違えたのかしら、どうしよう……。そう思った時だった。遠くから車の音が聞こえたかと思うと、慣れ親しんだ白いルノーが近づき、目の前に止まった。ルノーの車体には、点々と黒い泥がとんでいる。

「ずいぶんお待ちしましたわ。待ち合わせ場所を間違えたかと心配になりました」

助手席に乗り込み、苑子が口を尖《とが》らせると、神父は苑子の方を見ずに呟《つぶや》いた。

「ゴメンナサイ、コレデモ、ズイブン、急イデ来タノデス。苑子ニ会イタクテ、ヌケテ来タノデス。スグニマタ、友人ヲ迎エニ戻ラナクテハナリマセン。知リ合イノ家ニ送リマスカラ、待ッテイテクダサイ」

「えっ、知らない方の家で、一人で待つなんていやだわ」

「ダイジョウブ、信用デキル方ノ家デス。私ハ、スグ戻リマスカラ、オトナシク、待ッテイテクダサイ」

「貿易商の方はそこに見えるの？」

「ハイ、スグニ、彼ヲツレテ、戻リマス」

「心細いわ。長く待たされるのは嫌よ。早く戻ってね。お願いね」

神父は何も答えず、苑子の方も見ず、ただ前だけを見つめて、舗装されていない道をガタガタ言わせながらルノーを走らせた。焦っているのか、いつもより運転が荒い。

十五分ほど車を走らせて、ふいに急停車したかと思うと、少しバックして、ようやくルノーを停めた。

「ココデス、コノ家デス」

神父の指差す方向には、高い塀を廻《めぐ》らした赤い屋根の大きな三階建ての家が建っていた。人通りが少なく、しんと静まり返った夕闇に、赤い屋根だけが浮き上がって見える。

「苑子ノタメニ、オイシイモノヲ準備シテクレテイルハズデス。先ニ食ベテイテクダサイ。本当ニ、スグ戻リマスカラ、少シノ辛抱デス」

「一人で待たなくてはいけないの。いやだわ、こんな寂しい場所で。神父さまも一緒にいてくださらないなら、私帰るわ。何だか恐ろしいもの」

苑子が渋ると、神父は苑子の腕をつかんだ。その力が思いがけず強かったので、苑子はぎょっとした。

「今サラ何ヲ言ウンデス、友ダチヲツレテクル約束デショウ。友ダチモ楽シミニシテイマス。少シダケ待ッテイテクダサイ、スグニ戻リマス……」

仕方なく苑子は車外に出た。人の気配のほとんど感じられないような寂しい場所で、一人で帰ることもできないように思えた。冷たい風が吹き抜け、苑子は思わずぶるりと身震いをした。不安そうに佇《たたず》んでいると、神父は苑子の目を見つめて静かに言った。

「明日カラ、ココデ苑子ト暮ラシマス。ソノタメノ、準備ヲシテイルノデス」

「えっ、そうなの。そんなつもりだったのですか。本当に？」

苑子が驚いて声をあげると、神父は頷《うなず》いた。

「私ヲ信ジテクダサイ。ダカラ少シノ辛抱、少シダケ、待ッテイテクダサイ」

神父はようやくいつもの笑顔を見せた。

「それを早く言ってくだされればいいのに。でも困ったわ。叔母さんに何も言わずに出てきてしまったし。服や化粧品や洗面道具も、全部おいてきてしまったわ。叔母さんに電話をしなくては」

「マダダメデス」

神父はあわてて苑子の言葉を遮り、制止した。

「コレカラノ事ハ、後デ、ユックリ相談シマショウ。苑子ノ願イヲ、全部カナエマスカラ、安心シテ待ッテイテ……」

神父は苑子の掌《てのひら》を強く握った。風も冷たいというのに、神父の掌は汗でにじんでいた。おまけに額にも汗がにじみ、肩で荒い息遣いをしている。

「神父さま、どうしました？　ご気分が悪いの？　大丈夫ですか」

「何モ、心配ハ要リマセン、ダイジョウブ、ダイジョウブデスヨ」

神父はそう言うと、苑子を強く抱きしめた。心臓の鼓動がやけに速い。

その家は何とも奇妙な住まいだった。百坪近くはあるだろうか、家の周りに張りめぐらされた塀には、鉄条網が施されていた。ほとんど手入れのされていない雑草の生い茂る庭を、神父の後をついて苑子はゆっくり歩いて行った。用心深く歩かないと、ぬかるみに足をとられそうだった。神父が玄関の前に立つと、重い扉が開かれて、長い髪を結ったほっそりした色白の女が、身体を折り曲げるように恭《うやうや》しく挨拶《あいさつ》して、苑子を出迎えた。

「いらっしゃいませ。お待ちしておりました。ようこそおいでくださいました」

その態度はあまりに礼儀正しく丁寧《ていねい》すぎて、慇懃《いんぎん》無礼《ぶれい》としか思えない。年の頃は四十半《なか》ばだろうか、グレーのセーターと黒のスカートという地味な服装をしていても、整った顔立ちから華やかさがこぼれている。同僚の美しい女は見慣れているが、この女の美貌はそれとは少し異質の、翳《かげ》りを帯びた艶《なまめ》かしい美しさだった。

神父は苑子を玄関先まで送り届けると、そのまま急いで出て行ってしまった。一人残された苑子が、心細そうに玄関で立ち尽くしていると、女はぎこちない笑みを浮かべて言った。

「家のあるじがじきに戻りますので、二階の和室でお待ち下さい。お食事はお部屋まで持参致します。どうかゆっくりおくつろぎ下さい」

家の外観は洋風だが、一歩中に入ると大広間が幾つか連なり、まるで旅館か何かのようだった。女に案内されたのは、こざっぱりした八畳の和室だった。

床の間には赤い椿《つばき》が一輪活けられている。軸も掛けられていて、楷書で「幾片落花随水去」と記されていた。椿も軸も美しく端正な佇まいだが、なぜか淋《さび》しい印象を受ける。

畳には炉も切られていて、どうやらこの家の主は、茶をたしなむ人らしい。苑子の母も長く茶をたしなんでいて、学生時代に苑子も母から少しの間、指導を受けたことがある。この家の主人が茶人だということに、苑子は少しだけ安堵《あんど》を覚えた。

それにしても静まりかえったような、生活臭のしない家だった。先ほどの女性は、家の手伝いなのだろうか。この広い家で、主人と二人で暮らしているのだろうか。

もしかすると彼女も苑子と同様に、日陰の身の上なのではないか。そう思いはじめると、それ以外には考えられなくなってくる。

「幾片の落花、水に随《シタガ》って去る」

軸に記された禅語の意味を、苑子は思い巡らした。一輪の赤い椿が、先ほどの女性の身の上と重なるようにも思えた。

部屋を見回すと床の間とは反対側に、飾り棚がしつらえられており、そこに何かが飾っである。奇妙な違和感を覚えて近づいてみると、黒光りする鞘《さや》に収まった二本の刀剣が、刀掛けに飾られてあるのだった。茶室に刀剣を飾るなんて……。苑子はぎょっとした。本物かどうかはわからない。しかしその刀からは、禍々《まがまが》しい気配が放たれているように感じて背筋が凍る。

この家の主は、いったい何を生業《なりわい》としているのだろうか。本性を見せられたようで、空恐ろしくもなる。なぜ神父はこの家で暮らそうなどと言い出したのだろうか。この家に漂う不穏な空気に、どうして気づかないのだろうか。

しばらくすると階下で人の気配がした。

「大変お待たせしました」

そう言うと襖《ふすま》が開いて、先ほどの女が、黒塗りの盆に料理を載せて運んできた。器といい、料理といい、まるで高級料亭で出される会席料理のようで、苑子は再びあっけにとられた。この家では何もかもひどくちぐはぐに感じられる。

「貴女がお一人で作られたのですか」

女は再びぎこちない笑顔を浮かべて気恥ずかしそうに言った。

「以前、料理屋に勤めておりましたので」

「それでこんな見事なお料理を作られるのですか」

「お口に合うかどうかわかりませんが、どうぞ召し上がって下さいませ」

女は再び恭しくお辞儀をすると、さっと退室しようとする。女の背中は苑子からの質問を拒《こば》んでいるかのようだ。

「ちょっと待って。この家のご主人は、いったいいつ頃戻られるのですか。神父さまからは何かご連絡はないのでしょうか」

「あるじはもうすぐ戻ります。神父さまからはお電話はないですが、じきに戻られます」

女は立ち止まって振り向き、まじまじと苑子の顔を見つめた。

「そんなにご心配ですか。私の言うことが信用できませんか」

声には苛立《いらだ》ちが滲《にじ》んでいるようだった。

「いえ、そういうわけではないのですが。いつまで待てば良いのかと不審に感じまして」

「私からはこれ以上申し上げられません。もうしばらくお待ち下さいませ」

そう言うと女はさっさと階下へ降りて行ってしまった。

がらんとした和室に一人残された苑子は、仕方なく料理に手をつけることにした。目の前に並べられた料理を見ていると、空腹であることに気づいた。思えば昼から何も食べていなかった。見知らぬ人の家でたった一人食事をするなんて初めてだった。

まさか毒が入っているわけではないだろうが、恐る恐る箸《はし》をつけると、予想以上に美味《おい》しい。特に中華風の野菜の煮物は、素人とは思えない味付けだった。料理屋勤めの経験があるというのは、あながち嘘《うそ》でもないのかもしれない。

料理を平らげてしばらくすると、階下で電話の鳴る音がした。広い家に響き渡るような音で、苑子はぎくりとした。神父からの電話だ、そうに違いない。そっと立ち上がり、階下に耳を澄《す》ますと、女のかぼそく囁《ささや》くような声が聞こえるが、何を言っているのかわからない。すぐに電話は切れたようだった。

再び静寂が訪れた。夜はますます更けて、戸外の冷気が和室にも染渡るようで、苑子は思わず身震いをした。満腹になってみると、急に強い眠気に襲われた。苑子は壁にもたれかかったまま、うつらうつらしてしまった。

どれくらいたっただろうか。玄関の扉が開く音がして苑子は目覚めた。神父かもしれない。階下に降りようとあわてて襖をあけると、押し殺したような低い男の声がした。しわがれた野太い声で、聞き覚えのない声だった。

「もう始末はついたのか」

「しっ。聞こえますよ」

女は声をひそめて言った。

「それがまだお二人とも、お戻りにならないのです」

「何もたもたしているんだ、とっととやってしまえばいいのに」

男の舌打ちする音が聞こえた。

始末はついたか……確かに男はそう言った。とっととやってしまえばいい？

もしかして。背中に冷たい氷の柱を入れられたような気がした。

もしや神父は、苑子を葬るつもりなのか。人の気配もない、こんな淋しい一軒家で殺されても、おそらく誰にも気づかれはしない。死体を庭に埋めてしまったなら、半永久的に誰にも見つからない可能性だってある。ましてや苑子は、行く先も告げずに出かけてしまったのだ。

まさか。苑子は疑念を打ち消した。あの神父に限って、そんな惨《むご》いことを計画するとは到底思えない。いや、しかし。気が弱く優柔不断の神父は、悪い人たちに騙《だま》され、唆《そそのか》されているのかも知れない。この家の住人も、貿易商と同じ、悪の一味なのだろうか。確かにただならぬ殺気のようなものが、この家には漂っている。

逃げなくては。逃げて誰かに助けを求めなくては。

苑子は転げるように階下に駆け下りて、玄関で靴を探したが、パンプスが見当たらない。裸足のまま外に出ようとすると、扉が開かない。外から錠がかかっているのだろうか。

　そのとき、いきなり強い力で腕を摑《つか》まれた。振り向くとあの女が、鋭い目つきで苑子を睨《にら》んでいる。華奢な身体からは想像もつかないほど強い力だった。

「どこに行かれるおつもりですか。神父さまはもうすぐお帰りです。今しがた神父さまからお電話があり、いまこちらに向かっていらっしゃるところだそうです」

「私の靴を隠したのね。早くここから出してちょうだい」

　苑子は女を睨みつけた。

「神父さまが帰られるまで、お帰しするわけにはまいりません」

　女が強い口調で言う。しばらく言い争っていると、戸外で車両が近づく音がした。

「ほら、お帰りになりました。私の言ったとおりでしょう」

　女は皮肉っぽい笑みを浮かべて、ようやく苑子の腕を放した。

　すぐに足音が近づき、鍵をガチャガチャさせる音が響いたかと思うと、玄関の扉があいて神父が現われた。ひどく顔色が悪い。後ろには、長身の神父より更に十センチほど背の高い、恰幅《かっぷく》の良い赤毛の男が、影のようにはりついている。

「神父さま、助けて、ここから出して！」

苑子が神父にしがみついて叫ぶと、影のような赤毛の男が、ぬうっと顔を出した。

「ハジメマシテ。苑子サン、ズイブンオ待タセシテ、スミマセンデシタ。オヤ、ドウシマシタ、オ顔ガマッ青デスヨ」

赤毛の男は、低い声で押し殺すように笑うと、まず苑子の顔をじっと見て、身体に視線を移した。首から胸、腰から足と、苑子の身体を舐《な》めまわすように見た。獲物を見つけた猛禽類《もうきんるい》のまなざしだった。

何て薄気味悪く失礼な男だろう。神父はこんな男の言いなりになっているのだろうか。苑子は怒りでいっぱいになる。助けを求めるように神父の目を見ると、空を映して青く輝いていた瞳は、洞穴のように真っ暗で光を失っていた。

神父はこんな薄気味悪い男に、魂《たましい》を売り渡してしまったのか。ここにいる男は、もはや苑子の知る神父ではない。キリストは時に人の姿をしてこの世に現われるという。そして悪魔も、人の姿をして現われるという。

「苑子、オ待タセシマシタネ。モウダイジョウブ、何モコワイコト、アリマセン。私ガイルカラ、ダイジョウブ」

神父が、苑子の耳元で囁いた。声だけはいつもと変わらぬ、優しく甘い声だった。しかしその瞳には、もはや何も映ってはいない。

そのとき闇夜をつんざくように、オートバイの一群が道路を疾走するけたたましい音が鳴り響いた。悪名高いカミナリ族だ。彼らがこの怪しい邸宅を囲んで、苑子を救い出しに来てくれはしないか。今まで彼らを、反社会的な疎《うと》ましい存在としか思わなかったが、今はそんなはかない望みを託してしまう。轟音《ごうおん》はあっという間に遠のいてしまい、苑子はひどく落胆した。

初めから禁じられた恋だった。戒律《かいりつ》を犯してまで愛してくれる神父が、なおさら愛おしかった。苑子は次第に、神父さまをお守りしなければという気持ちにさえ、なっていたのだ。

「苑子、何ヲ怖ガッテイマスカ。何モコワイコト、アリマセン。我々ノ将来ニツイテ、今日ハジックリ話シマショウ」

神父が苑子に語りかける。子どもをあやすような口調だった。

「神父さまがいなければ、苑子は一日だって生きていけません。それなのに貴方《あなた》は、私を生贄《いけにえ》として差し出すの。それしか道はないというの」

苑子の声を遮るかのように、神父は苑子をきつく抱きしめた。

「苑子、何ヲ言ウノデスカ。モウダイジョウブ、何モコワイコト、アリマセン」

神父の腕の力が次第に強くなり、厚い唇が苑子の口を塞いだ。神父の接吻《せっぷん》は罪の色を帯びて、いつにもまして情熱的だ。息ができないほど強く唇を吸われて、苑子の身体もまた罪の色に染まっていく。

「弱くて愚《おろ》かで情けない神父さま」

苑子は首にかけたロザリオを握りしめる。神父に抱かれるときも、決して手放したことのない大切なロザリオだった。

「たとえここで死んでも、苑子は神父さまの幸せを願うわ。だって神父さまを、少しも嫌いになれないのだから」

自分が生贄になれば、神父を救えるのだろうか。苑子の瞳からつと涙がこぼれ落ちた。

第二章　追憶《ついおく》　百合子《ゆりこ》　一九七九年春

　ささやかな夕食を終え就寝前の祈りを捧げてから、百合子《ゆりこ》はライティング・ビュローに向かった。もうすぐ世紀のご成婚から二十年の歳月がたつ。修道女になった身では、特別なことがなければ外出はままならないし、修道服に身を包んだ自分が、妃殿下の前に立ってはご迷惑にもなるだろう。この世でお目にかかることは二度とないだろうが、心の奥底で妃殿下と深く繋《つな》がっているという自負が、百合子にはある。

　かつて宮中三殿の賢所《かしこどころ》における結婚の儀に、夫の博太郎《ひろたろう》と共に参列し、髪をおすべらかしに結って十二単《じゅうにひとえ》をまとった美しい妃殿下が、賢所に拝礼する姿を眩しく眺めた。テニスコートで溌剌《はつらつ》と粘り強く球を打ち返していた姿からは想像できないほど、厳《おごそ》かで清々《すがすが》しいお姿であった。

　妃殿下にふさわしい御方は、この方以外にいないと確信してはいたけれど、ここまで十二単がお似合いになるとは。お二人の出会いはやはり運命で定められていたに違いない。

　カモシカのような少女時代を存じ上げている身としては、万感迫る思いであった。それにしても、あれから二十年の月日がたつとは。

三人の御子に恵まれて、殿下と温かい家庭を築いている妃殿下を遠くから見守りながら、ご夫妻と御子たちの行く末を祈らない日はない。

結婚の儀を隣で見上げていた博太郎は、五年前に神に召された。この世でのありとあらゆる名誉を得た博太郎も、天に召されるときには苦悶《くもん》の表情を浮かべていた。たくさんの勲章を身にまとっていては、天国の門を入るのにさぞ苦労しているのではないだろうか。

――富める者の天国に入るは、駱駝《らくだ》の針の穴を通るよりも難し。

博太郎の臨終《りんじゅう》を看取《みと》りながら、百合子はしきりにこの聖句を思い起こしていた。じゃらじゃらと勲章をぶら下げて、天国の門の前で足踏みをする博太郎の姿を思い浮かべもした。

博太郎が旅立って数ヵ月後、百合子はかねてから切望していた修道院に入ることになった。若き日の願いがようやく叶った。

田園調布《でんえんちようふ》に住む一人息子は未だ独身生活を謳歌《おうか》し、文学三昧《ざんまい》の気ままな生活を送っている。時々ふらりとヨーロッパに旅に出ては、何ヵ月も連絡が取れないことも多い。おそらくこの先も家庭を持つことはなく、風来坊のように生きて行くのだろう。博太郎と築いた家庭は、息子の代で終わりを告げる。

女学校時代の友人からは、孫自慢の便りがしきりに届く。孫を抱く日を夢見たこともあったが、今はそんな夢からもすっかり解放された。必要なもの以外はすべて息子に手渡し、この世的なものとは一切縁を切り、静謐《せいひつ》な祈りに専心することになった。ヴェールを纏《まと》い、朝から晩まで祈りを捧げる日々を送るようになってはじめて、心からの平安と充足を得た。

夫の栄達を世間からは羨《うらや》まれてきたが、百合子は常に人知れず不安に苛《さいな》まれていた。誰にも打ち明けられない悩みだった。

博太郎が裁判官として下した判決には、常に批判がつきまとった。博太郎の判決によって、苦しんだ人たちも多い。そもそも人が人を裁くことを、神はお許しにはならないのだ。

「あなたたちの中で罪を犯したことのない者が、まず、この女に石を投げなさい」

姦通《かんつう》の罪で石を投げられていた女に向かってイエスは言う。これを聞いて、誰も石を投げることはできず引き下がり、イエスも女の罪を許したのだ。

博太郎は果たして、天国に入ることが許されるのだろうか。

そしてご成婚記念日が近づくに連れて、毎年思い出されるあの忌まわしい事件。捜査の途中で神父は本国に帰ってしまい、真相は闇の中にかき消された。

華々しいご成婚の陰に隠れて、ひっそりと歴史の彼方に消えていった女性を、片時も忘れたことはない。彼女のために、百合子は毎日祈りを捧げている。

殺された女は、熱心なカトリック信者だった。彼女が神父を唆《そそのか》したのではないかという陰口をたたく者が信者の中にいるが、百合子にはどうしてもそうは思えない。むしろストレイシープだった彼女を、教会はなぜ救ってやれなかったのかとずっと考え続けてきた。

神父が真犯人かどうかは謎《なぞ》のままだ。それでも神父が、事件の核心を知っていただろうことだけは推測できる。自分たち夫婦は、意図的ではないにしろ、神父を逃がす手助けをしてしまったのだ。

後ろ暗い思いを抱いたまま、知人に依頼して、神父の行方を追い続けて来た。今日もまたベルギー在住の知人から、現在の神父について記す手紙が届いた。

神父はカナダに在住して、信者たちから慕われているらしい。すこぶる健康な肉体を持ち、精力的に布教活動に携わっているという。もちろん事件のことは、誰も知らない。事件の起きた日本国内でさえ、すっかり忘れ去られている。

だが当の神父が、あの事件を忘れるはずはあるまい。

彼はきっと生き長らえるだろう。百合子が死んだ後も健やかに生き、生きたまま苦しみ続ける。強靱《きょうじん》な肉体を時には疎ましく思い、持て余すのかもしれない。それが神父に与えられた罰なのだと百合子は思う。

神父に関して詳細な報告を送ってくれる知人に、まず礼状を書かなければ。それから妃殿下にお祝いの手紙をしたためようと思う。きっと妃殿下は読んで下さるだろう。そう信じて、百合子はペンを執る。

そして手紙を書き終えたなら……。

百合子は消灯の時間の前に、少しずつ若き日の記録を書き溜めている。誰に読まれることもないだろう手記を、一人語りのように綴《つづ》っているのだ。

今夜は博太郎と結婚をしたときのことを書こうと思う。あれは関東大震災の翌年だった。

第三章　消えた神父

慶介《けいすけ》　一九六八年早春

これはなかなかいけるな。

鍋《なべ》から丼《どんぶり》に麺《めん》とスープを移して、フウフウ冷ましてから慶介《けいすけ》は麺をかきこむ。喉《のど》から食道に温かい汁が伝わっていくと、たまらなく幸せな気持ちになる。

日清食品《にっしんしょくひん》からつい最近発売された「出前一丁《でまえいっちょう》」という名のインスタントラーメンが、慶介の大のお気に入りだ。オーソドックスな醬油《しょうゆ》味のスープに、香ばしいごまラー油が付いているのが何とも言えず美味しい。願うらくはこのラー油が、もう少し多ければと思わないでもないが、そんな贅沢《ぜいたく》は言うまい。第一あまり油っぽければ体にも悪いはずだ。

下北沢《しもきたざわ》駅から徒歩七分、戦後しばらくして建てられた築二十年の木造アパートの二階の狭い一室が、ライターを生業とする松尾《まつお》慶介の住まいだった。

六畳間には無造作に資料や書籍の詰め込まれた大きな本棚が一つあり、その前に段ボール箱が二箱どんと置かれている。ただでさえ狭く散らかった部屋が、段ボールのおかげでますます狭くなっている。けれどこの段ボール箱が慶介の未来をもかえるかも知れない。

編集長からじきじきに依頼を受けて、未解決事件であるスチュワーデス殺しについてのノンフィクションを、目下のところ慶介は執筆している。このずっしり重い段ボール箱には、その資料がぎっしり詰められているのだ。慶介はその資料を一枚一枚丁寧に読み込んでいく。資料を読むだけでも、いつ終わるとも知れない大変な作業だ。編集長のたっての願いを聞き入れたことを、少し後悔する気持ちもある。同時にこれは自分にとって一生に一度の大きな勝負になりそうな予感もする。隙間《すきま》風の吹く狭いアパートの一室で、慶介は今夜も編集長から託された膨大な資料やレポートと格闘する。

＊

事件が起きたのは、一九五九年三月十日――。もうすぐ事件から十年がたつ。

警視庁の当直室に詰めていた刑事のもとに電話が入ったのが、午前八時少し前だったという。

「杉並区大宮《おおみや》町の善福寺川、宮下《みやした》橋百数十メートル下流で、若い女の死体が発見されました」

刑事は急遽《きゅうきょ》、九人の捜査員を引き連れて現場へ向かった。冷たい川にざぶざぶ入って死体を見た第一印象は、「自殺」だった。他殺体は多くの場合、うつ伏せに倒れている。

けれど死体は仰向けの状態だった。着衣に乱れたところはなく、顔つきも穏やかで、少し開いた唇が、笑っているようにさえ見えたという。

当時の善福寺川の両岸は、草の生い茂る堤防が緩やかな曲線をなしていた。鬱蒼とした雑木林や藁葺きの屋根。まるで一昔前に戻ったような田園風景が広がっていた。

水滴を滴らせながら女は岸に運ばれた。男たちに抱えられて、透き通るように白い手が垂れ下がって揺れていた。ストッキングを履いた脚は、氷のように冷たかったという。着衣はきちんと整っていて、グリーンのツーピースのボタンはきっちりはまっており、スカートも乱れていない。けれど靴は履いておらず、少し下流に片一方のハイヒールが引っかかっていた。スリップもブラジャーもパンティもすべて白色で、ぴったりと身についていた。外傷も見当たらない。けれど足の裏のストッキングだけが擦り切れていて、素肌が痛々しく露出していた。夢中で走るうちに靴が脱げてしまったのか、靴を履く間もなく駆け出したのか。自殺に傾いていた刑事の心証が少しぐらついた。だがこれだけで他殺と決めつけるわけにはいかなかった。

検死の結果、死因は溺死《できし》。死亡時刻は発見された前日の午後十一時から翌日午前五時ごろと推定された。だが被害者の身元が思いのほか早く判り、彼女の近況からすると、到底自殺は考えられないと、他殺に大きく傾いていったようだ。

被害者の身元は松山《まつやま》苑子。数ヵ月前に英国の航空会社ＢＡＡＣにスチュワーデスとして正式採用され、ロンドンの研修から帰ったばかりだった。叔母のところに下宿していて、その叔母の夫はＢＡＡＣ東京支社の営業部長だという。

他殺の疑いが浮上して、急遽、慶應《けいおう》大学付属病院で司法解剖が行われた。執刀前の所見で、医師は遺体の喉に、かすかな点状の鬱《うっけつ》血を認めた。強い明かりを当てて、ようやく確認できるくらいの薄い粒状の斑点だったという。

解剖の結果、咽喉《いんこう》部に内出血、眼底とまぶたに溢《いっけつ》血が認められ、死因は頸部《けいぶ》圧迫による窒息と推定された。胃の中の未消化物は、中華料理と推定され、中にはざく切りされた松《まつ》茸《たけ》が含まれていたという。肺からは水中の微生物が発見され、結論としては頸部圧迫で仮死状態のまま、水に入った、もしくは入れられたのではないかと医師は報告した。膣内からは精液が検出され血液型はＯ型、精液はパンティにも付着していて、それはＡ型だった。

現場の遺留品としてダークグリーンのコート、黒いエナメルハンドバッグ、折りたたみ式傘が、遺体のあった場所から十五メートルほど離れた場所に散乱していた。

刑事が苑子の下宿先であった叔母夫婦の家を訪ねると、遺体が見つかる二日前に家を出て、その後、電話一本もなかったと聞かされた。出かける前日には、少し大きめの速達の封書が届いて、苑子はハッとしたような顔で、受けとったという。

叔母の記憶では、封筒の裏にはD社という社名が書かれていて、頭文字らしいPというアルファベットも記されていたらしい。彼女の部屋に残された手帳からも、Pから始まるペータースという名前が記されていた。D社というのは、S会の事業機構の一つで、おもに出版を担当していた。


高井戸署の二人の刑事が早速D社への聞き込みに急いだ。敷地に足を一歩踏み入れると、聳《そび》え立つ尖塔《せんとう》が、ここはお前たちの来る場所ではない、そう威嚇《いかく》しているように見えたと刑事は後に語っている。

編集部には、三人の神父がいたという。

「松山苑子さんのことでお尋ねしたいのですが」

そう言うと三人の神父は、困ったように顔を見合わせた。

「彼女ガ、ドウカシマシタカ」

真っ先にそう聞き返したのが、苑子の手帳に記されていたペータースという名の神父だった。深い青い色を湛えた瞳が印象的な男だった。

「こちらから松山さんに速達を出していますね。どんな用件でどなたが出したのか、教えて頂けますか」

「松山サンニ、何カ、アリマシタカ」

　ペータース神父は再び尋ねてきた。

「あなたが投函《とうかん》したのですね。何の用件でしたか」

　鋭い口調で刑事は問い直した。

「ソレハ、マップ、ツマリ、何トイウノデシタカ、アア、ソウソウ、地図デシタ」

　神父はたどたどしい日本語で答えたが、その口調は少しわざとらしく聞こえたようだ。何の為に地図をと刑事が訝《いぶか》ると、神父は部屋の奥に歩いていき、何やら薄い冊子を手にして戻って来た。

「コレ、デス、コレ」

　冊子と見えたのは英文で書かれた東京の地図だったという。

　ロンドンから帰国した苑子が、自宅から羽田《はねだ》空港までの道順を書きこんだ地図を会社に提出しなくてはならないというので、これを書き写して送ってあげたというのが神父の言い分だった。日本人の苑子が外国人に東京の地図を送ってもらうというのは、おかしな話だと刑事は思ったが、あえて口に出さずに、もう一歩踏み込んだことを尋ねたらしい。

「それは苑子さんがあなたに直接会って、頼んだわけですね。彼女とはいつ会ったのですか」

「エエットデスネ」

答えたのはペータース神父ではなく、傍らにいた長身の別の神父だった。

「彼ガデスネ、留守ノトキニ、松山サンカラ、電話ガアリマシタ」

「それはペータース神父宛の電話だったのですか」

「エエ、ソウデス。彼ガ帰ッタ後ニ、伝エマシタガ、次ノ日モマタ、電話アリマシタ」

地図をしきりにせっついたのは、むしろ苑子の方だったと、長身の神父はそう言いたいようだった。

厳格な信仰生活を旨とするカトリックの教団では、神父がみだりに外に出てはいけない、ましてや若い女性と会うなどもってのほかという、教団の厳しい戒律を強調しているように聞こえた。

だが意外なことにペータース神父は、電話があった後に、苑子と外で会ったことをあっさり認めたのだ。

「ロンドンノ話ヲ、早ク私ニ聞イテモライタイヨウデシタ。会ッタノハ、明大前《めいだいまえ》デス。トテモ嬉《うれ》シソウデシタ」

「明大前というのは、彼女の方からの要請だったのですか」

「エエ、ソコマデ、来テクレト」

「話したのは何処でしたか」

「車デ向カイマシタ。ソノ車ノ中デストカ、チョット外ニ出テ道ヲ歩キナガラ、話シマシタ」

「車は教会のものですか」

刑事が尋ねると先ほどの長身の神父が再び割り込んできた。

「モチロンデストモ。私タチニ自分ノ持物ハ、アリマセン。私有物トイウノハ、ヒトツモ存在シナイノデス。シューズモ、ソックスモ、スベテハ教会ノモノ、神ノモノナノデス」

いかにも厳かな口調で語った。たどたどしい口調ながら、語彙《ごい》が豊富で、さぞ日本語が堪能《たんのう》なのだろうと推察された。

「ちなみに車種は何ですか」

刑事が執拗《しつよう》に追及すると、ペータース神父が苛立ちを顔に表して問い返した。

「何カアリマシタカ、何デソンナコトヲ、聞クノデスカ」

苑子に何かあったのかという質問を、ペータース神父は何度も繰り返したらしい。その時点で、苑子が死んだことをまだ、彼らには伝えていなかったのだ。

「苑子さんは亡くなりました」

刑事がそう告げると、ペーターース神父はふいに甲高い声をあげた。

「ホ、ホホー、死ンダノデスカ。良イ信者デシタ。ホ、ホホー」

驚くわけでもなく、死因は何だったのか尋ねるわけでもなく、ペーターース神父は呪文を唱えるように、この台詞《セリフ》を何度も繰り返したという。

「ホ、ホホー、死ンダノデスカ。良イ信者デシタ。ホ、ホホー」

その反応に異様なものを感じて、二人の刑事は顔を見合わせたらしい。

「神父さんはどこに住んでいるんですか」

刑事が誰に聞くともなく尋ねると、ペーターース神父が天井を指差した。

「コノ二階デス」

「神父さん方は、皆さん一人一部屋ですか」

「アリバイデスカ、アリバイナラ、アリマスヨ」

ペーターース神父が突然に、聞かれもしないことを答えた。その反応もいかにも唐突に感じられたらしい。

「アナタニ、神ノオ恵ミヲ」

背の高い神父の言葉を背に受けながら、刑事二人は教会を後にした。期待以上の反応を捜査本部への手土産《てみやげ》にするつもりで、夜更けの街路を帰って行ったという。

では被害者の苑子という女は、どういう人物だったのか。

苑子は芦屋《あしや》の裕福な家庭に生まれ育ち、両親は熱心なカトリック信者で、彼女も生後間もなく洗礼を受けている。カトリックの一貫校の宝塚清園《たからづかせいえん》女子学院で学び、卒業後には短大で看護学を学び、神戸《こうべ》の病院に就職。その後職場を転々として、中野区の乳児院で保母として働いていた。

職場を転々としていたのには、それなりの理由があった。行く先々の病院で医者や患者と親しい間柄になり、噂を立てられて居づらくなるというのを繰り返していたらしい。要するに彼女は、いわゆる男好きするタイプだった。

歯科医の男とは「結婚できなかったら死ぬ」と口走るほど互いに熱をあげていたらしい。だが両親には猛反対された。彼女が東京の聖オディリアホーム乳児院に勤めるようになったのは、歯科医との関係のほとぼりを冷ます意味合いもあったようだ。

当時の女性としては、確かに奔放《ほんぽう》で恋多き女と映ったかもしれない。だが仕事ぶりは誠実で、人柄は穏やか、とても心優しい性格で、恋の噂以外は、いたって評判の良い被害者だった。

その後も歯科医が上京する形で、二人はしばしば会っていたことを警察が突き止めた。

苑子と過去に付き合いのあった他の男性共々、歯科医は身辺を調べ上げられ、厳しい尋問を受けた。けれど歯科医の証言に矛盾《むじゅん》はなく、血液型も残留精液とは一致せず、明確なアリバイも成立し、捜査線上から消えたのだった。

それに比してペータース神父は全く逆で、捜査が進めば進むほど、疑惑は深まっていった。

消えた神父・ペータースとは、いったいどういう人物だったのだろう。

彼はベルギーの貧しい農家の四人兄弟の長男として生まれ、カトリックの司祭になろうと志したという。一九四八年に神学生として渡日、S会に所属、同会の神学校に学び、神父の資格を得てから英語教師となった。その後S会の布教事業であるD社に転属となり、会計を担当していた。

青くて丸い目が人懐《ひとなつ》っこいように見え、明るい性格で皆に親しまれていたらしい。けれど女性に関しては、良からぬ噂が囁かれていた。ある保母は教会の倉庫で本を探していたときに、後ろからペータース神父にいきなり腕をつかまれ、引き寄せられそうになったという。そんな神父の不品行ぶりが、刑事の耳にいくつも入ってきたという。

S会という組織についても、編集長は詳しく調べ上げていた。慶介が特に関心を持ったのは、一九五一年に起きた「闇砂糖事件」の顚末《てんまつ》について記された文書だった。

海外からS会に送られてきた援助物資の一つだった砂糖が闇市場に横流しされた事件で、ブローカー数名と教会の日本人信者数名が逮捕されている。だが一番事情を知るはずの当時の会計責任者には、捜査の手が及ばなかった。この取引で大儲けをしたブローカーが、実際に何人かいるらしいとも噂されていた。

事件は結局、不心得な日本人信者とブローカーが仕組んだ不祥事というストーリーに仕立てあげられ、締めくくられた。

どう見てもこの一件は、組織ぐるみの犯罪に間違いなく、援助物資というのは表向きの話で、実態は宗教を隠れ蓑《みの》にした「密輸」と言っても過言ではない。編集長は表情を曇らせた。

しかも翌一九五二年には、大量の闇ドルを日本へ運び込み、レート三六〇円のところを、四百円で交換したとして摘発を受けている。日本での布教が他教団に比べて後発だったという焦りからか、S会が大攻勢をかけていたと言われるが、神の教えを広めるはずの宗教団体として、あるまじき黒い噂が多すぎる。

ダンボールの中には被害者の写真も何枚か含まれている。慶介はその写真をあらためて眺めてみる。目鼻立ちのはっきりした愛らしい風貌で、これで優しく穏やかな性格だというなら、男たちが彼女に夢中になったのも納得できる。彼女自身も一途《いちず》で情熱的な女性だったのだろう。

正直言えば、慶介のタイプとは少し違う気もするが、目の前に彼女がいたなら、おそらく好感を持ったと思う。

難関のスチュワーデス試験に合格し、未来の広がる魅力的な女性が、殺害されて川に打ち捨てられるとは、どんなにか無念だったことだろう。最期に彼女は何を思ったのだろう。彼女の無念を少しでも晴らすことはできないだろうか。

それにしてもこの神父は、男としても許せない野郎だ。捜査の手を逃げて出国しただけでなく、神父として今も布教を続けているらしい。被害者の苑子はあまりに気の毒ではないか。慶介の胸中に、久しぶりに沸々《ふつふつ》とたぎる思いがあった。

＊

第四章　アカシアの雨　悦子《えつこ》　一九六〇年秋

あちらこちらで舗装が剝《は》げて穴の空いたでこぼこ道を、バスは軋《きし》むような音を立てて進んでいく。時折、突き上げるようなひどい上下動がした。横に座っている小太りの初衣《はつえ》叔母さんの尻は、バスの揺れに合わせて鞠《まり》のように弾《はず》んだ。後部座席に座って危うくバスの天井に頭をぶつけそうになったことがあるので、二度と後ろには座るまいと悦子《えつこ》は思う。道路の至るところが陥没《かんぼつ》しているが、補修される気配もない。東京といえども郊外に来ればこんなものなのかと呆れたが、次第にそれにも慣れてきた。東京は地域によって全く違う様相を見せる、広くて多彩な都市なのだ。

前方に座っている十歳くらいの女の子の腕に留まったダッコちゃん人形が、バスの揺れに伴って、上下に弾むように動いている。女の子は人形を落としてはならないと、あわてて胸元に抱え込んだ。

今年の夏、このビニール製の人形が若い女性を中心に大きなブームになった。両手が輪っかになっていて、腕などに抱きつかせることができるのが人気の秘訣《ひけつ》だった。

目に張られたシールによってウィンクするように見えることから、当初は「木のぼりウィンキー」と名づけられていたらしいが、マスコミに取り上げられるようになってから「ダッコちゃん」と呼ばれるようになっていった。

急激な売れ行きの増加に生産が追いつかず、悦子の勤めるデパートでも、この人形を求める長蛇の列ができた。販売価格は百八十円だったが、八百円の高値がつくこともあったという。ニセモノも出回っていたようだ。一時はそれほど入手困難な人形だったので、女の子の必死の形相《ぎょうそう》も理解できる。

「この先揺れますので、お気をつけください」

紺の制服に帽子を被《かぶ》った車掌が、鼻にかかった声で言うと、悦子も叔母も慌てて手すりにしがみついた。奇妙に抑揚をつけた口調は、デパートのエレベーターガールの話し方にそっくりだ。

「さぁ、降りるわよ」

七つ目の停留所につくと、叔母さんはほっとした表情を見せた。

「まったく、いつ乗っても、おんぼろバスなんだから」

叔母さんはぶつぶつ文句を言いながら歩いている。なだらかな上り坂を叔母と並んでゆっくり上っていくと、教会の丸屋根が見えてくる。高台に立つS会の教会は、質素なつくりだが清潔で温かい雰囲気に満ちていて、そこだけ別世界のように見えた。

日曜のミサのあとには、聖堂に隣接する集会所でお茶がふるまわれる。ホールの入口にはマリア像が置かれ、百合やカトレアの花が活けられていた。テーブルの上にはマドレーヌやクッキーが並べられ、花と菓子の入りまじった甘ったるい匂いが、部屋の外まで漂ってくる。

長い聖衣をまとった鳶《とび》色の目の神父を囲んで、十数人の信者が菓子を食べながら、熱い紅茶を頂くのが習わしになっていた。神父は日本語を流暢《りゅうちょう》にあやつるが、聞き取るのはまだ少し苦手なようで、信者たちははっきりした口調でゆっくり会話するように気をつけていた。

紅茶は修道会本部のあるヨーロッパ伝来のものらしく、かすかに柑橘《かんきつ》類の香りがした。しっとりしたマドレーヌや、ココアやチーズ味のクッキーは、すべて信者の自家製の品だった。手作りとはいえ、悦子にはとても洗練された味のように感じられた。少なくとも悦子の育った九州の田舎《いなか》町では味わったことのない、都会の味に思えた。

悦子の両親は福岡《ふくおか》近郊で酒屋を営んでいて、父だけではなく母も、朝から夜まで休みなく忙しく立ち働いていた。悦子は同居していた母方の祖母に育てられた。祖母のおやつは、近くの畑で採れたさつまいも、醤油のたっぷりついた団子、ごくたまにカステラが出されることもあった。

「よーと食べんしゃい」

小柄な祖母は背中を丸め、皺《しわ》だらけの顔をくしゃくしゃにして悦子に蒸したさつまいもを差し出すのだった。

S会の教会に集う信者たちは、悦子より少し年上の人から、叔母さんより年上と見受けられる人たちまで年齢はさまざまだが、どの人もきちんとした身なりをしている。言葉遣いが丁寧で、落ちついた物腰の人たちだった。

「姪《めい》の悦子です。私の家に下宿しながら渋谷《しぶや》のTデパートで働いています。日曜はなかなか休みが取れないのですが、教会に興味があるようなので連れて来ました。これからも休みが取れたら、ぜひ連れて来たいと思います」

はじめて教会を訪ねた日に、叔母さんがふだんより幾分気取った口調で悦子を紹介した。田舎育ちの自分とは別人のことを言われているようで、悦子は気恥ずかしい思いがした。だが信者たちは目を細めて悦子のところに次々挨拶に来るのだった。

「まあ、かわいい姪御さん」

「悦子さんようこそ。これからも教会にいらして下さいね」

叔母さんは教会にもう何年も通っているので、神父や信者たちと、うちとけて親しげに談笑していた。

「あのことがあってから、教会に来て下さる方が、減ってしまって……」

陰気な印象の痩《や》せた老女が、独り言のように口をすべらせると、気まずそうにあわてて目を伏せた。

誰一人として口にすることはないが、「あのこと」というのが何なのか、悦子も少しだけ知っている。以前に新聞で読んだ記憶があるし、叔母さんからも何回か聞かされた、スチュワーデス殺し事件のことに違いなかった。

一年半ほど前に、叔母さんの家からほど近い善福寺川に、若い女性の死体が浮かんだ。被害者は、イギリスの航空会社に勤める国際線スチュワーデスであると判明した。当初は自殺かと思われたが、死因が扼殺だったと判明し、捜査線上にS会のペータースという神父が浮かんだ。神父は被害者と大変親しい間柄にあったという。

女性の憧れを一身に集める国際線スチュワーデスの殺人事件に、カトリック教会の神父が関与したかもしれないということで、一時は大スキャンダルとして騒がれたが、捜査が大詰めになる前に神父は本国に帰還してしまい、事件は迷宮入りになった。

S会の信者たちの動揺は想像に難くない。けれど叔母さんは「立派な神父さまがそんなことをするわけがないわ」と、自信たっぷりに言い切った。真相はわからないにせよ、悦子にはそのスチュワーデスの女性が不憫《ふびん》に思えてならなかった。

叔母さんには子どもがいないせいか、悦子をたいそう可愛がり、あれやこれやと世話をやいた。Tデパートの靴下売り場に勤めている悦子が帰ってくると、小さな庭に面した六畳間のちゃぶ台の上には、悦子の好きなハンバーグやコロッケ、チキンライスなどの献立が並んだ。

狭い庭にはタイサンボクの木が植えられ、春には白い大きな花を咲かせた。この家は元々、和生《かずお》叔父《おじ》さんの両親の住まいだったというが、叔母さんが嫁に来たときに植えたという木が、今では十メートルほどの高さになり、家人を見下ろすようにつやつやした緑の葉を茂らせている。

その下に叔母さんは小さな花壇を作っていて、色とりどりのパンジーやチューリップが次々に花を咲かせた。叔母さんは庭をとても大切にしていて、毎日水遣りや雑草取りを欠かさない。天気の良い日には、叔父さんや叔母さんと並んで縁側に座り、庭を眺めながら日向《ひなた》ぼっこをした。そんな時にはふと田舎の祖母を思い出すのだった。

悦子の休みの日になると、叔母さんは銀座《ぎんざ》や新宿《しんじゆく》の繁華街に行こうと悦子を誘った。

ウエストの締まった真っ赤なドレス、黄色のスーツに白いベルト、チャコールグレーのスーツに黒いスカーフ。

流行のファッションに身を包んで颯爽《さっそう》と歩く女性たちは、悦子の目に驚くほど新鮮に映った。田舎の両親の反対を押し切って東京に出てきて、やはり良かったと悦子は思う。

「おばさん一人じゃ、こんなところに来る機会、なかったとよ。若い人がいるといいわぁ」

　精一杯お洒落《しゃれ》をして出かけた叔母さんも、確かに少し若やいだように見える。

　役所勤めの叔父さんはいつも定時に帰宅して、家では新聞ばかり読んでいる。無口でとっつきにくい人だが、笑うと目が優しい。焼き魚と納豆《なっとう》が好きらしいのに、悦子の好みに合わせた夕食に文句も言わずに付き合ってくれる。

　叔母さんは幼なじみの影響で数年前にカトリックの洗礼を受けたそうで、日曜ごとに高台の教会に通っている。月に一度悦子が休みの取れる日曜には、教会に一緒に行くようになった。悦子が教会について行くのを、叔母さんは大げさなほど喜んだ。叔父さんを誘っても決して来ないそうで、いつも留守番をしている。

「あの人は頑固だからね。それに外国人の神父さまが苦手なのよ。戦争中でもあるまいし、古い男なのよ」

　叔母さんは冷笑するような言い方をした。けれど悦子には叔父さんの気持ちがわかる気がした。無口な叔父さんが皆と一緒に賛美歌を歌っている姿は、とても想像がつかない。

悦子が東京にやってきたのは今年の春、ちょうど安保反対闘争が最高潮に達した頃だった。学生だけではなく一般市民の間にも安保反対の機運が高まり、国会議事堂の周囲をデモ隊が連日取り囲んで、運動は次第に激化の一途をたどっていた。

上京して二ヵ月ほどした頃に、全学連のデモ隊が国会に突入し、悦子とそれほど年齢の違わない女子学生が死亡するという悲劇が起きた。

叔母さんの家にはご成婚に合わせて購入した小さな白黒テレビがあり、悦子は叔母さんと一緒に、ちゃぶ台をはさんでニュースを眺めていた。死んだのは皇太子妃と同じ名の東大生だった。田舎の両親の家にはテレビはないが、ニュースを知った母が心配して電話をかけてきた。

井《い》の頭《かしら》線沿いにある木造平屋の家の周辺は、畑に囲まれた牧歌的な場所で、背に藁を載せた馬が、泥でぬかるんだ道を闊歩《かっぽ》していることもある。テレビから流れるニュースは、遠い国で起こった出来事のように思えた。

「姉さんは心配性だけん、悦ちゃんが東京に来たとたん反対運動に目覚めて、デモに参加するとでも思ったんかねぇ」

叔母さんは博多《はかた》なまりのまじる言葉で、カラカラと高い声で笑った。

悦子が「貴婦人」に出会ったのは、十月半ばの日曜日だった。

悦子はその日、誕生祝に買ってもらった淡い若草色のスーツを着て行くことに決めた。大きな衿《えり》の下にリボンがついたかわいらしいデザインだった。ピンクの口紅と白粉で薄化粧してから、スーツ姿であらわれると「あら、よく似合うわ」と、叔母さんが嬉しそうに声をあげた。

叔父さんは縁側に座って新聞を読みふけっていた。ちょうど社会党の委員長が日比谷《ひびや》公会堂で十七歳の青年に刺殺されてすぐのことで、いつにも増して丹念に目を通しているらしかった。

玄関から「行ってきます」と挨拶すると、新聞越しに顔をあげた叔父さんのメガネがきらりと光った。そのまま無言で片手をあげて見送ってくれた。

バスに揺られて教会に到着すると、聖堂で叔母さんの隣に座って、神父の説教に耳を傾け、賛美歌を歌った。日曜のミサに出席するのも五回を数え、だんだん慣れてきたように感じる。

ミサを終えて叔母さんの後についてホールに向かうと、神父がやや緊張した面持ちで立っていた。

集会所の大きな窓から、穏やかな秋の日差しがさしこんでいる。中を覗《うかが》うとテーブルの上にはガラスの器が置かれていて、赤や緑やオレンジの透き通った洋菓子が載せられていた。それらが日の光を浴びて宝石のように発光し、かすかにふるえているように見えた。ホール奥の窓際の椅子には、首の長い色白の女性が、薄手のブラウスをまとって姿勢よく腰掛けていた。

「百合子さまよ、お御堂の後ろの方に、座っていらしたでしょう」

叔母さんがうわずった声で悦子の耳元に囁《ささや》いた。悦子は聖堂で一番前に座っていたので、婦人の存在に気づかなかったのだ。

その人はよく手入れされた銀色交じりの髪をきれいに結い上げ、首の長さが際立って見えた。ウエストのあたりが極端に細く、紺のスカートの上にレースのハンカチを広げて窓を見ていた。秋の日差しを浴びて、彼女自身も光を放っているように見えた。

「有名な法学者で元文部大臣、最高裁長官の畠中《はたなか》博太郎夫人の百合子さま。熱心なカトリック信者でいらして、S会の発展のためにいつもご尽力くださるの。神父さまが『日本最高の貴婦人』と呼んで崇《あが》めていらっしゃる方よ」

叔母さんはため息をついて言った。

「ね、優雅で美しい方でしょう。まさに貴婦人、憧れの方だわ」

うっとりとした表情で、婦人を遠巻きに眺めている。

じろじろ見てはいけないと思いながらも、悦子はその姿をちらちらと盗み見た。決して若くはなく、すでに老境に入っているだろうその女性は、首を傾げるようにして、窓の方に目をやって眩しげに目を細めていた。その佇《たたず》まいには、年齢を感じさせない不思議な透明感があった。どこかで見たことがあると思えてならず記憶をたどると、それは泰西名画の読書する貴婦人の肖像なのだった。まっすぐ伸びた姿勢のせいか、華奢な体つきのせいか、一般の日本人女性とは異質の印象を受けた。

「あの方が持ってきて下さる麴町《こうじまち》の村上開新堂《むらかみかいしんどう》のお菓子、とても美味《おい》しいのよ。何でも特別なお客様しか入れないところなんですって」

叔母さんは相変わらず興奮しながら、早口で話し続けた。

「今日のゼリーを見て御覧なさい。透き通っていて何てきれい！」

最高裁長官の妻……。そう言われても悦子にはまったくイメージが浮かばない。いったいどんなところに住んでいるのか。家族とはどんな会話をして、どんな生活をしているのだろう。なぜだか無性に心を惹《ひ》かれた。

「叔母さんは、あの方とお話ししたことがあるの」

「とんでもない。畏《おそ》れ多くて、遠くから眺めてご挨拶するだけよ。お話しするなんて、とても、とても」

叔母さんは大げさに手を横に振って見せた。そして小声で耳打ちした。

「美智子妃殿下を、推薦なさったのも、百合子さまなのですって」

悦子がぼうっとその人を眺めていると、心の内を見透かされたように神父が、にこにこしながら近づいてきた。

「エッコサン、ゴ紹介シマショ」

悦子は驚いて叔母さんと目を合わせた。

「ユリコサマモ、若イカタト、オハナシシタガッテイマス」

叔母さんは「えっ」と声をあげて、当惑したような表情を浮かべた。

「エッコサン、マイリマショウ」

神父さまの大きな手が、促すように悦子の背中に置かれた。叔母さんは相変わらずきょとんとした表情のままだ。叔母さんだけではなく、聖堂から出てきた信者たちが、二人の動向をさぐるように、食い入るようなまなざしで悦子を見つめていた。叔母さんの不安げなまなざしが次第に和らぐのを確認してから、悦子は「はい」と応え、神父さまの後をついてホールに入って行った。

「オマタセイタシマシタ。ユリコサマ、アタラシイ信者サンヲ、ゴ紹介シマス。エツコサンデス」

「はい、あの、私は古賀《こが》悦子と申します。叔母に連れられて何ヵ月か前から教会にうかがっています。どうぞよろしくお願い致します」

悦子が直立不動の姿勢で深々と頭を下げると、「百合子さま」と呼ばれるご婦人は、よく通る澄《す》んだ声で言った。

「まあ、そんなに畏《かしこ》まらないで。どうぞお顔をあげて。こちらにおかけあそばして」

神父さまに手招きされて、悦子は婦人の向かい側の椅子に、浅く腰掛けた。

「オ茶ヲイレテキマショウ、チョット、待ッテイテクダサイ」

取り残された悦子は一瞬戸惑ったが、婦人は悦子の緊張を和らげるように、柔らかい笑みを浮かべている。近くで見るとしみひとつない色白の肌に、二重まぶたの茶色い瞳《ひとみ》が印象的で、どことなく少女の面影を残している印象だった。

婦人がふいに瞳を大きく見開いて、はっとしたような表情で、食い入るように数秒間、悦子の顔を凝視した。そして何ごとか独り言を呟いた。

似ている……と言ったようにも聞こえたが、すぐにそれをかき消すように話し始めた。

「古賀さん、って仰るのね。失礼ですが、どちらのご出身でいらっしゃるの」

ります」


「はい。半年ほど前に福岡からこちらに参りました。今は浜田山《はまだやま》の叔母の家に下宿しており
「そうですか。やはり福岡のご出身ですか。古賀さんとうかがって、そうではないかと思いました。わたくしの主人が、やはり福岡出身なのですよ。主人のお友だちには、古賀さんと仰る方がとても多いのです」

「さ、さようで、ございましたか」

悦子が緊張のあまり奇妙な敬語で答えると「どうぞ、そんなに緊張なさらずに」と言って、その人は無邪気に高い声で笑った。

若い修道士が、花柄の華奢なカップに、たっぷり紅茶をいれて運んできて、婦人の前に恭《うやうや》しく差し出した。軽く頭を下げると今度は悦子の方を向き、同じカップを置いた。信者たちはいつも普段使いの湯飲み茶碗で紅茶を飲んでいたが、どうやら来賓《らいひん》用の特別のカップがあるらしかった。

神父はホールの入口に向かって、信者たちに大きな声で呼びかけた。

「皆サン、オ茶ガハイリマシタ。ユリコサマカラ、果物ノゼリーヲ、オミヤゲニイタダキマシタ。皆サンデ、イタダキマショ」

廊下で待っていた信者たちが、ぞろぞろと遠慮がちにホールに入って来た。年長の信者

が二人、婦人のところまで挨拶に来たが、ほかの信者はいつも通りの席に座って、色とりどりのゼリーを眺めて歓声を上げていた。そのうちの何人かは、こちらの様子をちらちらと覗っている。叔母さんは最後にホールに入ると、悦子の方を心配そうに見やりながら、端の席にそっと座った。

婦人は一旦カップを置いて座ったまま二人に会釈すると、再びカップを手にとって、黙って紅茶を飲み続けた。指の長さや手の美しさにもはっとさせられる。繊細な柄のカップが、その人にとてもふさわしいように感じた。紅茶を飲み干すと、再び窓の方に目をやった。そのまなざしに憂いが含まれていることに、悦子はふいに気がついた。

栄誉を一身に集めたこの人にも、何か大きな悩みがあるのだろうか。多くの人にかしずかれる身分でありながら、実は深い孤独を抱えているのではないだろうか。淋しげな横顔が、気になってならない。

婦人の様子に気づいたのか、神父がすぐにやって来て、何やら英語で話しかける。婦人は流暢《りゆうちよう》な英語で、囁くように、だがしっかりと返答をした。話している内容はわからないが、発音の美しさに悦子は驚いた。目をつぶっていたら、きっと外国人同士が話していると思ったことだろう。婦人は、はじめは神経質そうにこめかみのあたりをけいれんさせて、不満そうな表情を見せたが、次第に元の表情に戻っていった。

神父としばらく話しこんでから、婦人は悦子の方を向いて、きりりとした表情で言った。

「今日は神父さまに大事なご相談があって参りました。お目にかかれて、嬉しゅうございました」

婦人がすばやく立ち上がったので、悦子もあわてて立ち上がった。

「ごきげんよう。またいつかお目にかかりましょう」

もう少し話ができると思っていたので、悦子は少し残念な気持ちで頭を下げた。

「そうだわ。あなた、私どもの家に、今度お遊びにいらっしゃいませ」

婦人がそう言うと、神父さまが満足したような安堵の表情を浮かべた。そのまま婦人は神父さまの後について、振り向きもせずホールの出口に向かった。信者たちはさっと立ち上がり、黙礼しながら見送った。

ロングスカートを履いているわけでもないのに、丈の長いドレスの裾の、衣擦《きぬず》れの音が聞こえるような錯覚を覚えた。首の長いその人のはかなげな後姿は、まるで白鳥の飛び立つときのようだと悦子は思った。

＊

「悦ちゃん、ちょっとここに座って」

　教会で不思議な貴婦人に出会ってから、一ヵ月ほど後の日曜日のことだった。悦子がデパートから帰ると、家の中の雰囲気《ふんいき》が少しおかしい。いつもは所狭しと皿の並ぶちゃぶ台を囲んで、叔父さんと叔母さんがテレビを見ながら悦子の帰りをのんびりと待っていてくれるのだが、今日のちゃぶ台には急須と茶碗が置かれているだけで、二人はテレビもつけず気難しい顔をして座っている。

「あら、どうしたんですか、何かあったんですか」

　ただごとではない気配を感じて、悦子は仕事帰りの紺のスーツのまま、ちゃぶ台の前に座った。

　叔父さんが気まずそうに、咳《せき》払いをした。叔母さんは無言で悦子の方をじっと見つめている。目が少し赤く腫《は》れていて、泣いていたのかもしれないと悦子は思った。

「田舎に何かあったんですね」

　二人の深刻な様子を見るにつけて、博多の家族に異変があったとしか考えられず、悦子は覚悟してつばを飲み込んだ。

「ううん、そうじゃないの。田舎のことじゃないの。悦ちゃん、あなたの、大事な将来のことなのよ」

「えっ。私の、私の将来……ですか」

悦子はぽかんとしてしまった。

悦子を我が子のように可愛がってくれる叔父さんと叔母さんの暮らしに、何か不都合なことが起きたのだろうか。この居心地のよい場所に、しばらくは居られるのだと思いこんでいた。だが考えてみたら自分は居候《いそうろう》に過ぎない。何かの事情で、出て行けと言われるのだろうか。悦子は胸騒ぎがして、急に怖くなった。

「百合子さまからお話があったの」

叔母さんが唐突に話し始めた。

「百合子さまって、一ヵ月ほど前にお会いした、あの首の長い、痩せたご婦人ですよね」

百合子さまと呼ばれた貴婦人のことは、もちろんよく覚えている。秋の日差しを浴びて、光を放っているようにさえ見えた姿を、忘れられるはずもない。それはあまりに浮世離れした光景で、現実の出来事だったのか、夢の中の出来事だったのか、定かではない。

叔母さんの口から今になって、どうして百合子さまの名前が出てくるのか、それが自分の将来と何の関わりがあるのか、悦子にはまったく心当たりがない。

　空の色が紫色に変化して、部屋の中に靄《もや》のように濃く深く立ち込めている。叔母さんが居間の電気をつけると、叔父さんの横顔に影ができて、ぞっとするほど老けて見える。

「今日、神父さまから電話を受けたの。そんなこと、めったにないのよ。何かと思ったらね」

　叔母さんは低い声で話しはじめた。

「百合子さまのご主人の畠中博太郎長官がね、最高裁判所を退官なさって、今度はオランダに赴任なさることが決まったそうです。ハーグという場所にね、何でも国際司法何とかという、世界の立派な裁判官が集まる裁判所があるそうなの」

　日本を離れたことなど、生まれてからもちろん一度もない叔母さんは、まばたきを繰り返しながら、遠くを見つめている。まるで月の世界を語るかのようだ。

　悦子がオランダという国名を聞いて思い浮かぶのは、風車とチューリップだったが、それさえ確かではない。ましてや、世界の偉い裁判官の集う裁判所などと聞いても、さっぱりわけがわからない。

「神父さまが仰るには、各国で最高の裁判官として、国際法に秀でた高名な裁判官が選ばれることになっていて、畠中長官は、日本人としてはじめてその裁判所の判事に選出されたそうです。大変名誉なお仕事だそうで、百合子さまもとても喜んでいらっしゃるそうです」

そんなことを唐突に言われても、悦子に何の関係があるというのだろうか。返事をするのに困って押し黙っていると、叔母さんは更に話を続けた。

「畠中長官は文化勲章受章も決まっていて、本当に、本当に、立派な裁判官なのよ」

叔母さんは「本当に」というところを、わざと強調して言った。それは自分に言い聞かせているようにも見えた。

「百合子夫人は語学も堪能で、海外での生活経験も豊富でいらっしゃるのだけれど、ハーグに赴任するに当たっては、若い日本人女性を、家事の手伝いとして、秘書として、連れて行きたいと願っているそうです」

叔母さんは言い終わると深くため息をついた。叔父さんは更に険しい表情になって、睨みつけるようなまなざしで虚空を見ていた。

「この前、教会のホールで百合子夫人が悦ちゃんと少しだけお話ししたでしょう。それですっかり悦ちゃんを気に入ってしまったようなの。明るくて快活で礼儀正しくて、いい娘さんだって。神父さまが、早速我が家のこともお調べになったそうで、思想的にも何も問題がなさそうだって」

思想的に問題がないという言葉が悦子には飲みこめず、怪訝《けげん》そうな顔をすると、叔母さんがすぐに説明してくれた。

「今、日本のいたるところで、安保反対のデモが、巻き起こっているでしょう。女子学生も参加するようになって、嘆《なげ》かわしいことだと神父さまはいつも仰っているのよ。そんなことに関心を持ったりしない、素直で明るい、若く健康な女性を探していたそうです」

叔母さんはそこまで言うと、観念したように悦子の顔をじっと見つめた。

「ハーグの判事公邸に、悦子さんに来て頂けないかと、神父さまに懇願《こんがん》されたの……。まさか悦ちゃんに、白羽の矢が立ってしまうなんて」

叔母さんは明らかに動揺していて、肩が小刻みに揺れている。「白羽の矢が立つ」というのは、神への供《そな》え物として差し出される少女の家の屋根に、白羽の矢が立てられたという俗信から来る言葉と教わった記憶があるが、大抜擢《ばってき》のような場合にも使われるようになった表現で、叔母さんがどちらの意味で使っているのだろうかと、悦子はぼんやり考えていた。

「悦ちゃんを教会なんかに連れて行ったりするから、こんなことになったんだって、さっき叔父さんにずっと叱《しか》られていたの。本当に悪いことしちゃったわ。もちろん断ってかまわないのよ。ううん、本当は悦ちゃんに伝えるのもやめようかと思ったの。叔母さんがお断りして、なかったことにしてもらおうと考えたわ。でも神父さまにあまりに強く懇願されて、ご本人にぜひ伝えて貰いたいって言われてね。ご本人のお返事を聞かせて頂きたいって、百合子夫人も仰っているそうなの。だから言わないわけにはいかなくなってしまって」

叔母さんの目はほんの少し潤んで、赤く充血していた。

「悦ちゃん、ごめんね。変なことに巻き込んでしまって。田舎の姉さんにも叱られてしまうわね。ハーグなんて、そんな遠いところ、もちろんお断りするわよね」

そう言うと悦子の顔を心配そうに覗き込んだ。

話の輪郭が、ぼんやりながら少しずつ見えてきた。百合子さまと呼ばれるご婦人が、悦子に好感を持ったことは、あのとき何となく感じ取っていた。だがあまりに自分とは住む世界が違う人だったし、叔母さんからも特に何も聞かれないままで、悦子は深く考えることもなく、デパートで靴下を売るいつもの日常に戻っていた。

悦子は本来好奇心旺盛なたちで、博多の小さな酒屋の娘として平凡に暮らしながらも、いつも外の世界に強い憧れを抱いてきた。せっかく生まれたからには、狭い田舎暮らしをするだけではなく、華やかで明るい外の世界も見ておきたかった。だからこそ、東京のデパートの試験を受けるんだと何ヵ月もかかって両親に説得し、強引に東京に出てきてしまった。

「あんたは言い出したらきかんけん、しかたなか」

叔母さんのところに下宿するという条件で、母も最後には許してくれた。悦子の粘り勝ちだった。

友人たちは半ば呆れながら、悦子の上京を喜んでくれた。

「悦ちゃんが、そげん勇敢とは、思わんかった」

同級生のほとんどは、地元で就職を決めていた。東京のデパート・ガールになるという悦子の決意を知って、皆が一様に驚いていた。彼らは地元の会社や役所に数年勤めたあとに、親の決めた相手と見合い結婚して、子どもを二、三人産み、平穏な人生を歩むのだろう。

だが悦子には、そんな人生は物足りなく感じられてならなかった。せめて若いうちには、いろいろな体験をしてみたかった。平凡な暮らしより、波乱万丈な暮らしを夢見ていた。

けれど、いざ東京に出てきてみれば、配属されたのは紳士用靴下売り場で、「デパガ」などと呼ばれるほど華やかな仕事ではなく、単に地味な売り子に過ぎなかった。

私鉄沿線の叔母さんの家の周りも、ここが東京なのかと拍子抜けするほどに牧歌的な場所だった。四年後のオリンピックを目指して、東京の街は至るところ急ピッチで工事が進められているが、それからもすっかり取り残されているように思えた。

繁華街で見かける流行の先端を行く女性たちが、強《し》いて言えば悦子の思い描いていた東京なのだが、そんな姿を垣間《かいま》見ても、田舎育ちの自分には所詮縁がないものと思うようになっていた。

東京での生活に倦《う》んできた悦子には、叔母さんが時おり連れて行ってくれる教会での光景は奇妙なほど新鮮に感じられた。カトリックの教えというよりは、どちらかと言えば、教会に集う人たちに興味があった。

信者の人たちは身なりこそ質素だが、言葉遣いがとてもきれいだった。海外生活を経験した人もいるようで、神父と外国語で話す人もいた。

叔母さんの家にある家電製品と言えば、三種の神器と持て囃《はや》されている白黒テレビに電気冷蔵庫、電気洗濯機、そのほかにはせいぜい電気炊飯器くらいだった。叔父さんのボーナスでようやく入手したのだと、叔母さんはいつも得意げに言った。それさえ田舎から見ると宝物のように思えるのだが、信者たちは自宅でクッキーを焼いたり、マドレーヌという焼き菓子を焼いたりしている。きっと自宅にオーブンという立派な器具があるに違いなかった。

いったいどんな生活をしている人たちなのだろう。家族はどんな仕事をしているのだろう。悦子は好奇心を掻《か》き立てられる。

信者たちはいつも微笑《ほほえ》みを絶やさず、上品で慎《つつし》み深い。何よりも神父さまに絶対的な信頼を寄せて、非常に従順なのだった。その姿を見ていると、悦子はなぜか時おり胸がうずくような感覚がした。それはもしかすると、あの事件のことを、つい思い浮かべてしまうからかも知れなかった。

そして突然目の前に降り立った、白鳥のような、妖精のような人。

叔母さんからオランダとかハーグなどと言われても、まるでぴんと来ないが、聞かなかったことにするには惜しい気がする。あの優雅な貴婦人が、自分のことを気に入ってくれたなどと聞かされれば、悦子の胸はざわめき、聞き捨てにはできないのだった。

「それは、神父さまのご意向なのでしょうか。それともこの前、教会でお目にかかったあのご婦人のご意向なのでしょうか」

「もちろん、百合子さまのご意向だそうよ。神父さまを通じて頼んで貰《もら》えないかと、再三教会に訪ねていらしたそうなの。悦ちゃんのことをそこまで見込んで下さったと聞けば、誇らしくも、光栄にも感じるけれど、田舎の姉さんから預かった大事な悦ちゃんを、たとえ神父さまや百合子さまのご意向と聞いても、差し出すわけにはいかないし、ましてやそんな遠くまで行かせるなんて、できっこありません」

断固として言い切った叔母さんの頬が、かすかにふるえている。

「それにしても一回会っただけの悦ちゃんが、どうしてそんなに気に入られてしまったのかしら」

そう呟くと、首を傾げて考え込んだ。

叔母さんは悦子のことを、文字通り我が子のように可愛がってくれている。そのことは疑いようもない。だが悦子は、沸き起こる好奇心を、抑えることができずにいた。

「お話はわかりました。叔父さんにも、叔母さんにも、ご心配かけてごめんなさい。悦子はもう一度あの方にお目にかかりたいと思っていました。せっかくそんな風に言って頂いたのですから、直接お話をうかがってから、お返事をさせて頂くわけにはいかないでしょうか」

一瞬たじろいだ様子の叔母さんが、悦子をまじまじと見つめて手を取り、力なく頷いた。

アカシアの　雨がやむ時
青空さして　鳩がとぶ

むらさきの　はねのいろ
それはベンチの　片隅で
冷たくなった　私の脱けがら
あの人を　探して遥かに　飛び立つ影よ

かすれたように乾いた歌声が、隣家から聞こえてくる。叔母さんの大好きな西田佐知子《にしださちこ》の大ヒット曲だ。ふいに悦子は、善福寺川に他殺体として浮かんだ女の人のことを思い出した。あの人は、どうして殺されたのだろう。

悦子の手を包み込んでいるのは、田舎の母とそっくりのふくよかで温かい掌だった。

第五章　すべて世はこともなし　　百合子　一九六〇年晩秋

似ている……。

百合子は書斎のソファに腰掛けて、独りごちた。

教会のホールでおずおずと目の前に現われた若い女のことが気になってならない。

確か、エッコという名前だった。夫と同じかすかな九州なまりの残る朴訥《ぼくとつ》な話し方で、精一杯背伸びするようにお洒落《しゃれ》をしているものの、未だ垢《あか》抜けない気配の残る若い女。大きな目と赤い唇が愛らしく、ほんのりと紅潮したばら色の頬は、若さの持つ強さと脆《もろ》さを共に兼ね備えて見えた。

百合子は飲みかけのダージリン・ティのカップをソーサーに戻して、黒いプラスチックの缶を開けた。ケースを開けるとシナモンの甘い香りが、鼻腔をくすぐる。

「ぜひ百合子さまに召し上がって頂きたいと思って、焼いてまいりました。お口汚しですが」

教会で時々出会う小太りの中年女性が、そんなことを言ってこの缶を差し出した。

缶の中にはベージュ色の丸いクッキーと、ひし形をした茶色いクッキーが入っていた。

ベージュのクッキーを一口かじるとジンジャーの香りが漂う。食感はややパサパサしているが、味はなかなかのものだ。茶色いクッキーはココアの味がする。どちらも甘さを抑えていて、上品な味だった。

彼女はこの数枚のクッキーを手渡すために、何枚もの試し焼きをしたのかも知れない。子どもたちは試作のクッキーをどれだけ食べさせられたことだろう。武官の娘で、戦前はしばらくロンドンに在住していたと言っていたように記憶するが、あながち嘘ではないのかも知れない。

百合子はクッキーを三枚食べると、蓋を閉じた。元々食が細かったが、歳をとって更に食べる量が減った。これ以上食べると、夕食が入らなくなりそうだ。

痩せ型の体型が更に顕著になり、神経質で気難しい印象を与えているのは想像に難くないが、どうすることもできない。

冷めてしまったダージリン・ティを飲み干してから、百合子は窓際に立った。

夫の博太郎がこよなく愛し、庭師にいつも念入りに剪定《せんてい》を命じた松が、秋の日差しを受けて輝いて映った。その堂々とした佇まいも、もうすぐ見納めとなる。

緑色から黄色へと変わり、やがて赤く色づくカエデの葉も、今年は見ることがかなわないだろう。数日後には百合子はこの邸《やしき》を後にするのだ。

それにしても今年は日本の激動の一年だった。

「安保反対」

「岸《きし》政権打倒」

そんな声が日本中を席巻《せっけん》したのは初夏のことだ。

安保特別委員会での審議打ち切り、強行採決、衆議院本会議での強行採決。

全国に普及したテレビ画面を通して、岸首相の強硬姿勢が、お茶の間に流されたのだった。デモ隊は連日のように国会に押しかけ、「安保反対」の声が全国津々浦々に広まった。国会デモには、主婦、老人、学生など多様な人々が押しかけたようだった。革命が起こるのではないかとさえ囁かれ、百合子の恐怖は日増しに強くなった。

六月十五日、安保改定阻止には全国で五八〇万人が参加した。国会周辺デモには、ことさら大勢の人が詰めかけた。夕方になり全学連が国会突入をはかり、機動隊との衝突で、ついに東大の女子学生一人が亡くなってしまった。

百合子はその映像を、固唾を飲んで凝視していた。民衆の怒りは、次には自分たちに矛先を向けるはずだ。背筋が凍るようだった。もし本当に革命が起こったなら、自分たちはどうなるだろう。何よりも宮中でお暮らしになるあの方たちの運命はどうなることだろう。そう考えると、不安が募り、眠れぬ日が続いた。

結局、新安保条約は参議院での議決を経ずに、六月十九日に自然成立することで決着した。岸首相は退陣を表明し、その後、池田《いけだ》内閣が発足した。民衆の怒りが自分たちに向かうことはなく、抗議運動は少しずつ収まっていった、池田内閣発足から約四ヵ月後に行われた先の総選挙では、予想に反して自民党《じみんとう》が圧勝した。

日本中を揺り動かした安保騒動で、岸政権が崩壊したあとだけに、世論は野党に傾いているはずだった。自民党が下野し、政権交代が起こるのではないかといった予測さえ報じられていた。

ところが蓋を開けてみれば、自民党の圧勝だった。国民は岸を見捨てたが、自民党を見捨てることはなかったのだ。百合子も博太郎も、ひとまずほっと胸をなでおろしている。

神楽坂《かぐらざか》から、右に曲がり左に折れる長い坂道をのぼっていくと、富士見馬場《ふじみのばば》につきあたる。かつてはここのはるか先に、富士を見渡せたという。富士見馬場を更に東に向かうと、重厚な門構えの最高裁長官公邸が、忽然《こつぜん》と目の前に現われる。

約千二百坪の敷地に三百坪の木造二階建て。昭和のはじめに個人の邸として建築され、大戦でも奇跡的に焼け残った邸だが、財産税で物納され、一九四七年から最高裁判所長官公邸として使われてきた。家屋を囲む日本庭園も美しく、海外からの司法関係者の賓客《ひんかく》をもてなすに、まことにふさわしい場所と思えた。

和洋折衷ながら不思議に調和の取れたこの公邸に越してきたのが、昨日のことのようだ。住みはじめの頃こそ古い邸の陰湿な気配に、多少の違和感も覚えてなじめなかったが、数ヵ月もする頃から、檜《ひのき》の匂いに包まれ目覚める心地よさを覚えるようになった。夫の任期の間だけの仮住まいと分かっていたはずなのに、邸と庭に、知らない間にすっかり愛着がわいていた。

玄関ホールから階段へ敷き詰められた赤い絨毯《じゅうたん》。レースのカーテン越しに日の差す暖かい応接室。庭全体を見渡せる和室。池を見下ろすよう作られた静かな書斎。その池で悠々と泳ぐ錦鯉《にしきごい》。どこからともなく訪れる野鳥の、愛らしい鳴き声。四季折々に咲く花の芳しい香り……。

それらすべてを百合子はいま、愛おしく感じている。

畠中博太郎が参議院議員を辞職し最高裁長官に就任したのは一九五〇年、敗戦からようやく五年の月日がたち、博太郎は半年後に還暦《かんれき》を迎えようとしていた。

世界を見渡せば、植民地化されていた国が相次いで独立や民族解放運動に向かい、その目指す方向は社会主義に傾いていた。国際的な自主独立の機運と、しのび寄る共産化の趨《すう》勢《せい》は、米国を中心とする西側戦勝国の危機意識を高めた。敗戦ですべてを失った日本でも、自らの手で自分たちの国を作っていこうという意識が強まっていた。

そんな中で下山《しもやま》事件、三鷹《みたか》事件、松川《まつかわ》事件という国有鉄道にまつわる奇怪な事件が起こった。当初は共産党の犯行ではないかと囁かれ、世の中は騒然となった。

博太郎は断固とした反共主義者として知られていた。日本を共産化から守るというのが博太郎の信念だった。そのため反動的と見られることも多く、吉田茂《よしだしげる》に推薦されて最高裁長官に就任したときには、号外の新聞が発行されるなど、左派系の人々は過度に警戒したらしい。

在任期間は三八八九日に及んだ。十年七ヵ月もの長い期間だった。歳月は百合子の肌の色をくすませ、髪の色を白髪交じりに変えた。古希《こき》を迎えた博太郎の髪も薄くなり、年輪のような深い皺《しわ》が刻まれている。二人とも確実に老いていた。

それでも幸いなことに夫婦共に今のところ健康に恵まれていて、博太郎はハーグの国際司法裁判所の判事への就任が決まった。博太郎の強く望んだ職であり、百合子も久しぶりとなる異国の土地での暮らしを心待ちにしている。人生の晩年が、鮮やかな夕日のように、錦繡《きんしゅう》の紅葉のようにあって欲しいと、祈らずにはいられない。

数年前に亡くなった百合子の父・杉本侑次《すぎもとゆうじ》は、商法学者として名高い人であった。父にとって博太郎は最も大切な弟子の一人で、父はことのほか博太郎に目をかけているように見えた。

侑次はヨーロッパ留学後に東京帝大教授となり、南満州《みなみまんしゅう》鉄道理事、副総裁を歴任後、法制局長官を務めた。戦後に幣原《しではら》内閣の憲法改正担当大臣として入閣、憲法草案を作成したが、内容が保守的過ぎるとしてＧＨＱにあっけなく却下された。よほど不本意だったらしく、苦虫《にがむし》をかみつぶしたような顔をしていた父の表情を、百合子は未だに忘れることができない。

学者として学究に励み、大臣の座にありながら法律事務所も開設し、多くの会社の顧問弁護士や監査役を務め、実務面でも業績を残した。音楽を愛し、東京交響楽団設立委員長をも務めた。

百合子の母親は、慶應義塾塾長も務めた銀行家の娘で、皇太子の教育係をつとめた著名な経済学者の姉であった。

そんなエリート一家の中で、百合子はやや虚弱な体質ながら、美術や音楽、文学を愛する多感な少女期を過ごした。

博太郎はと言えば、一八九〇年に裁判官の長男として鹿児島《かごしま》市に生まれた。父親の赴任に従って岡山《おかやま》、新潟《にいがた》、福岡で少年時代を過ごした。秀才の誉れ高く、第一高等学校と海軍兵学校に合格し、親の勧めで第一高等学校へ進学、東京帝大法律学科に進んだ。在学中に高等文官試験に合格し、東京帝大を首席で卒業、内務省に勤務するが、思うところあり一年半で退官し、東京帝国大学助教授となる。欧米留学後に東京帝大教授に就任、百合子の父・杉本侑次の後任として、商法講座を担当することになった。百合子との結婚は、博太郎が教授に就任して明くる年の一九二四年、裕仁《ひろひと》親王と良子《ながこ》女王ご成婚という国をあげての慶事があった年だった。

博太郎は一高・東京帝大の先輩の紹介で、無教会主義キリスト教の内村鑑三《うちむらかんぞう》の門下生となっていたが、個人主義的信仰の破綻《はたん》を感じ、次第に教会とその権威の必要性を感じるようになっていく。結婚して百合子からの強い勧めもあり、カトリックを信仰するようになり、上智《じょうち》大学初代学長のヘルマン・ホフマン師より洗礼を受けた。

カトリック信仰を持つようになってからの博太郎は、それまで必要悪とみなしていた法や国家に積極的な意味を見出し研究に邁進《まいしん》。法学者として充実した豊かな成果を生み出していく。それが著書『世界法の理論』に結実したとも評価されている。

——人類社会の常識として、又自分の胸の中に道徳や良心が住まっていることを否定できない。又道徳は一個人や社会や国家がその時々の必要に応じて勝手に改廃できるものではない。それは人間性自体の中に根をおろしているところの、時代と場所を超越する自然法である。人間の作る法令、つまり憲法や法律や命令は自然法の有理を具体化し、その細目を規定したものである。道徳の起源は超人間的存在、最高の立法者たる神を想定しない限り説明ができないのである。

博太郎は自然法の存在を、人間の創る法律のはるか上に置いて解説した。百合子によって導かれた信仰が、博太郎の中で法哲学として結実していったのだ。百合子は妻としてそれを誇らしく感じてきた。

結婚以来三十余年、博太郎は数々の要職を歴任し、これ以上望むべくもないほどの出世を遂げてきた。文部大臣、参議院議員、最高裁長官。じきに文化勲章を受章する。亡くなった父も、博太郎がここまで栄達を遂げるとは、想像していなかったのではないだろうか。何よりお互い健康で仲睦《なかむつ》まじく暮らしてきたことを、百合子は心から神に感謝している。

博太郎は自身の下した判決や発言について、多くの批判にさらされてきた。

裁判官の妻として分をわきまえ、夫の仕事の領域に決して踏み込んではならないと、百合子は十分に知ってはいたが、見過ごせないこともあった。信念に基づいて発言していると分かっていても、百合子の心も時にざわめく。

たとえば最高裁大法廷における松川事件「仙台《せんだい》差戻し判決」では、博太郎は少数派の反対意見を主張し、多数意見について「木を見て森を見ていない」と強く非難した。

松川事件は裁判が進むにつれ、被告らの無実が明らかになっていった。作家の広津和郎《ひろつかずお》が中央公論で無罪論を展開し、世紀の冤罪《えんざい》事件と騒がれ、市民運動の大きなうねりもまき起こったが、博太郎は断固として自説を崩さず、有罪を支持していた。

「多数意見は法技術にとらわれ事案の全貌と真相を見失っている」

そう言って、新しい証拠のメモの出現など問題視する必要はないと言い切った。

「もし多数意見者が、被告たちを実行者でないと考えているのなら、原判決を破棄して無罪の判決をくだすべきであり、差し戻しなどという中立を装った中途半端な判定をくだすのは誤りだ」

博太郎は時に極端な物言いもする、激しい一面があった。大岡昇平《おおおかしょうへい》氏までもが、夫の発言を強く批判した。百合子はかつて文学を志したことがあり、それは博太郎も同じで、文学を愛好することで二人は深い部分で繋がっていた。大岡の『俘虜記《ふりょき》』には強く感銘を受けた。

ロマネスク小説『武蔵野夫人《むさしの》』も、百合子は密かに愛読し、主人公・道子《みちこ》の物語をなぞりながら、胸をときめかせた。それだけに、週刊誌に掲載された「畠中長官を弾劾する」という大岡の記事を、百合子は読まずにはいられなかった。

――「木を見て森を見失う」の如き「たとえ話」で補強するのは無用である。「たとえ話」は俗耳に入り易いが、常に両刃の剣であると知るべきである。もし意地悪な論者がいて、森にばかり気を取られて、木を見ないでもよいのか。事件全体の輪郭を見惚れて、重大な細目を見逃してならぬと反論されたらどうするか。

文学者らしい的確な批判のようにも思えた。この部分は特に胸に突き刺さった。

――証拠はすでに十分でその必要ないとは、畠中裁判官の意見に過ぎない。証拠が十分でないと多数意見は判断したから「差戻し」の判決が決定したのである。判決の結果は、少数意見の直接関係するところではないはずである。ことが人命に関するものである以上、何年かかろうと、審議を尽くすのが裁判ではないのか。十年たっているから新しい証拠はどうせ見つからないから、死刑を確定して、手数を省けというのは、国民を侮辱するものである。畠中長官には人民の生命より、下級審の手間の方が大事なのか。

大岡もまた激しい人だった。怒りはこめられているものの、論理的な指摘に、百合子はたじろいだ。最初に読んだときには動悸《どうき》が止まらなかった。

「ことが人命に関するものである以上」という文言が、雑誌の頁《ページ》から浮かび上がって見えるようで、百合子は何度もその行を指でなぞった。そのうちに紙が擦り切れて破れそうになり、あわてて記事の掲載された数頁だけを切り取った。

厳重に封をして抽斗《ひきだし》の奥に仕舞ったものの、博太郎もおそらくこの記事は読んでいるに違いなかった。博太郎の反論も聞いてみたかった。だがたとえ夫婦であっても、踏み込めない一線があるように感じて、百合子は口をつぐんだ。

大岡の批判は、百合子の胸の深い部分に沈殿した。生涯決して忘れることはできないだろう。

そしてまた、博太郎の実弟である吉彦が、松川事件の弁護人を引き受けたことも、百合子にとって大きな衝撃だった。

畠中吉彦は一九〇三年生まれで、博太郎の十三歳年下で百合子と年齢が近い。博太郎とはまったく印象の違う涼しげな目鼻立ちなので、結婚式の日にはじめて出会って以来、その面影は百合子の胸の奥深くに沈殿し、時折、古傷のように痛むのだった。

吉彦は博太郎と同様に法学の道を志し、法政《ほうせい》大学法学部の教授を務めていたが、松川裁判に憤り、松川事件の弁護人を引き受けていた。博太郎はそのことを知ると、顔を赤らめ、苦々しい表情をして沈黙した。あえて感情を表に出さないように無口になって、吉彦について一切口を閉ざしたのだ。けれど表情の険しさと沈黙は、却って博太郎の怒りの強さを表しているかのようだった。

吉彦は病弱で喘息《ぜんそく》の持病があった。松川事件について単独の上告趣意書を提出し、弁論の日に備えていたと聞くが、口頭弁論を目前にして急逝してしまう。五十四歳の若さだった。吉彦の死の報せを受けて、百合子は狼狽《ろうばい》した。心の奥底に封印していたはずの古い傷が再び疼《うず》きはじめた。

通夜に駆けつけると、憔悴《しょうすい》した様子の若く美しい妻が、気丈に対応していた。百合子が名乗ると、はっとした表情で百合子を見つめて、静かに頭を下げた。百合子は若き未亡人に、かける言葉を見つけることができなかった。

吉彦の死を心から悼《いた》みながらも、博太郎の妻として、百合子は悲しみに蓋をしなくてはならなかった。同時に吉彦のそばに寄り添うことのできた若い妻に、かすかな嫉妬《しっと》を覚えていた。

博太郎のことを、世の人々は恐れ、怖がっているようにも見受けられた。

「ご主人様はご家庭でもさぞかしお厳しくていらっしゃるんでしょうねぇ。奥様はお気遣いが大変でいらっしゃいますでしょうに」

　百合子への同情の声が聞かれることもあったが、そんなときには百合子は決まってこう答える。

「主人は大変優しくしてくれます。もちろん意見の食い違いがあり、そんな時は言い合いになることはございますが、一方的に怒鳴られたり、威張られたりしたことは、ただの一度もございません」

　実際に博太郎は百合子のことを未だに「百合子さん」或《ある》いは「あなた」と呼び、貴婦人のように恭しく接した。それは結婚当時から変わらない。

　年齢が十四歳も離れているせいか、いつも慈愛《じあい》に満ちたまなざしで百合子に接し、恩師の娘であるからだろうが、妻としてだけではなく、人間として尊重してくれているのが、折にふれしみじみわかるのだった。夫婦仲の良さはつとに有名で、記者たちの間にも知れ渡っていた。雑誌にそんなエピソードを書かれたこともある。

　体のあまり丈夫ではなかった百合子は、子どもを一人しか産むことはできなかったが、夫は一人息子よりもむしろ妻・百合子を大切にしてくれているようにさえ感じられる。

反共主義者として知られる博太郎だが、かつて十数年もの長きにわたって投獄されていた共産党幹部の一高同窓生に、食料や本の差し入れを続けたこともあった。貧しい画学生を援助しアトリエを提供したこともある。冷徹で厳しい殻の下に、情愛に満ちたロマンチシズムを秘めているのが、博太郎の生来の気質と言えようか。


三十五年もの月日がたち、珊瑚《さんご》婚式も終えて、振り返って最も喜ばしかったことの一つが、皇太子と美智子妃のご成婚だった。

百合子は池田山《いけだやま》の正田《しょうだ》家の人々と昵懇《じっこん》であり、女学校の後輩でもある美智子さんと面識があった。そのまぶしいほどの健康的で知的な美しさに、いつも見惚れたものだ。

伸びやかな四肢、軽快で若々しい動き、明るく闊達《かったつ》な表情、そして優美な言葉遣いとしぐさ。女の子を育てたことはないが、こんな娘がいたらどんなにか誇らしいことだろう。非の打ちどころのないお嬢さんというのは、こういう人を指すのだと思わずにはいられなかった。周囲を隅々まで明るく照らす不思議なエネルギーが、彼女から確かに発散されていた。

「おばさま。お身体はいかがでいらっしゃいます?　今年は特別にお寒うございますわ。

お気をつけあそばして」

身体の丈夫でない百合子のことを、美智子さんはことあるごとに気遣って、優しく労わりの言葉をかけてくれもした。

母の弟にあたる叔父に、素晴らしいお嬢さんがいると紹介したこともある。後に叔父が妃殿下選びに関わっていると知ったときは、思わず差し出がましいことを口にした。

「ぜひあの方をご推薦ください。あの方以外、いないのです」

すると叔父は、分かっていると言わんばかりに頷いた。既にそのときには、意中の人となっていたに違いない。

何事も肯定的にとらえ、常に前向きの姿勢で、自らの義務と使命を忠実にこなしていく。敗戦国日本を明るくしてくれるシンボルともなるべき女性は、この人をおいて他にいないと確信した。それは博太郎も同感であった。

果たしてその数年後、宮中三殿の賢所における結婚の儀に、三権の長として夫婦で参列し、髪をおすべらかしに結って十二単をまとった美智子さんを遠くから仰ぎ見た。それは平安絵巻さながらの、厳かで清々しいお姿であった。

けれどその少し前に……。

あの忌まわしい事件が起こったのは、ご成婚のちょうど一ヵ月前のことだった。

早朝の善福寺川に、若い女性の遺体が浮かんだ。遺体はうつ伏せではなく仰向けで、衣服には乱れもなく整っていた。表情も穏やかで唇を薄く開き、微笑んでいるようにさえ見えたと聞く。遺体の状況からして当初は自殺と推察されたが、腕で締め上げられた扼殺の跡が見つかり、窒息死と判明、他殺と断定された。

被害者はイギリスの航空会社のスチュワーデスを務める女性だった。スチュワーデスが若い女性たちの羨望の的の職業であることは言うまでもなく、被害者は多くの志願者の中から選抜された才色兼備の女性だという。

切羽詰まった声のS会主任司祭を務めるサンドロという神父から電話がかかってきたのはしばらくたってからのことだった。

「百合子サマ、大変デス、S会ハ、モウオシマイカモ、シレマセン」

百合子は以前にもサンドロ神父から、頼まれ事をされたことがあった。

S会の本部はローマにあり、世界中で青少年教育活動を行っている修道会だ。各地に教会、神学校、学校、保育所などを持っているが、ほかの会に比べ、日本での布教はやや立ち遅れてもいた。

遅れを少しでも取り戻そうと活発に伝道をしている矢先に、Ｓ会が救援物資として寄贈した砂糖を、横流しした信者がいたらしい。日本の警察がそれをかぎつけ、闇売買摘発の為に教会に疑惑の目を向けたという。

サンドロ神父は最高裁長官邸にやってきて、恭しく頭を下げた。

「オチカラヲ、オ借リシタイノデス」

教会には何一つやましいことはないと司祭は胸を張った。これは正当な物資で、我々が神の御恵みによって、各地の教会に配給しているものなのだと。

「オンビンニ、解決シテ、頂ケナイデショウカ。教会ノタメニ、Ｓ会ノタメニ、ゴ主人サマノオチカラヲ、ゼヒトモ、オ借リシタイノデス」

サンドロ神父は沈痛な表情を浮かべた。

「よくわかりましたわ」

百合子は頷いた。学識豊かで崇高な雰囲気を漂わせるサンドロ神父のことを、百合子は心から敬愛していた。

サンドロ神父は百合子のことを〝日本の理想的な貴婦人〟と呼び、百合子はサンドロ神父のことを〝世界を代表する模範的な聖職者〟と呼んだ。お互いに深く信頼を寄せ合っていた。

「このような些細《ささい》なことで、教会やS会が世間の誤解を受けてはなりません。それは恐ろしいことですわ。早速主人に申し伝えて、善処するようにさせましょう」

その「闇砂糖事件」は百合子の計らいで「穏便に」済まされることになった。

だが今度の事件は、事情がまったく違う。


サンドロ神父が長い黒衣の裾をひるがえしながら、再び長官邸にやってきた。砂糖事件の時よりも、更に深刻な、蒼ざめた表情をしていた。体も少し痩せたようで、目の下に大きな隈ができていた。いつも堂々としているサンドロの、こんなにやつれた姿を見るのははじめてで、百合子は事の重大さを思い知らされた。

三十代後半のペータースという名の神父が、信者の女性と親しい間柄になったという。出されたコーヒーに口も付けずに、サンドロは低い声で囁くように語り、力なくうな垂れた。

かつて修道女になりたいと思いつめたこともある百合子は、神父と信者が恋仲になるなどとは、想像だにできない。血気盛んな肉体を持つ神父が、肉欲を断つのはさぞ大変なことであろう。彫りの深く美しい顔立ちの優しい神父に、憧れる気持ちはわからなくはない。だが妻帯を禁じられたカトリックで、神父と信者が恋愛関係になるなど、許されるはずのないことだ。

　ペータース神父はS会の会計係を務めていて、会の発展のために精一杯尽力したという。職務を果たすために奔走し、ふとしたことから、闇の組織の人に近づいてしまったらしい。

　やがて女との関係を知られ、脅されるようになった。闇の組織の人間は、女にある「任務」を命じた。それを拒《こば》んだため、女は葬り去られたのではないかという。女は多くのことを知りすぎてしまったに違いないと。

「ある任務とは何なのでしょう」

「ワカリマセン、彼女ハ、スチュワーデスデ、海外ニ、渡航スルコトガアリマス」

「海外に……ということは、密輸か何かを……？」

「ワカリマセン……」

　サンドロは顔を覆って、すすり泣き始めた。

「神父さま、気をしっかり持たれてください」

　百合子が強い語調で言うと、司祭ははっとしたような表情をした。

「その女性を殺したのは、誰なのですか。まさか、神父では……」

「トンデモアリマセン！」

サンドロが大きな声で遮った。

「ソンナコトハ、ケッシテアリマセン。タダ、ヒジョーニ強ク、疑ワレテイマス。ユウノウナ刑事ガ、取調ベニ、アタッテイルソウデス」

サンドロは深いため息をついて、天を仰ぐようなしぐさをした。

「交際シテイタコトハ、残念ナガラ、本当ノヨウデス……。罪ブカイコトデス。デモ殺シタノハ、彼デハアリマセン。彼ノハズハ、アリマセン。ソレナノニ、神父ハ疑ワレテイマス。モシ、逮捕サレルコトニナッタラ、S会ハ、モウ、オシマイデス」

サンドロは再び嗚咽《おえつ》し始めた。そして頭《こうべ》を垂れて懇願した。

「教会ノタメニ、S会ノタメニ、ゴ主人サマノオチカラヲ、ゼヒトモ、オ借リシタイノデス。オチカラヲ、オ借リデキナイデショウカ」

「神父さま、お顔を上げて下さいませ」

サンドロはおずおずと顔を上げ、百合子の顔を見つめた。瞳は澱《よど》んで濁っているように見えた。

「本当にその神父が犯人ではないのですね？　S会は、本当に関係ないのですね？」

百合子は何度も念を押した。

「モチロン、モチロンデストモ！」

「誓えますか」

「ハイ。ダンジテチガイマス。神ニチカッテ……」

百合子はサンドロの目を見つめた。怯《おび》えた表情の中にいつもの澄んだ瞳が見え隠れするように思えた。

事件の起きた少し後に、東京地裁で一つの重大な判決が下されていて、それ以来、博太郎の身辺は俄《にわ》かに慌しくなっていた。長官邸にはいつになく、緊張した気配が漂っていた。そんなときに博太郎にこんな話をできるだろうか。不安もあったが、サンドロの必死の懇願を断れそうにもなかった。

「わかりましたわ。では、主人に相談してみましょう……」

「アリガトウゴザイマス！　コンナコトハ、百合子サマヲオイテ他ニ、相談デキマセン」

大げさなほどの身ぶりで喜びを表した。

「この前の事件のときほど、簡単にいくとは思えませんが、主人にまず話してみましょう。ただ主人はいま大変重要な案件を抱えているので、あまり期待はしないでください。できる限りやってみましょう。とりあえず、今日のところはお引き取り下さいませ」

「アリガトウ、アリガトウ、ゴザイマス」

サンドロは何度も深くお辞儀をして、黒衣をひるがえしながら去って行った。

サンドロ神父の言葉に、本当に嘘はなかったのだろうか。

百合子はその後何度となく思い返した。

日本は国際社会の中でまだまだ弱い立場にいる。アメリカだけではなく、ヨーロッパとの関係、バチカンとの関係にも、大いに配慮が必要だった。

百合子がサンドロから聞かされた事件の顚末を早速伝えると、博太郎は忌々しそうに、顔をしかめた。

「何てことだ。よりによってこんな時に」

そして吐き棄てるように言った。

「西欧諸国との関係が、こじれるようなことがあっては断じてならない。日本にとっても、岸内閣にとっても、西欧諸国との外交は、これからが正念場なんだ。一時たりとも、滞りは許されない。たった一人の女のために、断固として、そんなことがあってはならない」

博太郎は眉間に皺を寄せて拳を握り締めた。

「たった一人の女のために……」

博太郎は激しい苛立ちの表情を浮かべると、居間の隅におかれた電話の前まで、大またで歩み寄った。受話器を取ると、百合子に背を向けたままダイヤルを回し始めた。表情は窺えず、誰と会話しているのかも分からなかったが、数分間ボソボソと話をしてから、いきなり受話器をおいた。百合子は耳をそばだてたが、博太郎の囁くような低い声を、何一つ聞き取ることはできなかった。ガチャンという受話器のおき方からも、博太郎の苛立ちが伝わってきた。そして百合子を振り返ることもなく、居間を出た。それっきり夜遅くまで、博太郎は書斎から出て来ようとはしなかった。

六月十一日、重要参考人であったペータース神父は、ローマへの転属を理由に突然出国した。善福寺川で女の死体が見つかってから三ヵ月がたっていた。事件はそのまま迷宮入りした。

それに先立つ五月二十六日に、国際オリンピック委員会総会にて、第十八回夏季オリンピック大会の開催地が、東京に決定された。

だが、これで、本当に良かったのだろうか。

百合子は何度も反芻《はんすう》した。

神父は、事件に本当に関係がなかったのだろうか。では、女は誰に殺されたというのだろうか。いったい、何のために……。いくら考えても結論が出るはずもない。

少なくとも真相を知る人物として、神父を国外に出すべきではなかったのではないだろうか。

「神父が真犯人かのごとく、写真を掲載したり名前を発表したりするのは、人権蹂躙《じゅうりん》だ」

そう言って厳しく批判したカトリック作家・遠藤周作《えんどうしゅうさく》さえ、「突然の帰国は、一般の日本人の根のない疑惑をさらにふかめる原因となった」と雑誌に記した。

百合子は偶然に教会でペータース神父と女の写真を見る機会があった。それは信徒の親《しん》睦《ぼく》会のピクニックでの写真だった。S会では春と秋に日帰りのピクニックを催している。日常生活で何一つ世俗的な快楽を持たない神父たちへの、慰労と感謝の意味を兼ねた恒例行事だった。そこにペータース神父と女が並んで写っていた。

端整な顔立ちの神父と、丸顔の女性……。

女は豊かな髪を肩まで伸ばし、襟の大きな明るい色のスーツを着ていた。はにかんだような控え目な笑顔は、若々しく華やいでいて、十分に魅力的だった。もし二人が神父と信者でなかったなら、お似合いのカップルと言われてもおかしくはなかっただろう。女は幸せそうな表情で、神父の横に静かに佇んでいるように見えた。恋する女の顔をしていた。

スチュワーデスに選ばれる前に、女はS会の乳児院で保母として働いていたという。実家は関西で、東京では親族の家に下宿していた。美智子さんや百合子の母校の姉妹校でもある、カトリック女子校の卒業生でもあった。明るくはきはきしていて、子ども好き。誰からも好かれる、朗らかな女性だったと、信者たちが噂していた。川面で遺体として発見されたとき、女は薄く唇をあけて、微笑んでいるようにも見えたという。

百合子はふいに、英国の美術館で見た『オフィーリア』の絵を思い出した。ラファエル前派の画家エヴァレット・ミレーによって、細密な写実表現で描き出された『オフィーリア』は、生と死の狭間にありながら、なお神々しい美しさを放っていた。手にはヒナギクとパンジーを握り、スミレの首飾りを身に着け、鬱蒼とした草木の生い茂る川面に、彫像のように硬直して仰向けに横たわり、目を半開きにし、薄く唇をあけて浮かんでいた。

まるで、あの、『オフィーリア』ではないか。

そんなことをふと思い浮かべてしまった不謹慎さを恥じ、百合子はあわてて打ち消した。

百合子のカトリックへの信仰は、微動だにせず、決して揺らぐことはない。だが修道会の在り方に、何か問題があるのではないだろうか。疑念は次第に膨れ上がっていく。

教会ですれ違ったこともあったのだろうか、前途洋々たる信徒の女性を、見殺しにしたような後味の悪さが、いつまでも百合子にまとわりついた。寂しそうに微笑む女の夢を見ては、汗をぐっしょりかいて目覚めるのだった。

神父と恋愛に落ちるなどということは、百合子の感覚では、想像するのがなかなか難しいことだった。だが彼女もまた、迷える子羊ではなかったのか。司祭は彼女を正しい道に導くべきではなかったのだろうか。

百合子はマタイによる福音書を、読み返した。

――ある人が羊を百匹持っていて、その一匹が迷い出たとすれば、九十九匹を山に残しておいて、迷い出た一匹を捜しに行かないだろうか。はっきり言っておくが、もし、それを見つけたら、迷わずにいた九十九匹より、その一匹のことを喜ぶだろう。そのように、これらの小さな者が一人でも滅びることは、あなたがたの天の父の御心ではない。

真摯に祈りを捧げても、神に問いかけても、黒々とした影法師のような後ろ暗さが、百合子の身体にしみついて離れない。こんな深い罪悪感に囚われたのは、はじめてのことだった。殺された女と神父の間柄を思うとき、百合子の身体の奥に、ふいに鋭い痛みのようなものが走る。それが官能の疼きだということを、百合子は断じて認めたくはない。

何故かそのとき、亡き吉彦の顔が脳裏をよぎった。結婚式の日にはじめて出会った、端整な顔立ちの美しい義弟……。あのとき百合子は一瞬にして、吉彦に強く惹かれたのではなかったか。恋心と呼んでよいときめきを、無理やりに押さえ込んだのではなかったか。あのときに覚えた切ないほどの鼓動を、忘れることはできない。百合子は己の罪深さにおののいた。

神父と恋に落ちた女に、石を投げる資格など、自分には決してないのだと。

そして百合子の前に現われた悦子という若い女……。豊かな黒髪に色白の肌、大きな瞳にぽってりした赤い唇。大きな衿とボタン、リボンの付いた明るい色のスーツを着ていたのも、単なる偶然とは思えない。

博多なまりの残るアクセントで、おどおどして話す悦子は、けなげにも見える。悦子のために、何かしてやることはできないだろうか。

はじめは単なる思いつきに過ぎなかったが、次第に確信のように思えてきた。ちょうどハーグに行くに当たって、身の回りの世話をしてくれる、アシスタント兼秘書の役割の、若い女性を探しているところだった。

悦子を娘のように自分のそばに置いて、礼儀作法や語学、教養を身につけさせることはできないだろうか。一流の劇場や美術館にも、連れて行くのはどうだろう。時には社交界のパーティにも連れて行くことだって、できるかも知れない。利発そうな彼女ならきっと、どんなところに出しても恥ずかしくないレディに育つのではないか。

百合子の後ろ暗い気持ちが、妄想にも似た思いを引き寄せ、次第に膨らんでいった。それはせめてもの罪滅ぼしのようなものだったかも知れない。

「奥さま、ご子息さまがお見えでございます。さっきからお呼びしているのですが、奥さま」

階下から聞こえる手伝いの女の甲高い声に、突然夢から覚めたようにはっとなった。

今は放送局に勤める一人息子が、父親の退官前に、公邸に遊びに来ると言っていたのを思い出した。

息子は百合子に似て文学好きの夢想家で、法曹を志すことはせずに文学部で学び、小説家を志していた。いずれは勤めをやめて、小説に専念したいなどと言う。そんな息子のことを博太郎は理解しようとはしないが、百合子は自分と似たものを感じて、困惑しながらもどこかで許していた。家庭を持つ気もないらしく、独身生活を謳歌《おうか》して、時折ぶらりと公邸にやってきては庭を眺め、いつ見ても心が洗われるなどと言っては、物思いに耽《ふけ》って帰って行くのだった。

「あら、ごめんなさい。ちょっと考え事をしていて」

小さな手鏡を取って、あわてて髪を整える。すっかり白髪交じりになってしまったが、息子であろうと、だらしない姿を見せたくはない。

「すぐ下りて行きます。応接室に通して、温かい紅茶を入れてちょうだい。ミルクも温めてちょうだいね」

「かしこまりました！　奥さま」

はきはきした女の声が、玄関ホールに響き渡る。

ブラウニングの詩を口ずさみながら、百合子は階段を降りて行く。

息子が生まれたのは、博太郎が英国に出張中のことだった。なかなか眠りにつかない幼い息子に、この詩を英語で唱えてやると、呪文のようにすやすや寝息をたてたのが、まるで昨日のことのように思われる。

片岡に　露みちて、
あげひばり　なのりいで、
かたつむり　えだにはひ、
神、そらに知ろしめす。

すべて世は　こともなし。

大丈夫、きっと、すべて、うまくいく……。百合子は静かに微笑んだ。

第六章　青いビュイック　慶介　一九六二年夏

十七の夏。それは慶介の将来を決める大切な季節になるはずだった。

「こん夏、どがしこ勉強したかで、君の人生は変わるんちゃ」

担任や塾の講師に何度も口を酸っぱくして言われてきた台詞だった。

松尾慶介は福岡の松尾内科医院の一人息子だった。祖父の代から続く、地元でちょっとは名が知られた医院だ。

終戦の数ヵ月後に生まれた慶介だが、食べるものに困ることなく、何不自由ない子ども時代を過ごした。何不自由ない生活どころか、慶介の家にはいち早くテレビがあったし、冷蔵庫も洗濯機もどこより早く置かれていた。玄関には電話もあり、近隣の住人たちが「呼びだし」と称して、慶介の家に電話を借りに来るのだった。

「松尾先生んちには、電話があるだけやなし、テレビっちゅうもんも、おかれとる」

慶介の父はビュイックという大きなアメリカ製の外車に乗って、往診に出かけるときにもこの車に乗って出かける。住人たちはその青光りする大きな車が、でこぼこ道を走り抜けるのを、遠くから眩しそうに眺めていた。

都会と違って地方都市では仕事も限られ、医師はもっとも安定した高収入の仕事と思われていた。いわば慶介は、近隣の住民の中で一番の金持ちの、田舎の特権階級とも言えるような家庭で育った。休日には、慶介も父の隣の助手席に乗せてもらうこともあったが、誇らしいと同時に、後ろめたい気持ちも常に感じられてならなかった。

馬鹿でかいビュイックが、田舎町には不似合いこの上なかった。ふだんは勤勉で良き家庭人に思える父が、大型のアメ車を得意そうに運転する姿に、一瞬、憎悪に似た嫌悪感を覚えた。ふいに父親が滑稽《こっけい》な俗物に思えてならなかった。

皆の羨む何不自由ない生活をおくりながらも、それと引き換えに、慶介は医者になるように、周囲から強く切望されて育った。子どもの頃から、広い子ども部屋をあてがわれ、本棚には参考書以外にも生物の図鑑など、慶介に科学への興味をひかせるための本がぎっしり並べられている。塾に通うだけではなく、週に一回、九州大学の医学部の学生が家庭教師としてやってくるのだった。眼鏡をかけた痩せぎすの大学生は、慶介が医学部への進学を嫌がっていることなど、少しも気づいていないようだった。

慶介は数学が苦手だった。むしろ小説を読んだり、歴史を勉強したりするのが好きで、文学部への入学を希望していた。家族には言えないが、将来の密かな夢は、ジャーナリストになることだった。

父の母校である国立の医学部に合格する自信はまったくなかった。私立の医学部にならすれすれで合格はできるかもしれないが、そもそも自分に医者は向いていないような気がしてならない。そんなことを口にすると母親はうろたえて、必死に慶介を説得しようとする。

「そげん医学部がいやなら、歯学部に入って、歯科医の資格ば取ってから、文学ば学べばよかろうに」

青ざめて懇願する母親の様子を見ると、気の毒に思えてくる。一人息子に親が期待する気持ちもわからなくはない。けれど一度しかない慶介の人生だ。親のために好きな道を諦めてしまっていいものかと思えてならない。


そんな慶介の気持ちをいっそう強めたのがある映画との出会いだった。『キューポラのある街』という題名の映画で、埼玉《さいたま》の川口《かわぐち》というところを舞台にした青春ドラマだった。川口は鋳物《いもの》の街で、鉄の溶解炉を意味するキューポラが沢山あるという。

主人公は中学三年の石黒《いしぐろ》ジュンという少女で、鋳物職人の長女だった。何事にも前向きで、高校進学を目指しているが、父親が工場を解雇されてしまったため、家計が逼迫《ひっぱく》し、修学旅行に行くことすら諦めている。

自力で高校入学の費用を貯めようと、ジュンはパチンコ屋でアルバイトを始める。担任教師の尽力で、修学旅行に行けることになったが、再就職した父親は、待遇に不満で仕事をまた辞めてしまう。絶望したジュンは女友だちと遊び歩き、不良少年に乱暴されかけたりもする。

結局ジュンは全日制の進学を取りやめて、就職を決断する。貧しいながら力強く生きる人たちとの交流を通じて、ジュンは働きながら定時制で学び続けることに意義を見出すのだった。

映画を見終わったときに、慶介はしばらく立ち上がることができなかった。自分と同年代の少年少女たちが、こんなにも苦労をして、必死の思いで高校に進むと言うのも衝撃だった。

ジュンという主人公を演じるのは吉永小百合《よしながさゆり》という、慶介と同年齢の女優だった。決して演技が上手というわけではないのだが、強烈な存在感で、彼女がスクリーンに現われると気配が一転するのだった。

愛らしさと明るさ、若々しさ、けなげさだけではなく、彼女の全身、一挙手一投足、表情には、聡明さが漂っていた。屈折したところや翳《かげ》りなどとは皆無な、若々しく健康的な強さが漲っている。これはスクリーン上のことではなく、おそらく実際にも、彼女は聡明な女性なのではないだろうか。

慶介は受験勉強の傍ら、親に内緒で時々映画館に通っていたが、今までスクリーンに現われた女優と比べても、一味も二味も違う魅力を持っているように思えた。若さの持つ特権というだけでは説明のつかない、もっと根源的な何かに思えた。同年代でこんな女優がいるのかと、慶介は茫然とした。

同時に世の中のことを何も知らない自分に対して、怒りのような感情が沸き起こった。地方の田舎町で、何不自由なく生活し、親の敷いた路線を進んでいいのだろうか。慶介は再び煩悶した。

映画を見て真っ先に思い浮かべたのは、三池《みいけ》炭鉱で働く人々のことだった。福岡は炭鉱のある街として全国的に有名だった。慶介は恵まれた家庭で育ったが、同級生には貧しい家庭の師弟も数多くいた。特に炭鉱で働く人たちの生活は、苦悩に満ちていた。慶介は夏休みの社会科の自由研究で、三池炭鉱について調べたことがあった。

エネルギー源は石炭から石油へと変化し、石炭需要はどんどん落ち込んでいた。いわば斜陽産業の典型とも言える。三井《みつい》鉱山は経営合理化を図って、希望退職を募った。けれど希望退職者の数が少なかったため、会社側は多くの労働者を指名解雇した。それに反対してストライキが起こり、会社側は指名解雇を撤回し、労働者側の勝利に終わった。

炭鉱は一時、労働者の自治区のような様相を呈していたらしいが、合理化が進まない三井鉱山の経営はますます悪化し、会社は再び人員削減案を提示し、指名解雇を通告した。労組側はこの措置に反発し、無期限ストに突入したという。ストライキは長引き、労働者の生活は次第に苦しくなった。ストライキから離脱する労働者たちも多くいた。

炭鉱で健康を害して働けなくなる労働者や、貧しさから高校進学を諦める同級生も何人もいた。それは慶介も慶介の家族も、見て見ないふりをする、すぐそばにある苛酷な現実だった。

三池炭鉱を舞台にした映画がもしできたなら、吉永小百合というこの新進女優に演じてもらいたい。彼女ならどんな役を演じてくれるだろうか。

そんなことを考えながら映画のパンフレットを眺めていると、母が夜食にラーメンを作って部屋に入ってきた。慶介はあわてて数学の参考書の下にパンフレットを隠した。

発売されたばかりの明星《みようじよう》ラーメンは、夜に食べるとひときわ美味しいのだった。慶介の腹がぐうっと鳴る。

「お腹の空いたんやろう。ラーメンばつくっちきよったから、はよ食べんと」

一人息子の慶介の機嫌を損ねないように、母が今夜も気を遣ってくれている。慶介の前ではいつも博多弁丸出しだった。

母は貧しい炭鉱労働者の家に生まれた。病気で働けなくなった父親の代わりに、学校にも通わずに働いたという。家族のために実入りの良い酒場勤めをはじめてすぐに、父に見初められたらしい。

母は目鼻立ちの整った美しい人だった。自分の生まれ育ちにコンプレックスを感じているらしく、一人息子を立派な医者に育て上げるのを、使命のように感じているのだ。

慶介の思いを知ったなら、母は何と言うだろうか。

「お父さんやおじいちゃんと同じに医者になりよったら、生活は安定するとよ。生活ば安定しゃしぇてから、社会問題に取り組めばよかじゃなか」

またそんな風に博多弁で哀願するのだろうか。

慶介は明星ラーメンをすすりながら、苦手な幾何《きか》の問題を一問一問解いていく。

第七章　ハーグの屋根裏部屋　悦子　一九六三年秋

優しい光沢の銀食器が、窓からさしこむ日差しを浴びて淡い光を放っている。ギンガムチェックのエプロンをかけた悦子は、銀食器を一つ一つ箱からそうっと取り出した。重みを確かめるように手に取り、柔らかなクロスで丁寧に磨きこんでいく。隙間風の吹く台所は、夏にはちょうど良い風通しだったが、寒い季節になると、厚着をしなければかなり厳しい。それほど季節の移ろいを感じさせる場所だった。今年は本当にめまぐるしいほど色々なことが起きた一年で、悦子は銀食器を磨きながらつい物思いに耽ってしまう。

銀食器はしばらく使わないでいると、たちまち黒く変色してしまう。使わない食器も含めて、週に二回はこうして布で手入れをする。これもメイドに与えられた重要な任務の一つだった。

まるで生き物のように繊細《せんさい》でデリケートながら、磨き込めば込むだけ、輝きを増していく。黒ずみが残る場合には、重曹を溶け込ませた熱湯につけておく。するとすぐにまばゆいばかりの輝きがよみがえる。こうした仕事の端々に、今ではメイドとしての誇りさえ感じるようになった。

メロンスプーン、ストロベリースプーン、グレープフルーツスプーン。デザートフォーク、フルーツフォーク、サラダフォーク。

今までスプーンもフォークも一種類しかないと信じて疑わなかった。実は長さも大きさも微妙に異なるものが、細分化されて存在する。それを知ったとき悦子は、軽い衝撃を覚えた。

銀食器の名前を覚えるのがとりわけ一苦労だった。けれど百合子夫人のおそばに仕える仕事よりはずっとましだ。少なくともあの重苦しいため息を聞かされるよりは。

三年前に畠中博太郎夫妻にお供してやってきたハーグは、四季の花が咲き乱れ、緑あふれるこぢんまりした美しい街だった。アムステルダムほどにぎやかではないものの、事実上のオランダの首都に当たる。オランダ議会の議事堂や王宮の宮殿、中央官庁、各国大使館なども置かれていて、ほとんど全ての首都機能が集まっている。

悦子にとってここは初めて訪れる外国で、当然ながら初めてのヨーロッパだ。他国と比べることはできないが、頭に思い描いていた重厚で荘厳というイメージよりは、こざっぱりして明るく、自由な雰囲気の漂う国際都市という印象を受けた。

博太郎の勤める国際司法裁判所だけでなく、国際刑事裁判所などの重要な国際機関が複数存在していて、平和と司法の街とも呼ばれている。国際司法裁判所の建物は、アメリカの鉄鋼王カーネギーの寄付により建てられたというが、平和宮と呼ばれるだけあって、左右に尖塔《せんとう》をしつらえた壮麗な宮殿で、日本の裁判所の堅苦しいイメージからはかけ離れていた。

博太郎と百合子夫妻が住む邸は、裁判所から車で十分ほど離れた閑静な住宅街の一角にある。古いが瀟洒《しょうしゃ》な三階建てのお屋敷には、腰の低い執事、恰幅《かっぷく》の良い料理長、眼鏡をかけて少し怖そうな女中頭、若くてかわいらしいメイドなど、現地のスタッフが十名ほど、新しい主の到着を待ち構えていた。

悦子は夫人のアシスタントという位置づけで、当初は夫妻の寝室と同じ階の小部屋が与えられた。控え室のような小間だったが、窓からはきれいな庭が見渡せる。叔母さんの家では六畳間で生活していたので、十分すぎるほどの広さだった。ベッドは少し固く、寝つくのにやや時間がかかったが、一週間もしないうちに慣れてしまった。

同年代のメイドの女性たちから悦子はあからさまな好奇の眼で見られたが、要するに話し相手というか、身の回りの世話をする、私設秘書のような役割を与えられたようだった。給与はデパートでの賃金の二倍ほどで、出発前には支度金も手渡され、待遇としては破格のものに感じられた。

「わたくしはね、本当は、娘が欲しかったの」

日本を出発する直前の羽田空港の待合室でのことだった。鮮やかなライトブルーのスーツに身を包んだ悦子を前に目を細めると、百合子夫人はふいにそんなことを呟《つぶや》いた。

「体も弱かったし、博太郎もこれ以上子どもを望みませんでした。博太郎はあまり子どもが好きではないのです。できることなら娘を育てたかった。神様にお祈りもしました。けれど叶わなかったのですよ」

今まで弱みを見せようとしなかった夫人が、少し寂しそうな表情を見せた。

「息子は結婚する気もないようだから、我が家にはお嫁さんも来てはくれないのですね」

今まで光り輝いて見えた百合子夫人が、急に小さく萎《しぼ》んで、弱々しく映った。そう言えば叔母さんもよく「娘が欲しかった」と独り言のように呟いていた。雲の上の人のように思える百合子夫人も、案外、普通の女と変わらないのだろうか。

雲の上の人と言っていい百合子夫人の、娘になることはできなくても、嫁の代わりくらいは務まるかも知れない。できる限り夫人の意向に沿うようにしたい。それくらい百合子夫人への信頼が強かった。悦子の脳裏には百合子夫人の第一印象がひときわ光を放って、未だに輝き続けているのだ。何より、日本から遠く離れた見知らぬ土地で、頼りになるのは百合子夫人しかいない。夫人が「カラスは白い」と言ったなら、カラスは白いのだ。それくらいの覚悟を決めて、悦子は機上の人になった。

ハーグに到着して間もない頃、夫人は悦子を真っ先に教会に連れて行った。ハーグで最も古いカトリック教会だった。オランダはプロテスタントの国と言われるが、昔から信教の自由が保障されていたので、カトリック信者も相当数いるということだった。背の高い神父に引き合わされて、毎週ミサに参加するのが習慣になった。

教会以外の外出では、夫人は悦子をしきりに買物に伴おうとした。邸のこまごまとした装飾類に関して、使用人に任せきりにする場合も多いようだが、夫人は自分の好みで選びたいという思いが強いらしく、博太郎も夫人の思いを尊重したいという意向だった。

カーテンが古びていると言っては、自ら生地《きじ》屋に出向いて好みの明るい生地を選び、テーブルクロスが黄ばんでいると言っては、レースの専門店に出向き、まっさらなクロスに取り替えさせた。悦子は夫人に言われるまま、運転手の運転する車の助手席に乗って、買物のお供をした。

ハーグではほとんどの人が英語に堪能で、オランダ語が話せなくても用事が済むという。夫人は英語に堪能で、交渉も買物も難なく済ませた。悦子の役目は荷物持ちくらいのものだった。

英語のわからない悦子は、夫人の流暢な英語に聞きほれた。何より異国で臆することなく行動する夫人の姿に圧倒された。叔母さんよりも年上で、田舎の母と年齢のほとんど変わらない夫人は、日本の常識を遥かに超えた、才色兼備の賢夫人に思えた。

夫人を眩しそうに見つめる悦子の様子を見かねてか、夫人はこんなことを言い出した。

「これからの女性には英語は必須ですよ。英語教師を雇うことも考えたけれど、テーブルマナーも含めて、私が少しずつ教えてさし上げるわ」

百合子夫人の言葉には有無を言わせぬ気配があり、これは命令なのだと悦子は感じた。デパート勤めの頃にも、英会話レッスンを受けさせられたことがあった。高校も出ているのだし、悦子はまったく英語を読めないわけではない。出発が決まってからあわてて英会話の本を買い込んだりしたが、なかなか上達しない。博多なまりの残る悦子は、発音に特に自信がない。日常会話で英語が必要になる日が、こんなに早く訪れるとは思ってもみなかった。今度こそちゃんと習得しなくてはならない。そう覚悟を決めて、英語習得のために時間を割くと、単語を少しずつ聞き取れるようになった。

週に二回、午後三時のお茶の時間に、百合子夫人の部屋で、アフタヌーン・ティなるものの席に着き、英語のレッスンを受けることになった。

アフタヌーン・ティというのは、イギリスの貴族の習慣だそうで、紅茶を飲みながら、きゅうりの入った薄いサンドイッチや、スコーンというぱさぱさした食感の菓子を食べる。

ヨーロッパではオペラやバレエなどの催しが盛んで、夫人も時々出かけて楽しんでいるようだが、舞台を楽しんだ後に夕食を食べるため、お腹が空いてしまうらしい。何のことはない、そのためにアフタヌーン・ティで腹ごしらえをするわけだ。

日本の茶道ほど厳格なものではないが、アフタヌーン・ティにも作法があるという。ヨーロッパにもこんな流儀があるとは知らなかった。

カップとソーサーの扱い方、スプーンの扱い方、サンドイッチの食べ方、スコーンの食べ方を百合子夫人が英語で悦子に伝授する。緊張しながら夫人の示唆する通りに少し気取ってカップを持ち上げると、紅茶がいつもとは違った飲み物に見えてくる。花柄の皿に少量載せられたきゅうりのサンドイッチも、日本で食べていたものとはまるで別の高級な食べ物に映った。

けれど肝心の英語となると、夫人の流暢で気取った発音を聞けば、恥ずかしさを覚えて身がすくみ、舌がもつれてうまく真似ができない。悦子は紅茶の入ったカップを置いて、俯いてばかりだった。

買物先で店員が悦子に話しかけてくることもあったが、ほとんどの場合、笑ってごまかした。夫人を前にして、英語を使う勇気が起きない。そんな悦子を見て、夫人はじれったいような表情をしては、深くため息をつくのだった。

百合子夫人の機嫌を損ねてはいけないと思いながら、なかなかうまく立ち回れない。そもそもどうすれば夫人に喜んでもらえるのか分からなかった。

けれど悦子が「洗礼を受けたい」と申し出たときには、夫人はぱっと顔を明るくして、心の底から嬉しそうな顔をした。

「よくぞ決意してくれました。その言葉を待っていたのです。すぐに洗礼の準備を致しましょう」

夫人は悦子の手を取ると、掌《てのひら》を頰に寄せた。夫人の頰はひんやりしていて、目にはうっすらと涙を湛えている。そこまで夫人が喜んでくれるとはよもや思わなかったが、夫人の嬉々とした表情を見て、悦子もまた胸が熱くなった。

夫人は驚くべき早さで悦子の洗礼の準備を進め、悦子は位の高い神父の下で洗礼を授かることになった。洗礼名はエリザベト。信仰からというよりは、百合子夫人に喜んでもらいたい一心だった。多少の後ろめたさも伴ったが、これから勉強して、信仰を深めていけばいいのだと思うことにした。夫人に喜んでもらえるなら、悦子は本望だった。

ハーグの邸には週に一、二度賓客が訪れた。その際には料理長が腕をふるって、フランス料理でもてなしがなされたが、それ以外はきわめて質素で静かな暮らしぶりだった。博太郎のたっての願いで、味噌汁に焼き魚にといった日本の家庭料理が出されることもあった。そのほかには夫人の好みのボルシチなどのロシア料理や、かつてオランダが支配していたインドネシアの料理が供されることもあった。

豆腐、鶏肉、干物、牛肉、魚、エビなどを油で揚げて調理されたインドネシア料理は、ぴりっと辛みの効いたもので、日本では食べたことのない珍しい食感だった。

夫妻の子息が一度だけ訪ねてきたことがあったが、よほど旅慣れているのか荷物も少なく軽装で、近所にぶらりと遊びに来たかのようないでたちだった。何でもせっかく入社した放送局を既にやめて、今はもっぱら同人誌で小説を発表しているらしく、文学三昧《ざんまい》の趣味人といった雰囲気で、傍目に見ても博太郎とは印象が違いすぎた。

夫人は遠方からはるばる訪ねてきた子息を、満面の笑みをたたえて迎えたが、博太郎は息子とほとんど言葉を交わさないだけではなく、目も合わそうともしない。どうやら放送局を退職するに当たって、一悶着《ひともんちやく》があったようだった。二人の間には気まずい空気が流れていたが、息子の方はそれを特に気にもかけていない様子だった。

博太郎はいつも嬉々として夫人をエスコートし、夫婦仲の睦まじさを隠すこともないというのに、息子の前ではどう振舞っていいのかわからないように見える。博太郎は自分の興味の及ばないことに関しては、極端なほど冷淡だった。悦子のことも眼中にはないようで、百合子夫人と悦子が話していると、不愉快そうな表情を浮かべてすぐに立ち去ってしまう。最初は無視されることに傷ついたが、今ではすっかり慣れてしまった。悦子は使用人だからしかたないにしても、実の息子にあんな扱いをするなんて。遠くからはるばるやって来たのに、いくら何でもかわいそうだ。それとも息子と父親というのは、こんな淡白な関係なのだろうか。悦子はいろいろ思いをめぐらした。

何一つ欠けることなく、完璧に思えた夫妻だったが、こうして異国で仕えてみると、綻《ほころ》びも目につく。二人はとても奇妙な夫婦に見えたし、夫人の満たされない思いも、悦子には少しずつわかってきた。

夫人の気分の変化の激しさも、ハーグに来てわかった。ふいに黙り込み、表情を暗くして物思いに耽る姿をしばしば見かけた。そんな時にはいつも以上に近づきがたい気配を放っていて、誰もそばに寄りつこうとしない。しばらくすると決まって、ピアノの音が響いてきた。

夫人はリビングに置かれたスタインウェイのピアノをことのほか気に入っていた。

「このピアノの音色は優しくて、とても高潔な響きがするわ」

そんなことを呟いては、ピアノの側板をなでたりさすったりする。

悦子は音楽のこともからきしわからないが、夫人が奏でる曲調やテンポ、音の強弱で、夫人の体調や心持ちが、ほんの少しわかるような気がしてくるのだった。

ある晩、激しいテンポのピアノが、リビングから響いてきた。今日は夫人がご機嫌なのかと悦子は思った。腕もずいぶん上がったような気がする。夫人が好んで弾くショパンではなく、練習中のベートーベンのソナタだったかしら。そんなことを考えながらリビングに降りて行くと、弾いているのは博太郎だった。眉間に皺を寄せながら、いつもの気難しい表情とは違う真剣なまなざしで、一心不乱に鍵盤《けんばん》に向かっていた。叩き付けるような激しい音からは、気性の激しさが伝わってくる。同時に繊細さと慎重さも併せ持っているような、不思議に心惹かれる演奏だった。

こんなピアノを弾く人だったのか。博太郎の知られざる一面を垣間見てしまったようで、悦子はそっとリビングを後にした。

夫婦の寝室と同じ階の部屋で就寝していたため、時折、夫妻の言い争いが聞こえる夜もあった。叔母さんのところでも、時々夫婦喧嘩を聞かされていたが、叔父さんは無口だから、叔母さんがいくら怒っても反論をしないので、やがて収まってしまう。けれど博太郎と百合子夫人は、時に互いが互いを遮《さえぎ》るようにしてまで、激しい言い争いをするのだった。それだけ博太郎は夫人のことを、人間として尊重している証拠なのかもしれない。けれど夜中に夫人の甲高い声が聞こえてくると、悦子はどきりとして思わず耳をそばだててしまう。廊下に出て耳を澄ましてしまうことも多かった。

ほとんどの場合、話の詳細まではわからないものの、一度だけ「悦子」という名前がはっきり聞こえたことがあった。悦子はしばらく扉の前に立って身をすくめた。

「悦子とかいう名のあの娘、あれはいったい、どういう素性の女なんだ」

「だから何度も説明させて頂きましたでしょう。教会の信者さんの姪御さんで、デパート勤めをしていた娘さんです。身元の調査もしてあります」

「ほおお、身元調査済みか、私が気づいていないとでも思っているのか」

あざ笑うような口調で博太郎が低い声で呻《うめ》くと、その後しばらく沈黙があった。

「あの娘は、殺された苑子という女に、そっくりだそうだな。東京の教会でも評判だったそうじゃないか。私が何も知らないとでも思っているのか。私へのあてつけのつもりなのか。それともあの女の身代わりとして、贖罪《しょくざい》を施そうとでも思っているのか」

「あなた、いったい、何を仰るんですか」

百合子夫人の動揺したような上ずった声が響いた。

「どうして苑子という女に、それほど拘《こだわ》るんだ！　あんなふしだらな女のことは、早く忘れてしまえ。神父と恋に落ちるなんて、考えられないことだ。それこそ自業自得というものだろう」

「あなた……！」

再び百合子夫人が声を上げる。

「弟のことも、ずいぶん調べていたようじゃないか。君は弟に、そんなに関心があったのか」

しばらく沈黙があってから、百合子夫人の悲鳴のような甲高い声が響き渡った。

「いったい、何を、仰りたいんですか」

甲高い声は震えていて、明らかに動揺しているようだった。

身代わり？　贖罪？　弟のこと？　悦子は混乱した。

おぼろげには感じていたが、やはり自分は、あのスチュワーデスの身代わりだったのか。怯えるように二、三歩後ずさりすると、壁に身体が擦れて小さな音がした。すかさず夫人が声を上げげた。

「そこに、誰かいるの！」

夫人が小走りに扉の方に近づいて来る気配がした。悦子は慌てて踵《きびす》を返し、自分の部屋に駆け戻った。

扉を閉めてからも、動悸がなかなか治まらなかった。夫人が追いかけて来るのではないかと怯えたが、それきり何の音もしなかった。


朝が白々と明けるまで、悦子は固いベッドに横たわり、身じろぎもせずにじっとしていた。結局一時間しか眠れずに起き上がって鏡を見ると、眼が真っ赤に充血している。あわてて身支度を整え、ダイニングに向かうと、百合子夫人はいつもより早く起きたらしく、何事もなかったかのように朝食を摂っていた。好みのフレンチトーストをナイフで小さく切って口に運び、紅茶にミルクをたっぷり注いでいる。いつもと変わらない優雅なしぐさだった。

「おはようございます。悦子さん、昨日もよく眠れましたか」

悦子はドキリとした。

「おはようございます。遅れまして申し訳ありません」

夫人は悦子の方を向いて微笑んだが、目は笑っていない。うつろなまなざしは、悦子を通りこして、どこか遠くを見ているようだった。朝食を終えるとさっと出て行った夫人の後姿を見て、もう取り返しはつかないのだと悦子は悟った。それは直感に過ぎなかったが、次第に確信に思えてきた。

自分は苑子という女の、身代わり失格だったのだ。

苑子という女のことを思い浮かべてみる。難関のスチュワーデスの試験に受かったくらいだから、悦子よりずっと聡明で気がきいたに違いない。少女の頃からカトリックの学校に通っていたというから、きっと信仰も篤《あつ》かったのだろう。悦子は田舎の高校の出身で、カトリックのことなどまるで知らなかった。東京に出てきて叔母さんが信者でなければ、教会などというところに通うこともなかったはずだ。教会に行かなければ、百合子夫人に出会うこともなかったのだ。

苑子という女について、百合子夫人が思いつめていると悦子は薄々知っていた。夫人なりの正義感で、事件の真相を知ろうとして調べるうちに、必要以上に心を囚われてしまったのではないだろうか。閉ざされてしまった苑子の人生を憐れむあまりに、その人生の続きを、悦子に託したかったのだろうか。元々は夫人の優しい気持ちから出たことだったとは思うが、向かう相手を間違えている。

悦子は苑子ではない。断じて違う。夫人の操り人形でもない。もう夫人の妄想に付き合わされるのはご免だった。そう思うと肩の荷がすっと軽くなるようだった。

夫人は悦子のことを深い部分で支配しようとしていた。おそらく自分でも気づかないいうちに、人を支配しようとするところのある人なのだ。だから悦子も今までずっと夫人の言いなりだった。それに気づいただけでも良かったと悦子は思う。

とはいっても、このまま東京に逃げ帰ってしまうのは憚《はばか》られる。皆の反対を押し切って、日本を出国した自分の面子《メンツ》が立たないではないか。悦子は幾晩も考えて、メイドの仕事を志願させてもらおうと思い立った。元々料理が好きで、叔母さんの家でも食事の支度を手伝ってもいたのだ。

邸での料理は、家庭料理とは比べものにならないのだろうが、夫人のお守り役に比べたら、ずいぶん楽なように思えた。メイドの仕事が無理ならば、下働きの女中にしてもらおう。その方がずっと自分に向いている。何でこんな簡単なことに気づかなかったのだろう。悦子はさばさばした気持ちになっていた。

悦子がメイドに志願したいと言うと、百合子夫人は露骨に嫌そうな顔をした。けれど最終的に引き止めはしなかった。博太郎はそれを聞いて、ほっとしているようだった。はじめからメイドの仕事が悦子にはふさわしかったのだと言わんばかりに、安堵の表情さえ浮かべた。

正式にメイドに配置換えが決まるやいなや、悦子は荷物をまとめて屋根裏部屋に移動した。暗くて小さな相部屋には、三つ年下の金髪のシャルロッテという娘が寝起きしていた。狭いベッドは固くて寝心地が悪かったが、横になると天井の小さな明り取りの窓から、星がきれいに見えた。星の瞬きを眺めていると、不思議に気持ちが落ちつき、心地よい眠りへ誘われていった。

狭い部屋がますます狭くなることにシャルロッテは少し困惑したようだったが、根は優しい子のようで、人懐こい笑顔で迎えてくれた。英語の苦手な悦子は、シャルロッテとの意思の疎通に苦労しながらも、同年代のよしみで次第に打ち解けることができた。

「エツコ、この邸には幽霊が出るという噂があるの。知ってる?」

隣のベッドで寝ていたシャルロッテが、ある晩唐突にそんなことを言い始めた。シャルロッテは無邪気で子どものようなところのある娘だった。

「白のネグリジェを着た、細くて首の長い女が、階段の踊り場に立っているのを、見た人がいるって」

シャルロッテは怯えた声を出した。真剣に怖がっているようだった。

「一人で眠るのが怖いの。だからエツコがこの部屋に来てくれて嬉しい」

甘えるような声を出した。

細くて首の長い女……。それはまさしく、百合子夫人の姿そのものだ。夫人はハーグに来てから不眠症に悩まされ、睡眠薬を処方されたと聞いている。眠れぬ夜に廊下に出て、窓の外をぼんやり眺めていたのではなかったか。

「大丈夫、それはきっと幽霊ではないわ。怖がる必要はないわ。安心しておやすみなさい」

悦子がそうなだめると、シャルロッテは安心したのか、やがて静かに寝息を立てはじめた。

メイド部屋に移ると、今まで「百合子さま」と呼んでいた呼び名が、自然に「奥さま」に変わった。弱音を吐いたり、物思いに耽ったりする百合子夫人の姿を、悦子はもう二度と見ることはなかった。夫人は再び雲の上の、手の届かない存在に戻ったのだった。

メイド部屋に移って三日ほどして、叔母さんから葉書が届いた。ハーグに到着してすぐの頃には、頻繁に手紙を送っていたのに、最近は筆も滞りがちで、叔母さんは心配しているようだった。メイド部屋に移ったことも、まだ知らせてはいなかった。

――悦ちゃん、元気にしているの。最近手紙が来ないから、おじさんもおばさんも心配しています。便りがないのは達者な証拠というから、きっと楽しくて仕方ないのかもしれません。おじさんとおばさんにはハーグという町で生活する悦ちゃんのことが想像もできませんが、体には気をつけて過ごして下さい。こちらはオリンピックを目指して、新宿も渋谷も池袋《いけぶくろ》もどこもかしこも工事中です。高速道路というのが建設され、地下鉄が掘られて、競技場の建設も進んでいます。本当にオリンピックが開かれるのか信じられない気持ちでしたが、だんだん現実に近づいています。たまには手紙を下さい。待っています。

叔母さんからの葉書は、書きたいことが沢山あったのか、小さな字でこまごまと綴られている。インクもところどころかすれて、字も曲がっている。叔母さんの思いが小さな葉書から溢《あふ》れているようで、読んでいて思わず目頭をおさえた。悦子が何度も繰り返し葉書を手に取って読んでいると、シャルロッテが興味を持って覗き込んでくる。

「もうすぐ東京でオリンピックがあるの」

たどたどしい英語で伝えると、シャルロッテは大きな目を更に大きくして、驚いたようなしぐさをした。極東の日本でオリンピックなどできるものかと、訝《いぶか》しんでいるようにも見えた。欧米の人たちの多くが、そんな風に思っているのだろう。

アムステルダムでは一九二八年にオリンピックが開かれていて、織田幹雄《おだみきお》と鶴田義行《つるたよしゆき》という日本人選手が金メダルを獲得したという。二人は日本人初のオリンピック・ゴールドメダリストだった。一九四〇年にも東京オリンピックが開催されることになっていたが、日中戦争の影響などで日本政府が開催を返上、実現には至らなかったという苦い過去がある。

敗戦後に日本は新しい憲法で、永久に戦争を放棄すると高らかに宣言した。平和国家として一からやり直しをして、世界に認められつつあるのだ。今度こそはという思いが、日本人一人一人の胸の内にある。それを悦子はよく知っている。帰国するのは叶わないだろうけれど、東京オリンピックの成功を、遠くから祈るような思いで見守っていたい。

「東京オリンピックはきっとすばらしい大会になるわ。今度こそ成功するわ」

日本語でそう呟くと、シャルロッテは不思議そうな顔で悦子を見つめていた。

＊

メイドの仕事として悦子が最初に命じられたのは、じゃがいもとりんごの皮むきだった。それくらいは実家や東京の叔母さんのところでも手伝っていて、あらためて習うほどのことではないと思っていたけれど、家庭で手伝うのと仕事として任せられるのではわけが違った。

じゃがいもの皮は少しでも薄く、りんごの皮は滑らかに、そして美しく剝かねばならない。

女中頭のアンジェラはまるまる太った中年女性で、声が太くガラガラしていて、言っていることがよく聞き取れない。英語で話しかけてくれているようだが、時々オランダ語も混じっている。

オランダの人たちは語学が堪能らしく、たいていは英語もドイツ語も喋《しゃべ》れるようだ。オランダ語はドイツ語にも英語にも似ているらしい。悦子に話しかけるときには、皆が英語で話してくれるが、やはり相当に早口で、聞き取るのに苦労するのには変わりがない。

悦子がまごまごしているとアンジェラに睨まれ、たいそうおっかなかった。けれど悦子が毎朝一番に台所に行って、熱心に皮むきをしているのを見ると、次第にまなざしが柔らかくなった。二ヵ月間、毎日じゃがいもとりんごの皮むきだけをして、ようやくお許しが出たようだ。続いてじゃがいもの裏ごしと玉ねぎのみじん切りを命じられた。

じゃがいもの裏ごしには少しばかり力が必要だったし、玉ねぎのみじん切りには涙があふれ出る。だがこんなことで音を上げるわけには行かない。持ち前の粘り強さを発揮して、ついには誰よりも早く上手に裏ごしができるようになった。

料理の下ごしらえができるようになると、次には食器の名前を覚えるように言われた。

スプーンやフォークにようやく触らせてもらえるようになった。

そんな悦子の奮闘を、厨房からじっと見つめている背の高い男性がいることに気づいたのは涙を拭いている時だった。

「どうしましたか。何か辛いことがありますか」

どうやら悦子がいじめられて泣いているのだと思ったらしい。台所には悦子しかいなかった。

「玉ねぎのみじん切りで涙が止まらないだけです。辛いことはありません」

たどたどしい英語で答えると、男は目を潤ませるようにして、悦子の顔を静かに見おろした。それ以来悦子は、その男の視線を時折感じるようになった。悦子よりかなり年上で、まるで父親が娘を見守るかのようなまなざしだった。

彼がコック長のステファンであると知ったのは、シャルロッテを通してだった。シャルロッテに何気なく尋ねたところ、興味津々というそぶりで、聞いてもいないことまで教えてくれた。たいそう腕の良いコックで、判事夫妻からの信頼も篤いという。年齢は悦子より十五歳くらい上で、離婚歴があるそうだ。シャルロッテは、悦子が彼に好意を抱いていると勘違いしたようだった。

「人柄も良いし、腕も良いけれど、彼は熱心なプロテスタント信者よ。悦子はカトリックの洗礼を受けているのよね、それじゃあダメだわね」

「別に彼に、好意を抱いているわけじゃあないのよ。それに……」

カトリックの洗礼を受けているからなんて……と言いかけて、悦子は口をつぐんだ。

百合子夫人に喜んでもらいたい一心で、悦子はカトリックの洗礼を受けたのだが、メイド部屋に移ってからは、百合子夫人と顔を合わすのが億劫で、もはや教会からも足が遠のいている。そもそも信仰が恋の障害になるなんて、考えたこともない。だがそれは、信仰について悦子の考えが浅く、曖昧《あいまい》だからかも知れなかった。

恋の妨げなどとつい思い浮かべてしまったことを、自分自身でも驚いて、悦子は顔を赤らめた。そんな悦子を見て、シャルロッテはますますからかうような口ぶりになる。

「悦子、顔が赤くなっている。好きなんでしょう。誰にも言わないから大丈夫。それにカトリックからプロテスタントに改宗するのは、決して不可能ではないの」

シャルロッテは確かプロテスタント信者だったはずだ。

「いやだ、シャルロッテったら、違うったら」

悦子がいくら否定しても、シャルロッテは笑うばかりだった。

久しぶりの休日に、悦子はかねてから訪れたいと思っていたクリンゲンダール公園に出向くことにした。十六世紀にできたというこの由緒ある公園は、バラやツツジやシャクナゲが有名で、年に数週間しか入れない見事な日本庭園もあるという。バラが好きな叔母さんの為に、写真を送ってあげようと思い立ち、悦子は大事なカメラを持参したのだ。予期せぬことに、たまたま日本庭園が公開されていた。

日本庭園と書かれた表示に無性に心惹かれて、吸い込まれるように門の前に来てしまった。門をくぐると、あたり一面苔《こけ》むす庭の美しさに息を飲んだ。オランダの人たちは、日本にはこんな庭園がそこら中にあると勘違いしているかもしれないが、生まれ故郷の博多でも、東京でも、こんな庭は見たことがない。京都に行けば見られるのかも知れないが、修学旅行で行った京都では、金閣寺と銀閣寺、清水寺くらいしか覚えていない。

苔むす庭の小道を通り抜け、なだらかな弧を描く曲線の橋を渡ると、竹林につきあたった。青々とした美しい竹が、天に向かってすっくり伸びている。爽《さわ》やかな風を頬に受けながら、竹林を通り過ぎると、簡素な造りの小さな東屋《あずまや》が建っていた。東屋の前には広大な池が広がっている。池を眺めながら、東屋に座って寛いでいる一組の男女がいた。池には赤や白や黒の色とりどりの大きな鯉が、悠々と泳いでいる。何と見事な庭園だろう。こんな大きな鯉を見るのもはじめてで、悦子は思わず歓声を上げていた。手をポンポンと打つと、悦子の前に鯉が集まって来た。

とたんに熱いものがこみ上げ、無性に日本が恋しくなった。田舎の父や母は元気にしているだろうか。そして東京の叔父さん叔母さんも、元気にしているだろうか。あんなにかわいがってくれたのに、二人を置いてきぼりにして、一人でさっさとハーグに来てしまった。それが急に悔やまれて、胸が痛んだ。ホームシックに駆られて、しばらくぼんやりしていると、ふいにエツコと名前を呼ばれた気がした。日本のことを思い出していたから、空耳が聞こえたのかと振り返ってみると、そこにはコック長のステファンが立っていた。白いコックコートに身を包んでいると、やや太り気味で年配に見えるステファンだが、ウエストを細くした茶色のシャツに、股上の浅いスリムパンツ、幅広のネクタイをしめた姿は、職場で見せる姿よりずっと若々しく、お洒落で垢《あか》抜けて見えた。

「悦子とこんなところで会えるなんて」

ステファンは長い腕を広げて、大げさなくらい喜んでみせた。

「僕は日本庭園が大好きで、毎年開園の時期には必ず来るのです。悦子の故郷、日本に憧れています。京都という古い都にいつか行ってみたいのです。悦子ともお話をしたかった。ここで会えて本当に嬉しい」

悦子に気を使ってか、一語一語ゆっくりはっきり発音してくれるので、容易に聞き取ることができた。何より心底嬉しそうに微笑《ほほえ》む姿に胸を打たれた。

今まであまり深く考えないようにしていたけれど、ハーグに来てからずっと淋しかった。気を張ってがんばって来たけれど、悦子はいつも孤独だった。

ステファンの栗色の髪が風に揺れ、温かい茶色の瞳が、悦子をじっと見つめている。初めて訪れたクリンゲンダール公園の日本庭園で、憎からず思っていたステファンに、偶然会えるなんて。しかも彼が日本に憧れていたとは。

これも強い縁に導かれての出会いかも知れない。神様が二人を導いてくれたのだろうか。悦子の胸に温かい春風が吹き抜けていく。カトリックとかプロテスタントとかいう違いは、もはやどうでも良くなった。百合子夫人にどう思われたってもう構わない。自分の気持ちのままに生きていこう。悦子はそう決意した。

それ以来、二人は休みの度に待ち合わせて、公園に散歩に行ったり、美術館に行ったり、カフェでお喋りをしたりした。今まで男性とステディな関係になったことはなかったが、日本のどんな男性に比べても、ステファンは優しく礼儀正しく褒《ほ》め上手に感じられた。あるときは悦子の服のセンスを褒め、あるときは長い黒髪を称える。悦子のたどたどしい英語でさえ、ずいぶん上達したなどと感心してみせたりもする。それが外国人男性の一般的な特徴なのだとわかってはいても、異国で心細く暮らす悦子には、どれだけ励みになったか知れなかった。

悦子がステファンと逢瀬を楽しむようになってしばらくしてから、百合子夫人の部屋に悦子は呼び出された。密会していたつもりが、ハーグの街で明るいうちからデートをしていたのでは、誰かに見られていないほうが不思議だった。噂はあっという間に広がり、どうやら百合子夫人の耳にも届いてしまったようだ。

悦子は憂鬱な気持ちのまま、部屋の前に行ってノックをした。久しぶりに入る部屋の扉は、途方もなく重く感じられた。「どうぞ」という声がしても、なかなか入る勇気が起きない。大きく深呼吸をして、ようやく部屋に足を踏み入れた。

部屋はしんと静まり返っていた。何度も入ったことがあるはずなのに、見知らぬ部屋のような気がする。百合子夫人はお気に入りのガーネット色の猫足の椅子に腰かけ、物憂げな顔をして窓の方を見ていた。相変わらず姿勢は良いが、眉間に皺が寄り、神経質そうな顔がなおいっそう神経質そうに見える。明らかに不機嫌そうだが、同時に美貌が際立つようにも見えた。美しい人は怒っていても美しいと誰かが言っていた。悦子はぼんやりそんなことを考えていた。

「お座りなさい」

鋭い声で夫人に指示されて、悦子は客用の椅子に浅く腰掛けた。以前ここでアフタヌーン・ティというのを頂きながら、英会話を教わった日が、ずいぶん遠い昔だったように思えてくる。

「なぜ貴女をお呼びしたか、お分かりですよね」

夫人はそう言うと、小さく咳をした。声がいつもより甲高く、そしてかすかに震えている。夫人の怒りが現われているようで、悦子は少し怖くなった。

「どうして」

夫人は人差し指でこめかみを押さえてから、華奢な掌で顔を覆った。まさか、泣いているのだろうか。交際相手がプロテスタント信者だということに、悦子は若干の負い目は感じていたが、ここまで百合子夫人を悲しませていたなんて。

「私は貴女の叔母さまから、大切な姪御さんをお預かりしているのです。それなのに……」

夫人は大きくため息をついて、顔をあげた。そして悦子の顔を食い入るようにじっと見つめた。

「貴女がコック長と親しくしているという噂を聞きました。特別な関係だなどと言う人もいます」

夫人は怒りをこらえるようにしばらく黙ってから言葉を続けた。

「彼は腕の良い優秀なコックです。私たちも彼の仕事ぶりは信頼しています。けれどそれとこれとは話が別です。彼は貴女より十五歳近く年上で、離婚歴があるのですよ。この噂は本当ですか」

夫人は目を逸らさず悦子の顔をじっと見つめ続けている。その迫力にたじろいで、言うべき台詞を見つけることができない。ただ力なく小さく頷くしかなかった。再び夫人が大きくため息をついた。

「しかも彼はプロテスタント信者ですよ。だからこそ離婚できたのです。カトリック教会は離婚を認めておりません」

夫人は語気を強めてそう言うと、悦子を恨めしそうに見つめてうな垂れた。悦子は次第にとてつもない罪を犯したような気持ちになってきた。カトリックの洗礼を受けたからといって、プロテスタント信者との恋愛がそこまで問題になるとは思っていなかったし、ステファンの離婚歴のことも、大して気に留めてはいなかったのだ。

しかしシャルロッテが言っていた通り、こんなに大きな問題だったのだろうか。悦子の考えが甘かったのだろうか。

「悦子さんをお預かりした身としては、とても許すことはできません」

悦子の目を見ることなく夫人はそう言い放った。まるで判決を下す裁判官のように、冷徹な響きだった。ずいぶん遠くから、声がこだまするように鳴り響く。悦子にとってこれは死刑判決にも等しい。

「いまどきの若者というのは、いったいどうして……」

百合子夫人は吐きすてるように呟いて、口をつぐんだ。

「お言葉ですが、奥さま」

断頭台に昇る被告が、最期に冤罪《えんざい》を主張するような気持ちになっていた。

「ステファンはプロテスタント信者で、離婚歴があり年上ではありますが、大変真面目な人です。私のことをとても大切にしてくれます。日本のことも大好きで、私以上に日本の歴史や文化に詳しい、そんな人です。真剣な気持ちでお付き合いしようと言っております」

そしてあらん限りの思いをこめて、声をふりしぼった。

「奥さま、どうか許して頂けないでしょうか」

土下座でも何でもしたい気持ちだった。だが百合子夫人は、悦子の叫びを遮るように、耳を塞ぐしぐさをした。

「やめて。もう、そのお話は、一切聞きたくありません」

一切というところをことさらに強調した言い方だった。夫人の強い拒絶にあって、悦子は驚き、再び言葉を失った。百合子夫人の頑《かたく》なさをあらためて見せつけられたようだった。

この人には何を言っても無駄なのだ。はじめから薄々わかってはいたけれど、悦子は強い脱力感に襲われた。

「申し訳ありませんでした」

夫人の前で深く頭を下げると、よろけるような足取りで部屋を出た。ひどく疲れて消耗したが、ステファンへの思いは少しも揺るがなかった。むしろ却って思いは強まる一方だった。

反対されればされるほど、障害があればあるほど、恋は燃え上がると聞くけれど、その通りだと悦子は悟った。

それにしても百合子夫人は、なぜこうも取り乱し、悦子の恋を頑なに反対するのだろうか。倫理的な批判以上の何かが、感じられてならなかった。プロテスタントであるとか、離婚歴があるとかは、実はあまり関係ないのではないだろうか。

もしかすると……悦子の脳裏にふいにある疑念が浮かんだ。もしかすると、百合子夫人は、恋を知らないのではないか。夫人が知っているのは、小説や演劇やオペラの中の恋だけなのだ。そうに違いない。そして恋に夢中になっている悦子が、憎らしいのだ。これは直感に過ぎなかったけれど、確かな手ごたえのある直感のように思えた。

　今まで雲の上の存在のように感じていた百合子夫人に、悦子はほんの少し優越感を覚えていた。


　悦子の恋はこうして燃え上がる一方だったが、半年もたたないうちに、あっけなく終止符を打たれることになった。

　ステファンの母親が、二人の結婚に猛反対したのだ。ステファンの母親の兄は、オランダ領東インドで日本軍の捕虜となって戦死していた。ステファンの父も、一時日本軍の捕虜となっていたという。

　オランダ領東インドというのは今日のインドネシアのことで、太平洋戦争で日本軍はこの地を占領し、多くのオランダ人を抑留し、捕虜にしたという。民間人九万人、軍人四万人もが、収容所に入れられたとも言われている。しかも一部の日本軍関係者は、収容所に抑留されたオランダ人女性を慰安所に連行して、そこで日本の将兵に対する性的奉仕を強いたという。

　オランダ人の対日感情が極めて悪いということはハーグに来る前から聞かされていた。けれど詳しい事情までは、まったく知らなかった。兄弟が日本軍の捕虜となって死んでいるというなら、日本人を許せない気持ちが強いのは当然だ。それくらいは悦子にもよくわかる。

「日本人裁判官のところに仕えているだけでも、非常に屈辱的だったけれど、あなたの仕事に口出しするのは良くないと考え、今まで何も言いませんでした。でも、日本娘との結婚だけは、断じて許すことはできません」

何度説得しても、ステファンの母親は首を縦には振らなかったという。味方になってくれると期待していた兄も妹も、ステファンが日本娘と再婚することに強く反対していた。

「もしどうしても日本娘と結婚するというなら、私を殺してからになさい」

軍人の未亡人である気丈な母親は、そんなことまで言ったという。

そんな話をいくら聞かされても、悦子は諦めることができなかった。ステファンとは強い縁で結ばれていると信じていた。

「二人で東京に行きましょうよ。そうだ、それがいいわ」

日本に駆け落ちしようと悦子は説得をはじめた。

「あなた一人くらい、食べさせてあげられる。日本には外国人は珍しいし、英語の先生でも何でも、すぐに職は見つかるわ。そのうちにお金がたまったら、東京で小さなレストランを開きましょうよ。あなたほどの腕なら、きっと大繁盛するわ」

悦子は本気でそう考えた。日本好きなステファンなら、きっと承知してくれると思った。何より二人は強く惹かれ合っているのだから。悦子は常に楽観的だった。

考えあぐねているステファンを誘って、再びクリンゲンダール公園の日本庭園に出向くことにした。日本庭園を眺めているうちに、ステファンは気持ちを変えてくれるのではないか。

日本庭園の東屋に座って、悦子は必死にステファンに訴えかけた。

「日本はまだまだ発展途上ではあるけれど、国民は勤勉で真面目です。科学技術もどんどん発達していて、いずれ欧米に追いつくにちがいないわ。もうすぐ東京でオリンピックがあるのを、ステファンも知っているわよね。世界での日本の地位も向上するはずだわ」

知らず知らずのうちに、悦子は日本の美点を数え上げ、日本の良さをアピールしていた。

「日本は四季に恵まれた美しい国よ。古い歴史にも伝統文化にも恵まれています。治安もとても良くて、夜に女性が一人で歩いても平気なの。あなたもきっと気に入るはずだわ」

この恋を簡単に諦めるわけにはいかなかった。一生に一度の恋と思いつめていた。

ステファンはしばらく黙って考えこんでいたが、どうしても首を縦には振ろうとはしなかった。

「悦子、ありがとう。君がそんなに真剣に考えてくれて、本当に嬉しいよ」

ステファンは静かに切り出した。

「日本は美しい国だ。悦子に言われなくても、それはよくわかっている。悦子もすばらしい女性だ。日本で暮らそうと夢見たことが何度もある。もしも僕がもう少し若ければ、日本に行って悦子と暮らすという人生を選んだかも知れない。京都という古都にも、悦子と一緒に訪ねてみたいよ」

冷たい秋風が二人の間を通り抜けていく。ステファンはトレンチコートの衿を立てて身震いをした。

「だがこの年で、言葉もわからず、知り合い一人いない日本で、一から生活を築く自信はない。それに老いた母を、置いていくことはできない」

東屋からは美しく色づく紅葉と池が見渡せた。紅葉はもう散り際で、風が吹くとひらひらと葉っぱが宙に舞った。池には金や銀の錦鯉がいて、時々水面に背びれを見せて、悠然と泳いでいた。悦子は母国でこんな美しい庭園をみたことはなかった。ステファンと並んで日本の古都を歩けたなら、どんなにすばらしいだろう。悦子もそれを夢見ていた。

「日本女性のすばらしさは、君の働きぶりを通してよく知っている。慎ましく、忍耐強く、不平不満を言わずに、辛抱強く働く。君はきっと良い妻、良い母になるだろう。君への気持ちは変わらない。だが反対を押し切って結婚して、君を幸せにする自信がない」

ステファンは広い背中を揺らすようにして嗚咽《おえつ》しはじめた。

「君にこんな悲しい思いをさせて、本当に申し訳ない。僕を許して欲しい」

向こう見ずなところのある悦子に比べて、ステファンは弱気で意気地なしだった。大きな身体を揺らして嗚咽するステファンを見つめているうちに、悦子は何だか急に彼が哀れに思えてきた。

「わかったわ。もういい。もう泣かないで。もうこれ以上、私のことで苦しまないで」

太平洋戦争があった頃、悦子はまだほんの小さな子どもだった。戦争の記憶はほとんどない。だが近所の人たちや、親戚の人たちで、夫や子どもを亡くした人たちを多く見てきた。長崎《ながさき》で被爆して、未だに原爆症で苦しんでいる遠縁もいた。戦争から二十年近くたったけれど、人々の心に残った傷跡が、そんなに簡単に消えるはずはない。

「いいの、もういいの。あなたのことは、許してあげる。悪いのは戦争なの」

悦子はそう呟くと、ステファンを見つめながら一歩一歩後ずさった。

「悪いのは戦争なの、戦争のせいなのよ」

燃えるように赤く色づく紅葉が、目の端に滲んで見える。悦子はよろけそうになりながらも、東屋に座ってうな垂れるステファンの姿を見つめたまま、少しずつ後ずさりした。

ステファンの姿を見るのも、これが最後かも知れない。ならば彼の姿を、目の中にしっかり焼き付けておかなければ。

「悪いのはあなたじゃない。戦争なの。全部、戦争のせいなんだわ」

庭園の入り口の扉のところまで来ると、悦子は踵を返して一気に走り出した。一度も振り向かず、わき目もふらずに悦子は精一杯走った。小雨がぱらついて来たけれど、傘もささずに走り続けた。

雨に濡れて邸にたどり着いた悦子は、玄関で気を失うように倒れて、その後、高熱を出して五日間寝込んだ。心配した百合子夫人が、悦子の部屋を何度か訪れたらしいが、悦子は意識が朦朧《もうろう》としていて、よく覚えていない。

すっかり回復したとき、ステファンは、すでに辞表を提出して、邸を去った後だった。行く先は誰にも言わなかったという。誰もが腕の良いコック長の不在を惜しんだが、新任のコック長が現われると、ステファンの話をする者はいなくなった。

悦子の恋はこうしてあっけなく終わった。

第八章　恋のフーガ

慶介　一九六七年晩夏

一億総中流化――。誰が名づけたのか、最近流行《はや》りの言葉だ。

慶介はなじみの喫茶店で珈琲《コーヒー》を飲みながら、原稿用紙に筆を走らせる。もう何杯目の珈琲になるだろう。灰皿には吸殻がいっぱいになり、店員が二度灰皿を交換しに来た。

渋谷駅から路地を一本入り、ハチ公駅前ビルの地下に入ったところの喫茶店、そのカウンター右端の席が慶介のお気に入りの場所だ。狭い店内には珈琲の香りとタバコの煙が入り混じった独特の匂いがするが、取材帰りや原稿に行き詰まったときにこの店に入ると、急に筆が進み始める。ニコチン中毒と珈琲中毒はとうに自認しているけれど、この店の中毒でもあるのかもしれないなと慶介は思う。

博多生まれの慶介にとって、銀座や六本木《ろっぽんぎ》は華やか過ぎて敷居が高い。新宿は一見庶民の町のようでいて、独特な文化の香りがする。田舎者にはここもまた、敷居が高い街だった。

その点、渋谷は道行く人たちも格別にファッショナブルというわけではなく、店も気取らない素朴なところが多く、慶介の性に合う。勤め先に近いこともあり、よく立ち寄るようになった。東京でようやく居場所を見つけられたようでほっとしている。

けれど最近の渋谷は少し事情が変わってきたようだ。デパートの開店を記念して行われたグループサウンズのコンサートには、多くの少女が詰めかけ、きゃあきゃあと黄色い歓声を上げていたらしい。会場に入れない少女たちが二重三重に周囲を取り囲み、交通も遮断されたほどだったという。ベンチャーズによるエレキブームとビートルズ来日で、グループサウンズに火が付いたのだ。

今年二月に「僕のマリー」でデビューしたザ・タイガースは、ビートルズを思わせる長髪や、王子さま風のファッションで、若い女性たちをたちまち虜《とりこ》にしてしまった。渋谷がグループサウンズファンの少女たちに席巻《せっけん》されるようになったら、せっかく見つけた居場所を失う。慶介はため息混じりにタバコを吸った。

「進む中流階級化」

二ヵ月ほど前のA新聞夕刊にこんな見出しが躍った。これが今の慶介に課されたテーマで、若者の目で見た「一億総中流化」を二千字ほどでまとめるよう編集長から命じられている。二度ダメが出され、これが三度目の書き直しだった。若者としてもう少し主観的な意見がほしいと言われている。

属する階層を「上」「中の上」「中の中」「中の下」「下」の五段階で聞いたところ、「中の上」「中の中」「中の下」と答えた人の割合が、全体の九割に達したという。「下」と答えた人は、たったの5％だったという。果たして自分の属する階層はどこだろうか。生まれ育った環境はまさしく中の中、いや、おそらく、中の上だった。けれど今の慶介は間違いなく下だ。自分で選んだ道だから仕方ないと言っても、確信が持てる。

慶介の実家は祖父の代から続く、地元でちょっとは名が知られた内科医院だ。何不自由ない子ども時代を過ごしたが、それと引き換えに、医者になることを周囲から強く切望されて育った。

数学が苦手で、文学部への入学を希望したが、せめて少しは入りやすい歯学部に入って、歯科医の資格を取ってから文学を学べばいいじゃないかと母親に懇願された。渋々歯学部を受験したら補欠で受かってしまった。だが半年も通ううちに、自分がいかに合わないかというのを思い知らされた。

「歯科医の資格さえ取って、適当に仕事をしていれば、金は入って来るし、女だって好きなだけ寄ってくるぞ。たった六年間の我慢じゃないか。あとは人生、楽ちんさ」

そんなことを真顔でうそぶく同級生もいたが、慶介にはどうしても、そんな風に割り切ることはできなかった。万が一、六年間無理して学校に通い続けて歯科医の免許を取ってしまったら、もっと決定的に道を踏み外してしまうのではないか。そんな恐ろしい予感がよぎった。

大学受験の少し前の六三年十一月に起きた、三井三池三川炭鉱炭塵爆発の悲惨な大事故についても忘れられない。死者四五八名、一酸化炭素中毒患者八三九名を出した戦後最悪の炭鉱事故であり、労災事故でもある。被害者は未だに後遺症に苦しんで、訴訟も続いている。

事故の現場で報道するジャーナリストらの姿を見て、自分もやはり報道の仕事に携わりたいと強く感じるようになっていた。その気持ちは日増しに揺ぎ無いものになっていた。そんな慶介にとって歯科大は場違いな場所だった。結局半年で授業を休むようになった。すぐに親に報告が行き、父親には怒鳴られ、母親には散々泣かれたが、諦めてくれと必死に頭を下げた。

勘当同然で家を出て、東京にやってきて、高校の先輩のつてを頼って、小さな出版社に辛うじて就職することができた。おもに旅行関係の雑誌を出している出版社で、慶介が配属されたのは新しく創刊された若者向けの情報誌だった。

まだ若くチャレンジ精神旺盛の社長は、この雑誌に社運を賭けるとまで言い、編集長には三十代半ばの切れものの男が抜擢された。何でも元新聞記者だったらしい。

社の雰囲気は自由闊達《かったつ》、給料は安いが、歯科大に比べれば天国のように居心地の好い職場だった。

中の上から下に滑り落ちてしまったことは悔しいが、自分の選んだ道だと思えば諦めがつく。戦前は一億総進撃、終戦直後は一億総懺悔《ざんげ》、そしていま一億総中流……。

総中流意識は、急速なテレビの普及が影響しているとも囁かれている。テレビを通して「みんな同じ」という均質の意識を持てるようになったのではないのだろうか。それはこの時代が共有する、楽観主義なのかも知れない。

中流意識を今はまだ共有することはできないけれど、慶介にも夢はある。いつかノンフィクション・ライターとして独り立ちすることだ。まだまだ遠い先のことだけれど、いつの日か夢を叶えてみたい。そして下流を脱却するのだ。

苦心惨憺《くしんさんたん》した末にようやく原稿を書き終わって、翌日編集長に手渡すと、編集長の口の端が少しだけ上がった。ようやく満足してもらえたのだろうか。

「ちょっとつき合わないか」

寝不足で頭が朦朧《もうろう》としていたが、編集長の機嫌が良いことに安堵して、誘いに乗った。

連れて行かれたのは渋谷のガード下の小さな焼鳥屋だった。カウンター席が七席、テーブルが二つだけのこぢんまりした店で、にこりともしない職人肌の店主が、一人で仕切っていた。けれど味には定評があるらしく、給料日後には常連客でいっぱいになり、順番を待つ客が店の外まで並ぶことも珍しくないという。

カウンター席に座るとすぐに、編集長と慶介の前に、酢の物の小鉢とよく冷やされたおしぼり、それからコップが二つ並んで置かれた。「いつもの」と編集長が言うと、無愛想な店主は、返事もせずに、コップになみなみと日本酒を注いでいった。慶介が遠慮していると、編集長は微笑みながら言った。

「原稿はなかなかよく書けていたぞ。今日は俺のおごりだ、遠慮なく食えよ。この店の焼鳥も酒も旨いぞ」

慶介は遠慮がちに、はあと頷いたが、実は腹ぺこだった。思い返せば数日間、ろくなものを食べていない。もうもうと煙の立ち込める中で、日本酒を旨そうにすすりながら、編集長は唐突に語りはじめた。

「なあ、慶介、八年ほど前に起きたスチュワーデス殺しっていうのを、お前は覚えているか」

「スチュワーデス殺しですか」

慶介は遠い記憶をたどってみる。

それは一九五九年三月に起きた殺人事件で、慶介はまだ中学生だった。詳しくは覚えていないが、両親がこの事件について話していたのをかすかに記憶している。確か美人スチュワーデスが殺され、捜査線上に外国人神父が浮かんで、未解決のまま逃げられてしまったのではなかったか。子ども心にもおぼろげな記憶がある。

「杉並区を北西から南東に貫くように流れている善福寺川って、知ってるよな？」

編集長は慶介の顔を窺うように覗き込んだ。

「その川に宮下橋という橋があって、その下流で仰向けになった死体が見つかったんだ。高井戸署では当初、水死で扱ったらしいが、水深はせいぜい三十センチほどのところで、水死するような場所ではない。上着のポケットに伊勢丹《いせたん》のマークが入っていたことが手がかりになって、身元が割れた。当時二十七歳、なかなかの美形で、関西のいいところのお嬢さんらしかった」

「どうしてその事件に、そんなに詳しいんですか」

編集長はちらりと慶介の方を見やると、タバコに火をつけ、ふうっと煙を吐き出した。

編集長が以前は新聞記者だったことをふいに思い出した。

「俺はその頃ゴシップ新聞の記者で、いっぱしのジャーナリスト気取りだった。事件現場のすぐそばに住んでいたこともあって、土地勘もあった。事件についての記事を書こうと、関係者に体当たりしたんだよ。若造だから相手にもされなかったけれど、警戒もされなかった。刑事さんがぽろりと情報を漏らしてくれたこともあった。最終的には何とも後味の悪い事件だったな。迷宮入りしてからも、あの事件は忘れたことがない。ちょうどその頃からだ、この店に通い始めたのは。ここに来るとつい、思い出してしまう」

「美人スチュワーデスだったんですよね。はじめは自殺と思われたんでしたっけ」

「ああ、確かにそうだった。だが被害者の家柄も立派だし、自殺の動機というのが、皆目見当たらなかったようだ。遺体には小さな斑点のような、かすかな鬱血《うっけつ》の痕跡があって、解剖の結果、指で絞め殺したのではなく、腕に抱え込んで締めつけた扼殺の可能性が高いことがわかった。力の強い、大きな男という犯人像が浮かんだんだよ」

「やくさつ……ですか」

「ああ、そうだ。日本での殺人事件では、手や紐で首をしめる絞殺が多いようだが、外国人は寧《むし》ろ腕で喉を圧迫して殺す、扼殺の方が多いらしい」

編集長はしばらく考え込むようなしぐさをした。

二人の前に手羽先とつくねの串が並んだ。手羽先は塩がよく効き、つくねは濃い醤油味で、七味唐辛子が満遍なく振りかけられている。鶏肉は福島《ふくしま》の地鶏で、香ばしくもっちりした食感が特徴だった。編集長は手羽先を頬張りながら、話を続けた。

編集長によれば、被害者の女性は、兵庫県宝塚市にある宝塚清園女子学院の卒業生で、カトリック信者だったという。宝塚清園というのは、皇太子妃の卒業した学校の姉妹校で、事件が起きたのは、ご成婚の一ヵ月前のことだった。

被害者は卒業後、短大で看護学を学び、病院に勤めはじめた。家柄もよく、おっとりしてきれいだったから、相当もてたらしい。美人であるだけじゃなく、献身的な看護をするから、病院で患者にも惚れられてしまったという。その男とはすぐに別れ、勤め先を変えて、眼科医院に勤め始めた。そこでもまた、患者に惚れられてしまう。結婚話まで出たようだが、前の病院で出会った男とどこかで偶然鉢合わせしてしまい、男同士が取っ組み合いの喧嘩になってしまったという。その後、歯科医と恋に落ちたが、両親に反対された。ほとぼりを冷ますように言われて、被害者は上京したらしい。生い立ちにも容姿にも恵まれていたというのに、これが運命の分かれ目だったのだろうか。

東京へ出てから被害者は乳児院に住み込みで働き始めた。ここでも、優しく面倒見の良い保母として評判が高かった。どこで聞いても、悪い評判のほとんど出てこない被害者だったという。この乳児院は、修道会の布教のための拠点となっていたDという出版社の下部組織だった。被害者はここで神父と知り合った。そして殺される二ヵ月くらい前まで、この乳児院に勤めていたそうだ。

「事件前年の暮れ、被害者はＢＡＡＣのスチュワーデス採用試験を受けて合格している。

親族がＢＡＡＣの営業部長をしている関係から、スチュワーデス試験を受けようと思ったらしいが、大変な倍率の難関を突破している。被害者の親族は皆、名の通った会社に勤めるエリート揃いなんだ」

そう言うと、編集長はコップの酒をあおるようにして飲み干した。空になったコップに、無口な店主が、またなみなみと酒を注いだ。

「被害者は一九五九年の一月はじめに乳児院を退職して、有楽町《ゆうらくちょう》のＢＡＡＣ東京支社に通い、一月中旬に羽田発の飛行機で、同僚らとロンドンに飛び立っているんだ。ロンドン本社で現地教育を受け、二月末に帰国したばかりだった。傍から見たら夢いっぱいの、どこから見ても翳りのない人生を歩んでいるとしか思えない女性だ。それにスチュワーデスというのは、男から見たらいわば高嶺《たかね》の花だ。それが善福寺川で他殺体として浮かぶとはなぁ。運命というのは皮肉なもんだ」

編集長は大きくため息をついた。酔いが回ったのか、次第に呂律《ろれつ》が回らなくなってきた。ふだんクールに見える編集長が、こんなに熱く語ることに慶介は驚いた。

「乳児院を調べてみると、男から電話がかかって来ていたという事実がわかったんだ。話し方からして、外国人神父らしい」

「神父と信者の恋愛ですか。へぇぇ、そんなことありえるんでしょうか」

慶介はカトリックの幼稚園に通っていて、教会の雰囲気は何となく想像がついた。シスターたちが園児の世話をしてくれたが、真面目で地味でストイック、恋愛というものとは最も縁遠い存在に見えた。

「いや、本来はありえないだろう。プロテスタントの牧師は妻帯を許されているが、カトリックでは神父の妻帯は許されていない。ましてや信者との恋愛なんて、ご法度だ。表向きはありえない。しかし……」

「しかし？」

「捜査線上に浮かんだ神父は、とかく噂のある神父だった。当時三十八歳で甘い顔立ち、女性信者にも人気があった。被害者の女も、神父に夢中になってしまったようだ。『神父さまだから、もちろん結婚を前提とはできないけれど、何でも相談に乗ってもらえる人ができた。とても信頼できる方だ』そんな風に同僚に語っていたらしい」

「彼女の方が夢中になってしまったんでしょうか」

「はじめに声をかけたのは神父だったらしいが、少なくとも途中からは、彼女の方が夢中になってしまったようだ。同僚や友人たちにも、神父との関係をしきりにほのめかしている。秘密の恋だったはずが、恋心のあまりつい口にしてしまったようだ。しのぶれど色に出にけり、ってところかな」

難関のスチュワーデス試験に合格しながら、禁じられた神父との恋に落ち、殺されてしまったかもしれない女のことを、慶介は頭に思い浮かべてみる。いったいどんな女だったのだろう。

「被害者は親族の家に下宿していて、殺される直前には、被害者宛に速達郵便が届いていたことも判明した。差出人の名前は、布教のための拠点の役割を担ったDという出版社だ。刑事二人がすぐにD社に出向くと、三人の神父が出迎えた。速達を出したのは、ペータースという名のベルギー人神父だと認めた。被害者の下宿近くで、ルノーがエンコしているのを見たというたれ込みもあった。ペータース神父がルノーを乗り回していたことから、警察は彼に的を絞り専従で追いかけることになったんだが……」

神父が離日し、しばらくして後、担当刑事の一人が、当時の捜査状況の一端を、編集長に明かしてくれた。担当刑事によれば、被害者の下宿先でもあった叔母からは、被害者が友人と会うために、原宿《はらじゆく》に度々出かけていたという証言も得られたという。

東京オリンピック招致が決まる前のことで、原宿は人通りも少ない、がらんとした殺風景な場所だった。コープ・オリンピアとかいう高級マンションのあたりに、鉄筋コンクリート三階建ての、ホテルらしい建物があった。刑事がその建物に入ると、受付に座っている地味な中年女性に怪訝《けげん》な顔をされたが、警察手帳を見せるとすぐに態度が変わったという。ペータース神父と被害者の写真を見てもらうと、確かに二人がホテルに入ったという目撃証言を得ることができたのだ。

　だがペータース神父には、絵に描いたように完璧なアリバイがあった。あまりにも整ったアリバイで、却って疑いたくなるような不自然さを刑事は感じた。事件からしばらくして、ペータース神父がルノーのタイヤを全部取り換えていることも分かった。あらゆる角度から調べてみて、ペータース神父以外に被害者と結びつく人間はいなかった。

「しばらくしてようやく取調べができたんだが、教会側との約束で、任意出頭の形を取り、もう一人別の神父も立会ったらしい。それから通訳も連れてきたそうだ。ペータース神父が日本語を巧みに使いこなせると調べはついていたが、取調べでは、一切日本語を使おうとしなかったそうだ。仕方なく、全部通訳を介してのやり取りになった。微妙な言葉のニュアンスや、相手の表情を窺いながらやるはずの取調べが、外国人相手じゃ、ベテラン刑事でも、どうにも調子が狂ったそうだ」

　編集長は目の前に置かれたガラスープを啜りながら、未練たっぷりな口調で話を続ける。まるで編集長がその場で取調べをした刑事だったかのように。

　慶介も続いてガラスープを手に取った。よくだしの効いた澄まし汁で、啜ると食道から胃のあたりまで、ほっこりと温かくなった。

「重要な点について尋ねると、わかりません、知りません、の一点張りだったらしい。しかもわざわざ辞書を引いて答えたりして、一つ一つの質疑にたいそう手間取ったそうだ。原宿のホテルでの目撃証言について刑事が尋ねると、ペータース神父の表情が強張ったように見えたという。通訳を介して、神父はいったい何と答えたと思うか？」

「いや、それは……。まったく想像つきません」

慶介が答えに窮していると、編集長は憎々しげに呟いた。

「外があんまり寒かったので、暖かい部屋で話そうと思ったけれど、すぐに出ました、と。通訳がそう言うと、神父は少しも悪びれずに、頷くようなしぐさをしたそうだ」

「二人でホテルの部屋に入っておきながら、そんな言い逃れをするんですか。それはひどい」

被害者の女が、急に不憫《ふびん》に思えてきた。編集長の思い入れが乗り移ったかのように、慶介まで怒りがふつふつと沸いてきた。タバコが吸いたくなって、ハイライトを二本取り出し、立て続けに吸った。

「結局そんなこんなで、調べは遅々として進まず、収穫はなしのつぶてだったようだ。それでも刑事は諦めずに粘った。次の調べを予定して、綿密な計画を立てていたところ、突然ペータース神父が本国に帰国してしまったんだ。お偉いさんからの圧力がかかったという噂もあったが、確かなことはわからない。それで捜査は打ち切りだ」

「刑事さんたちは、さぞ無念だったでしょうねぇ。今はいったいどうしているんですか、その神父とやらは」

「正確なことはわからないが、本国に帰って、その後カナダで布教を続けているという噂だ」

「お咎《とが》めなしですか？」

「そのあたりはよくわからない。しかし神父として布教を続けているのは確かなようだ」

「人を殺したかもしれないのに、神父として布教を続けている、というわけですか」

「ああ、そのようだな」

編集長は再びコップを手に取ると、勢い良く飲み干して、慶介の方に顔を向けた。そして睨みつけるようなまなざしをした。すっかり酔いが回ったようで、目がすわっている。

「お前、この記事、書いてみないか」

「えっ、僕が、ですか。そんな何年も前の事件を、ですか」

「資料は十分そろっているんだ。それにこれは未解決事件なんだぞ」

編集長は慶介に記事を書かせようと、今まで熱弁をふるっていたのだろうか。いや、それだけでは無いような気がする。

「なかなかいい女なんだよ。写真も何枚かある。この次持ってくるから是非見てくれ。もちろん俺も一緒に書く。共同執筆でどうだ。未解決事件の女たち、そんな切り口で、女が被害者の殺人事件について、ルポルタージュを連載してみたらどうだろうか」

良いアイデアだと感じながらも、そう簡単に決心はつかず、慶介は曖昧に頷いた。

それにしても教会の神父と、禁じられた恋に陥った女は、いったいどんな心境だったのだろう。少しずつ興味が湧いてきた。スチュワーデスをしているような女なら、いくらでも恋の相手はいただろうに。早く写真が見たいと思った。

「ご遺族の人たちも、さぞ無念だったでしょう」

慶介が言うと編集長は少し考え込むようなしぐさをした。

「それがなぁ……」

編集長は大きくため息をついた。

「うやむやな捜査で終わってしまって、これでは被害者の立場がないからと、せめて捜査の経緯を、ご家族にきちんと伝えておこうと、膨大な捜査資料を抱えて、刑事が芦屋の自宅まで出かけたそうなんだよ」

「ご遺族はいったい何て言ったのです?」

編集長は一呼吸おいてから、低い声でおもむろに話し始めた。

「芦屋の自宅は、決して広くはないが、こぎれいな、きちんとした家だったそうだ。部屋の片隅には被害者の写真が飾られてあり、百合の花が供えられていたらしい。事件発生から順を追って刑事が説明していくと、誰もがほとんど口をきかずに、黙って聞いていた。けれど被害者と神父が原宿のホテルに入った目撃証言があったことを話すと、母親が突然、話を遮った。刑事さん、やめて下さい。もう、十分です、ってな」

編集長はタバコの煙を吐き出してしばらく黙った。

「母親は耐えられないという風に耳をふさいだ。父親も『神父が、若い女性と密室に入るということは、それだけで、もう許されないことです。第三者の証言で、それがなされたことがはっきりした以上、私どもは納得できる』とか何とか言った。何が納得できるのか、刑事にはさっぱりわからなかったらしいが、どうかもうお引き取り下さいと懇願されて、どうにもならず、被害者の家を辞去したんだそうだ」

「世間で散々騒がれ、新聞や雑誌に書き立てられ、ご遺族はさぞ嫌な思いをされたんでしょうね。それでも愛娘が殺された真相を、知りたいとは思わなかったんでしょうか」

「そうだよな」

編集長は大きく頷いた。

「被害者の一家は熱心なカトリック信者で、エリート家庭だ。スキャンダルに見舞われるのが相当に辛かったのだろうというのは想像できる。それにしてももう少し遺族が真相究明に執念を燃やしたなら、何らかの展開があったかも知れないのに、なぁ」

編集長はまるで自身の身内のことのように、悔しそうな顔をする。

事件がなかったなら、被害者はその後も国際線スチュワーデスとして活躍して、流行のファッションに身を包んで、青春を謳歌しただろうに。じきに誰かと結婚して、今頃は良いお母さんになっていたかもしれないのに。そう考えるとやりきれない思いがする。

ふいに何処からか、聞きなれたメロディが聞こえてきた。双子《ふたご》の人気歌手ザ・ピーナッツが歌うはやり歌で、同じ歌詞を二人が追いかけるように歌うのが印象的だ。イントロにティンパニの音が挿入されて、切れの良い曲に仕上がっている。許されない恋にすがる女心も歌詞によく表されていて、たちまちヒットした。

はじめからむすばれない
約束のあなたと私
かえらない面影を胸に抱きしめて
くちづけをしてみたの
雨のガラス窓

こうして聞いてみると、まるで被害者の女のことを歌っているように思えてならない。はじめから結ばれないとわかっていながら、報われない恋に身をやつしたのだろうか。被害者が身近な人物に思えてくる。

この女のことを書いてみたい。書けるかも知れないと慶介は思った。

第九章　青い地球は誰のもの

初衣《はつえ》　一九七〇年秋

数軒先の老夫婦の住む家から、キンモクセイの甘ったるい香りが、秋の風に乗って部屋の中まで漂ってくる。夕方になると特に、濃く強い香りを放つ。去年まではキンモクセイの香りを、こんなにきつく感じることはなかった。夕飯時には魚を焼いたり、野菜を煮たりして、甘い香りにも気づかなかったということだろうか。老夫婦はいつも仲良く肩寄せ合って、庭を眺めている。自分たち夫婦もそうなれると信じていたのに。

初衣は庭をぼんやり眺めてから、誰かに呼ばれたような気がして、六畳間の方を振り返った。六畳間には夫の和生の遺影がひっそり飾られている。

和生は黒枠の中に収まるのに、少しもなじまず、いかにも窮屈そうだ。おそらく言い残したことがたくさんあるのだろう。責任感の強い和生のことだから、初衣一人を置いて旅立つのは、さぞ無念で心残りだっただろう。和生の突然の死を、初衣だってまだ、少しも受け入れられていない。

初衣と和生が万博会場を訪れたのは七月の初旬で、学校の夏休みが始まる少し前だった。とにかくすごい混雑だと聞いていたので、子どもたちが押しかける前に、出かけようということになった。和生が早めの夏休みを申請すると「ほお、万博ですかね」と軽い嫌味を言われたらしい。「いやいや、病気の親戚を見舞いに行かねばならないので」と和生にしては珍しく上手に嘘をついたようだ。

何しろ万博見たさに帯広《おびひろ》の小学生が家出をして保護されたり、空中のゴンドラが止まり乗客が缶詰になったり、動く歩道で将棋倒しが起きたりと、万博狂想曲ともいえるような実態が連日伝えられ、夏休みが始まったなら、いったいどんな状況になるかと軽い怯えすら感じていたのだ。

だが新幹線ひかり号に乗って、昼前に万博会場に到着すると、二人の目論見《もくろみ》は甘かったとすぐにわかった。入場ゲートからして大混雑で、ようやく会場に入れたものの、動く歩道も人であふれかえっている。これほど大勢の人が、いったいどこから湧いて来たのかと思えるほどの人出だった。

「恐ろしいな。これほどの人数が集まると」

和生が低い声で唸った。初衣ははぐれないように和生の腕に必死にしがみついた。今にも後ろから人が倒れてきて、将棋倒しが起きるのではないかと気が気ではなかった。

天気の良い一日で、明るい日差しが注いでいたが、風はほとんど吹かず、大勢の客の熱気でムンムンしていて、会場はひどく息苦しかった。

おんぶひもで赤ん坊を抱っこした母親たちが、汗を拭いながら小さな子どもの腕を引いて歩く姿が目についた。学校はまだ夏休みには入っていなくても、幼稚園は休みなのか、幼児連れの家族の姿が多いように思えた。年端も行かない子どもを連れて、パビリオンの行列に並ぶのは無理だとはなから諦めているのか、母親たちは国旗の並ぶ広場の手前で、小型カメラや八ミリでしきりに我が子の姿を写している。

おんぶひもの母親の横を、青いサリーをまとった彫りの深いインド人女性と、朱色のケープをまとった小麦色の肌の女性が、ほがらかに談笑しながら通り過ぎて行く。ベンチに座ってフライド・チキンを頬張る少年が、二人の姿に見とれるように、眩しそうな表情を浮かべてふいに立ち上がった。これがインターナショナルというものなのかと、初衣もため息をついた。

和生が秘かに楽しみにして、一番のお目当てだったアメリカ館もソ連館も、すでに四時間待ちという表示が出ている。

「四時間か。そんなに長い行列は、とても無理だ」

和生がぼそりと呟いて汗を拭った。額から首筋まで、汗がべったり張り付いていた。いつも諦めの良すぎる人だが、さすがに残念そうな顔つきだった。それからもごもごした口調で何か囁いたが、よく聞き取れなかった。

「太陽の塔だけには入りたいわ。せっかくここまでやって来たんだから」

和生に比べてしつこい性分の初衣が、口を尖《とが》らせてせがむと、和生は仕方ないという表情をした。顔色が悪く、口元がだらんとして、への字に歪んでいるのが気になったが、朝早くに家を出て寝不足のせいだろうと、初衣はそれほど気にもしないでいた。

「オランダ館というのも、並ぶんだろうか」

ふいに和生が小声で呟いた。ハーグで暮らしている悦子のことを、ふだんは口にすることもない和生だったが、急に悦子のことを思い出したのだろうか。

「悦ちゃんが暮らしている国のこと、私たちも少し勉強しておかないとね。悦ちゃんが帰ってきたときに話題が合わなかったら恥ずかしいものね」

初衣がそう相槌を打つと、和生ははにかむようにして微笑んだ。しかしその笑顔はぎこちなく、口元が不自然に歪んでいるように見えた。

和生は汗を拭うとそのまま口をつぐみ、黙々と歩き続けた。

太陽の塔に向かって歩いて行くと、またもや大勢の行列が目に入った。ここでも、いったい何時間待たされるのだろう……。

「残酷博」とか「行列博」などと揶揄《やゆ》されていたことが、実感を伴って思い出された。階段横では待ちくたびれたのか、シートを敷いて、お弁当を広げる家族連れの姿も目立った。

そのときだった。初衣の数歩前を歩いていた和生が、ふいに眩しそうに手を頭の上にかざすと、ゆっくりと崩れるようにしゃがみこんだ。はじめは躓《つまず》いたのかと思ったが、それにしては緩慢な動きで、まるで雪の重みに耐えかねて根元から折れる細枝のように、ゆっくり足元から崩れ落ちた。

「あんた、どうしたのよ。具合わるいの」

初衣が大声で叫んでも、和生は返事もせず、とろんとした目つきで、口の端からよだれを流していた。ただごとではないと直感でわかった。

「あんた、大丈夫かい、あんた、しっかりしてよ――」

初衣が泣きそうな声で叫ぶと、列に並んでいる人たちが、一斉にこちらを振り返った。同時に白い帽子を被った会場の案内係のホステスさん二人が、小走りで駆け寄って来た。

白髪交じりの初老の男性が走って来た。

「ご気分を悪くされましたか。医務室にお連れしましょう」

髪を肩まで切りそろえた大きな目のホステスが、心配そうに和生の顔を覗き込んだ時、初老の男が声を発した。

「私は医師です。動かさないほうがいい。担架で運んでもらいましょう」

ホステスたちが、男の顔を見て二言三言言葉を交わしている。

「あんた、どうしたのよ、しっかりしてよ」

初衣が和生のワイシャツにしがみつくと、医師を名乗る男が初衣を制止した。

「奥さん、ご心配なのはわかりますが、揺すったりしては駄目だ。このホステスさんたちに救急車の手配を頼みましたから、ここでじっと待っていて下さい。私もすぐに戻りますから」

そう言って男は立ち去った。一人のホステスが初衣のそばに残り、初衣と共に和生の手を握ってくれた。悦子よりも十も若いかもしれない万国博覧会ホステスさんが、どれだけ頼りに思えただろう。

目の前に聳え立つ太陽の塔がしだいに涙でかすみ、人ごみの賑わいが、どこか遠くで聞こえる。

もう少しで太陽の塔にたどり着けたのに。生命の樹を、二人で眺める約束だったのに。あんた、しっかりしてよ。目を開けてよ……。

初衣は心の中でそう叫び続けた。

じきに救急隊員と思われる男性二人がホステスらと共にやってきて、ぐったりした和生を用心深そうに担いだ。土色の顔をした和生が口を半開きにしたまま、ゴム人形のようにぐにゃりと撓《しな》いで、そのまま担架に乗せられ、救急車にかつぎこまれた。その姿を目で追いながら、初衣は悪い予感に襲われて、体を震わせた。

先ほどの医師を名乗る男がいつの間にか戻って来て、救急隊員に何やら説明をしている。目の前で起きている事態をなかなか飲み込めず呆然としている初衣も、男に促されて救急車に乗り込んだ。

初衣にとって、そしておそらく和生にとっても、生まれてはじめて乗る救急車だったが、思ったよりも狭かった。救急車の周りはあっという間に人だかりになっていて、毎日報道される万博ニュースに映ってしまったらどうしようかなどと、見当違いな心配が初衣の頭をよぎる。和生の口から流れているよだれを拭おうとすると、救急隊員に遮られた。

「間もなく病院に到着しますから」

初衣は力なくうな垂れ、手をひっこめた。

救急車はあっという間に大混雑の万博会場を抜け出し、道路を疾走し、おそらく最短距離で病院へと向かった。

窓の外に流れる見慣れぬ景色を、初衣はぼうっと眺めていた。東京よりも色彩が華やかで、ごちゃごちゃした町並みだな。まるでドライブでもしているように、他人事のように景色を眺めていると、すぐに病院に到着した。それは表通りから一歩入った古びた建物だった。

ずいぶん古ぼけたおんぼろ病院だと感じたけれど、見知らぬ土地で倒れた夫を前にして、初衣に何が言えただろうか。和生はすぐに検査をされることになり、その間、初衣は廊下で待たされた。

薄暗い廊下に一人でぽつんと座っていると、やりきれないほどの孤独感が押し寄せてくる。

考えてみると初衣は結婚してこの方、ほとんど一人で行動したことはない。見知らぬ土地の病院の廊下は殺伐とした砂漠のようで、途方もなく長い時間が流れたような気がする。

こんなところに来るはずじゃなかったのに。

初衣が独り言を呟くと、診察室の扉が開いて、ようやく名前を呼ばれた。初衣がおずおずと診察室に入り、椅子に腰掛けるやいなや、医師が口を開いた。いくつもの症例を見ているとでも言わんばかりの、たいそう事務的な口調だった。

「脳梗塞《のうこうそく》ですね。良くない場所が詰まってしまった。今夜が峠《とうげ》と思われます」

「今夜が峠って。そんな、だって、今朝東京を出たんですよ。ついさっきまで元気で、万博会場を歩いていたのに」

初衣が動揺して声を荒らげると、若い看護婦が気の毒そうに初衣を見つめた。面長の顔の髪の薄い医師も、ちらりと初衣の顔を見て、同情するような表情を浮かべた。

「何かちょっとした前兆は、現われていませんでしたか。呂律が回らないとか、体がふらついたりとか」

「いいえ、そんなことはありませんでした」

そうきっぱり答えながら初衣は、新幹線の中で和生が妙にしんどそうにしていたことや、何か言おうとして口ごもっていたことを思い出した。あれが兆候だったというのだろうか。もっと早くに気がつけば、回避できたというのだろうか。

万国博覧会に期待を膨らませ、子どものように無邪気にはしゃぐ妻を前にして、和生は体調不良を切り出せなかったというのか。無性に和生が不憫に思えてきた。

「お身内の方にご連絡はできますか」

医師が遠慮がちに発した言葉に、初衣は今さらながら事態の深刻さを感じ取った。

「先生、そんなことより、何とか助けてください。私たち二人っきりで生きてきたんです」

初衣は医師に向かって何度も頭を下げた。

「この人は、もうすぐ勤めからも解放されて、自由な時間が持てると楽しみにしていたんです。先生、何とか、お願いします」

ふいに眩暈《めまい》に襲われ、天井がぐるぐる回り始めた。初衣は看護婦に手を取られて、ベッドに横たわった。

あんた、何とか、助かって。あたしを置き去りにしないで。あたしはどうやって生きていけばいいっていうのよ。

ぐるぐる回る天井を眺めていると、久しく唱えていなかった「主の祈り」が、ふいによみがえって来た。

「天にまします我らの父よ」

初衣は天に向かって、懸命に祈りを唱えた。


結局、和生は峠を越えることができなかった。初衣を置き去りにして、あっけなく旅立ってしまった。和生の顔は、穏やかな死に顔というよりは、何が起きたか自分でもわからない、納得がいかないという表情を浮かべているように感じられた。

あまりにも急な出来事で、誰にも連絡をすることもできず、看取ったのは初衣だけだった。大阪には誰も知り合いがいないので、もの言わぬ和生を連れてすぐに東京に戻った。

初衣はカトリックの洗礼を受けていたが、和生の一族は代々浄土《じょうど》真宗《しんしゅう》なので、お坊さんを呼んでお経をあげてもらい、身内だけのささやかな弔いをした。

九州の姉さんに連絡すると、姉夫婦は駆けつけてくれたが、ハーグにいる悦子に連絡をするべきかどうかは、なかなか結論が出なかった。

和生は悦子をたいそう可愛がっていた。悦子が下宿することになったときに、はじめのうちは若い娘が同居することに戸惑いを隠さなかった。けれど次第に、実の娘のように温かいまなざしを向けるようになった。和生と初衣には子どもができなかったが、もし子どもが生まれていたなら、和生はさぞかし良い父親になったことだろう。

悦子のハーグ行きに最後まで反対したのは、和生だった。そもそも畠中博太郎のことを、和生は決して快く思ってはいなかったようだ。松川事件の裁判を批判する市民運動にも、和生は関心を寄せて、署名もしていた。

「仙台差戻し判決で、畠中博太郎は『木を見て森を見ていない』などと発言している。彼の方がよほど森を見ていないじゃないか」

そんな風に言っていたこともある。

「彼は砂川《すながわ》事件判決でも、アメリカの基地が憲法に違反しないと明言した。反動的で体制べったりの、非民主的な裁判官だ。よりによってどうして、そんな裁判官のところに、悦ちゃんがついて行かなければならないんだ」

穏やかな和生にしては、珍しく激昂して見せた。

「市民を蔑《ないがし》ろにするようなあんな反動的な判決を平気で下す裁判官が、悦ちゃんを大事にしてくれるとはとても思えない。悦ちゃんがたとえ夫人に気に入られていたとしても、いずれ嫌な思いをするに決まっている。あんな奴に付いて行かずに、今まで通りここで普通に生活しよう、それが一番だ」

和生は今まで見せたことがないほど、熱心に粘り強く悦子を説得したのだ。

だが悦子の意志が固く、翻意させることが叶わないと知ると、ずいぶん落胆したようだった。それ以来、悦子に関して一切何も言わなくなった。羽田に見送りに行ったのも初衣だけだった。羽田から帰ると、居間に座っている和生が、一回り小さくなったように感じた。

それから和生はますます無口になったような気がする。初衣もすっかり気が抜けてしまい、熱心に通っていた教会からも、遠ざかってしまった。

悦子がハーグに出発して三年後に、最高裁は松川事件の再上告を棄却し、被告全員の無罪が確定した。ＮＨＫは最高裁からの生中継を交えた特別番組を放送した。和生は無言でそれを、食い入るように見つめていた。

ハーグから手紙が来るたびに和生は何度も読み返して、大切に抽斗《ひきだし》にしまいこんでいた。口には出さないものの、じきに日本に戻ってくるはずの悦子の帰還を、楽しみに待っていたはずだ。猛暑の万博会場で倒れる直前に、和生がふいにオランダ館のことを口にしたのは、何か直感のようなものが働いたのだろうか。少なくとも、死の間際に悦子のことを思い出していたのは確かなことに思われた。

悦子によけいな心配をかけないために、すぐに連絡はしない方がいいだろうということになり、初七日が済んでから、初衣が手紙を書くことになった。悦子に気を使わせないようにと考えあぐねながら一晩かかってようやく書き終えた。少しさっぱりし過ぎているかと思えたが、それくらいが丁度いいのかも知れないと感じて、そのままポストに投函した。

数日後、悦子から国際電話がかかってきた。電話など今までに一度もかかって来なかったので、初衣は驚いた。時々雑音がしたり、とぎれとぎれになったりしたが、遠くから聞こえる悦子の声は、出発したときとほとんど変わらないように感じた。もう十年もたつというのに。

「わざわざ電話しとってくれなくても良かんに。国際電話は高いんやろ。よかよかやろか」

驚いたあまり、つい博多弁まる出しになってしまった。

「叔母さん、何を言っているのよ。水くさい。どうして連絡くれなかったの」

「悦ちゃんに、よけいな心配ばかけては、まずいっち思ったとよ」

「叔父さんが亡くなったんでしょう。知らせてくれても良かったのに」

そういうと悦子の声が途絶えた。切れてしまったのかと訝ると、遠くで鼻をすするような音が聞こえた。

「あんなに可愛がってもらったのに。あんなに止めてくれたのに。私ったら、叔父さんの言うことも聞かないで。子どもだったのね」

悦子の声がまた途切れる。

「叔母さんがね、万国博覧会に連れて行ってって、せがんだけん。大阪で万国博覧会っちゅうのが開かれてるんは、悦ちゃんも知っちょるとね。人混みがすかんあん人ば、そげなところに連れて行ったのがいかんの。具合の悪くなっちょるのに、気づかなかったんばい」

しんみりそう言うと、悦子はとうとう声をあげて泣きはじめる。

悦子に尋ねたいことも幾つもあったのに、初衣は頭が真っ白になって、言葉が続かない。悦子につられて初衣の頬にも涙が伝う。和生を見送るときに、もう一生分の涙を流したと思ったはずなのに。

「あん人は最後まで、あんだんこつば気にかけてたたい」

そう言おうとして初衣は言葉を飲みこんだ。悦子にこれ以上負担をかけてはいけないのだ。

「もうすぐ判事の任期が終わるの。日本に帰れるの。日本に戻ったら、真っ先に叔父さんのお墓参りに行くからね。必ず行くからね」

念を押すように、悦子は何度も繰り返した。まるで自身に言い聞かせているようだった。

「わかった、待っておるからね。悦ちゃん、元気で、体にば、気ぃつけて」

「叔母さんこそ、体に気をつけて。寂しいだろうけれど、もうすぐ帰るからね」

「わかったよ。待っておるからね」

「博多には戻るつもりはないの。田舎では売れ残りの行かず後家って、悪口言われるだけだもの。東京で仕事を見つけるわ。だからまた、叔母さんのそばにいさせてね」

「待っておるからね」

ふいに電話が切れて、ツーツーという音が受話器から漏れた。哀しみがまた胸に迫ってきて、初衣は受話器を握ったまましゃがみこんだ。そして和生の遺影に向かって呟いた。

「あんた、悦ちゃんがもうすぐ戻るって。あんたのこと、すごく気にしていたよ。良かったね」

電話の悦子は、思っていた以上に元気そうだった。出発したときの悦子はまだ幼さを残す少女だったが、来年にはもう三十になる。立派な大人の女性なのだ。そのわりには声はかわいらしく若々しいままだった。言外に苦労を滲ませているように感じられたのが、なおさら不憫《ふびん》に思えた。


ハーグに出発してから、最初のうちは十日に一回は葉書が来た。どれもきれいな絵はがきで、ヨーロッパで見るもの聞くもの、全てが珍しいという興奮が伝わってきた。好奇心旺盛な悦子らしいと思った。

そのうちに葉書は二週間に一回になり、やがて一月に一回、二ヵ月に一回と間遠になっていった。新しい生活に慣れたのだろうと思っていると、急に長い手紙が来ることもあった。

悦子は最初の半年は、百合子夫人の秘書のような仕事をしていたが、言葉がなかなか話せるようにならず、社交もうまくできず、やがてメイドとして仕えるようになったらしい。部屋も百合子夫人の隣室から、屋根裏のメイド部屋に移ったようだった。

さぞ気落ちしているのではないかと心配して、いつでも帰って来なさいと手紙をだすと、大丈夫だから心配しないでという返事が来た。悦子は案外さばさばしている様子だった。気位の高い百合子夫人の下に仕えるよりは、メイドとして料理や家事の手伝いに専念するほうが楽だとも書かれていた。それが本心かどうかはわからなかったが、初衣は遠くから悦子を見守るしかない。

しばらくして恋人ができたと悦子は手紙を寄こした。そのときの手紙は、若者らしい素直な喜びに満ちていた。

悦子の恋のお相手は、畠中邸でコック長をしているオランダ人男性だった。腕の良いコックで、判事夫妻からの信頼も篤いが、年齢が悦子より十五歳も上で、離婚歴があった。その上、カトリック信者ではなく、プロテスタント信者だった。

悦子の恋の相手がオランダ人だと知って、初衣ははじめのうち戸惑った。博多の姉さんがどれだけ反対するか知れないし、第一このまま悦子がオランダに永住することになるのは、寂しくてならなかった。

ひたむきな思いの綴られた手紙を読むにつれて、和生も初衣も応援してやろうという気持ちに変わっていった。悦子の手紙によれば、コック長の男は、年下の悦子を、大切にしてくれているように見受けられた。博多の姉さんを説得するのは、今度もまた自分の役割になるかもしれない。初衣はそう覚悟を決めるようになった。

悦子はハーグに赴任してしばらくの間、百合子夫人に連れられてカトリック教会に通っていた。半年後に洗礼を受け、エリザベトという洗礼名を頂いた。

「私は今日から、エリザベト・古賀悦子となりました」

そう誇らしげに書いて寄こしたこともある。

それだけに恋人がプロテスタント信者であることに、初衣は一抹の不安も覚えていた。

あるとき悦子は百合子夫人に呼び出されたらしい。問い詰められて正直に告白すると、裁判官のように断罪され、すごすごと引き下がるしかなかったという。

悦子がかわいそうでならなかった。もし初衣がそばにいたなら、何としてでも百合子夫人を説得して、悦子の恋を成就させてやりたかった。悦子の恋や結婚までを、百合子夫人にとやかく言われる筋合いはないのだから。初衣は思い切って百合子夫人に手紙をしためようかと思いはじめていた。

だが初衣の心配は杞憂《きゆう》に終わった。悦子の恋はあっけなく終止符を打たれた。

コック長の母親が、二人の結婚に猛反対したのだった。そのいきさつが綴られた長い手紙が、しばらくして悦子から届いた。

コック長の亡くなった伯父《おじ》は、オランダ領東インドで日本軍の捕虜となって戦死していたのだ。戦争から何年もたったけれど、人々の心に残った傷跡が、そんなに簡単に消えるはずもなかった。

何と慰めてやっていいかわからなかった。近くにいれば、抱きしめてもやれるのに、手紙では何を書いても白々しく感じられるだけだった。

悦子は情の深い女だと、初衣も薄々感づいていた。大胆で一途で時には無謀で、言い出すと聞かない娘だ。そんな悦子が、一生に一度あるかないかの恋を諦めるのに、どれだけの思い切りが必要だっただろうか。

あれからずいぶん時間がたった。もう失恋の傷口は癒えただろうか。遠い異国で一人耐えて、どんなにか心細い思いをしたことだろう。帰ってきたなら今度こそ悦子をしっかり見守ってやろうと思う。喪失感を抱えた女同士、きっとうまくやっていけるはずだ。二人で肩を寄せ合って生きていこうと初衣は願う。

和生が風になってそここに息づいているようなこの家に、悦子が戻って来てくれたなら、和生だって喜ぶはずだ。

「ねえ、あんた、またここで、三人で仲良く暮らしていこうねぇ」

そう語りかけると、黒枠の中の和生は、気のせいか微笑《ほほえ》んでいるように見えた。

第十章　よく似た女

慶介　一九七八年冬

営団地下鉄千代田《ちよだ》線の代々木公園《よよぎこうえん》駅と代々木上原《うえはら》駅が開通したおかげで、明治神宮前《めいじじんぐうまえ》駅に隣接する原宿が、ずいぶんと便利になった。小田急《おだきゅう》線沿線の経堂《きょうどう》の木造アパートに住んでいる松尾慶介は、明治神宮前駅から明治通りに向かって坂道を下って行く。

今年の夏は猛暑だったせいか、冬の寒さがことさらにこたえる。慶介はトレンチコートの中にマフラーを幾重にも巻いて、北風に震えながら目的地に向かって足早に歩いていく。

本当ならトレンチコートの衿を立てて、美人の彼女を連れて、枯葉の舞い踊る表参道《おもてさんどう》を颯爽《さっそう》と歩いてみたかった。裕福な家庭で育ち、顔立ちだって決して悪くない慶介は、セルフイメージが狂ってしまったと痛感している。

フリーのライターといえば聞こえはいいが、その日暮らしの売文業で、財布の中身はいつも空っぽだ。何年も前に買ったトレンチコートはすっかりよれよれになり、仲間内では刑事コロンボと渾名《あだな》されているらしい。本当は松田優作《まつだゆうさく》を目指していたはずなのに。

枯葉が宙に舞って、地面で渦を巻いているのが、よけいに寒々しく感じられ、慶介は思わずチェッと舌を打つ。

明治神宮前駅の周辺では、数日前まで賑やかに街を彩っていた赤や緑のクリスマスのオーナメントが、ところどころに打ち捨てられている。二十五日を過ぎた途端に、これほどあっけなく価値を失い、無残に見捨てられるのは気の毒なほどだ。慶介には、それが我が身にだぶって見えてしかたない。クリスマスが過ぎると、街は大晦日へ、そして新年へと装いを変える。数日前までクリスマスケーキやディナーをありがたがって食べていた人々が、今度はこぞっておせち料理の支度を始める。ここまで変わり身が早いのは、日本人の特性なのだろうか。

今日の慶介の一件目の取材は、巷《ちまた》を騒がせている「空白の一日」について、プロ野球界の最高責任者であるコミッショナーの顧問をしているという弁護士が相手だった。スポーツは得意分野ではないが、野球専門雑誌の当初の担当ライターがインフルエンザで倒れたらしく、急遽、慶介のところに仕事が回ってきた。食べていくのに必死の慶介に、仕事を選ぶ余裕はない。一も二もなく引き受けた。多忙な弁護士に、かなり無理を言って時間を割いてもらったということで、いつもより少し緊張が走った。

「空白の一日」とは、言うまでもなく江川《えがわ》卓《すぐる》投手の、不当な巨人《きよじん》入団問題についてだ。ドラフトでは交渉権は、会議の前々日までと決められていたが、江川はドラフト前の一日は、どこにも交渉権のない自由の身であると勝手な解釈をし、ドラフト会議前日の十一月二十一日、巨人と電撃的に契約してしまう。これにはあっと驚かされた。世論や球界から猛反発を受けるのは当然の成行きだった。巨人はドラフト会議をボイコットし、十一球団で会議が行われるという異常事態となる。他球団も抗議の意味で江川を指名し、最終的に阪神《はんしん》が交渉権を獲得した。江川との契約を正当とする巨人と、これに反対する十一球団が真っ向から対立した。

一ヵ月が経過した十二月二十一日。ついに金子《かねこ》コミッショナーの裁定が下った。江川と巨人の契約を却下し、ドラフト会議を有効とみなす決定だった。この公平な裁定に、世の人々は、ほっと胸を撫で下ろした。けれど翌二十二日に、コミッショナーは、新たにまったく別の、強い要望を出した。キャンプ前の巨人と阪神のトレードを認めるというのだ。阪神は江川と契約し、その後、巨人にトレードに出すように、という提案だった。

慶介はスポーツ全般にあまり強く関心はなく、野球など実はどうでも良いのだが、この出来事を快くは感じなかった。世の多くの人々と同じように、憤《いきどお》りを覚えていた。江川は元々慶應大学志望だったが、慶應だとか巨人だとか、要するに江川という人物は、ブランドが大好きな奴に違いない。そして日本人は未だに「巨人・大鵬《たいほう》・卵焼き」なのだ。スポーツといえば野球であり、野球といえば巨人なのだ。やりきれない思いがする。慶介はざらついた感情を抱いたまま、待合せ場所に向かった。

明治通りに向かって三分ほどなだらかな坂を降りて歩いて行ったところに、弁護士に指定された珈琲店はあった。半地下になっている静かな小さな珈琲店で、店の扉を開けると、上質なダークグレーのスーツに身を包んだ品の良い男が、慶介の方をちらりと見やった。弁護士に違いない。待ち合わせ時間より十五分早く到着したはずだが、相手を待たせてしまったのだろうか。ライターが取材相手より早く来て待っているのは鉄則だ。慶介は恐縮して冷汗の出る思いだった。

「お待たせしてしまったでしょうか。松尾と申します。本日はご多忙な中、お時間をとって頂き恐縮に存じます」

男は痩せているせいか眼光が鋭く、神経質そうな気配が感じられる。慶介が深々と頭を下げると、ゆっくりと口を開いた。

「いや、目を通さねばならない書類があったので、少し早めに来ていただけですよ」

その口調が予想以上に穏やかだったので、少し安堵《あんど》した。

「元T新聞のスポーツ部の工藤《くどう》くんの紹介の方ですね。工藤くんとはどんなご関係で」

「はい。高校の先輩に当たります。暮れもおしせまったご多忙のところを失礼いたします」

「いやいや、そんなことは気にしないで、じゃあ、君も九州のご出身ですか」

口元に人懐《ひとなつ》こそうな笑みが浮かぶ。案外気さくな人かも知れない。慶介はほっとした。巨人の大ファンだという弁護士は、慶介の質問にはできる限り率直に答えてくれた。慶介の経歴を知ると、なぜか興味を持ったようだった。

「力のある選手が、希望球団に入れないというのは、どうかなと思います。ドラフト制度の限界を感じますね」

弁護士はヘビースモーカーだった。灰皿には既に何本も吸殻がたまっている。タバコを一本手にとって、美味しそうに煙をくゆらせる。

「江川くんが、ずいぶん悪者扱いされていますが、周りで大人があれやこれやと、策をめぐらしているという面もあると思いますよ。もちろん本人が、巨人に強く拘っているというのは、間違いないでしょうけれど。彼一人を、悪者にしていいものかどうか」

タバコの灰を灰皿に落とすと、今度は慶介に顔を向けた。

「君はどうです？　やはりジャーナリストを、希望されていたんですか」

自分に話が向けられ、慶介は内心ドキリとした。自分はジャーナリストを名乗れるような仕事はしていない。断じて違う。けれど元々は、そんなものを夢見ていたのかも知れない。

「いえ、私は。そんな大それたものではないです」

慶介は首を横に振って、強い口調で否定した。

「親が内科の開業医で、どうしてもと言われて歯学部に入りましたが性に合わなくて、途中で逃げ出しました。それ以来、親には勘当されたようなもので、何とか小さな出版社にもぐりこみました。一人息子でしたから、今思えば、親に気の毒なことをしました」

弁護士は少し驚いたような表情をした。

勘当同然で家を出て、東京にやってきて、高校の先輩のつてを頼って、小さな出版社に就職したところまでは良かった。給料は安くても、居心地の好い職場だった。

だが人生はそんなにうまくは行くはずもない。八年ほど勤めたあとに社長が重い心臓疾患に倒れ、経営が立ち行かなくなった。歯科大中退などという中途半端な学歴は何も役に立たず、再就職はうまくいかず、人脈を頼ってのフリーの立場になった。八年の実績があれば何とかなるだろうと思っていたが、それほど甘い業界ではなかった。結局知人や友人に頭を下げて仕事を回してもらっているようなありさまだ。

青山《あおやま》通りで一度、歯科大の同級生を見かけたことがあった。「人生楽ちんさ」と豪語していた同級生だった。白いポルシェを運転し、助手席には、赤茶色の髪をした人形のような女を乗せていた。その日暮らしの生活をしている慶介には、別世界の人のように見えてならなかったが、不思議とジェラシーのようなものは感じなかった。三十を少し越えたくらいで、ポルシェを乗り回している友人の末路が、それほど楽ちんにも思えなかったからだ。

「ほお、そうでしたか。歯科大を中退してこの仕事に。ずいぶんご苦労がお有りになったでしょう」

弁護士は感心するように慶介の顔を見つめた。その目に同情や憐憫《れんびん》の色が浮かんでいなかったことに、慶介はほんの少し安堵した。

「実は私もかつてはジャーナリストを目指していたんですよ。けれど新聞社の試験に落ちましてね。仕方なく大学院に残り、親父と同じ業界に入ったまでです」

「そうだったんですか」

弁護士の打ち明け話は慶介には意外に思えた。

「君もよくご存知の通り、二代目というのは何かと恵まれているものです。就職も楽でしたし、得をしたことも多かった。でもやり残し感がある。ジャーナリストになっていたら、自分はどうなっていたかと、時々考えることがあるんですよ」

そう言うと弁護士は、遠いところを見るまなざしをした。慶介は不思議な気持ちでそれを眺めていた。

「おや、もう、こんな時間だ」

弁護士は時計を見てあわてて立ち上がった。

「すまないが、今夜はもう一つ約束があります。今年最後の忘年会です。この事件はまだもう一波乱あるでしょう。何かあったらいつでも事務所に電話ください。こちらからもご連絡します」

弁護士は慶介に握手を求めてきた。躊躇《ため》いがちに手を差し出すと、温かい掌にぎゅっと握られた。

「親と違う職業を選ぶのは大変だが、ご活躍を祈っていますよ」

弁護士はそう言うと、片手を軽くあげて立ち去った。慶介は最初と同じように、深々と頭を下げて弁護士を見送った。

取材は一時間弱であっけなく終わった。思い通りの取材ができたかというと、はぐらかされた部分も多く、点数をつけるなら七十点ぐらいのできだろうか。それでも何とか記事をまとめられる目処がついてほっとしている。慶介は時計を見て大きく深呼吸をした。今日はもう一つ、大事な取材を残しているのだった。

地図を見ながら明治通りを渡り、狭い路地に入って行く。その路地を右に曲がると、やや広い道路にぶつかる。外苑西《がいえんにし》通り、通称キラー通りに向かう坂道だった。その坂道を少し上ると、愛らしい子ども服がショーウインドウに並んでいる。毛足の長いファーコートを羽織った裕福そうな女が、大きな袋を抱えて店から出てきて、手をあげてタクシーを拾った。この女はいったい子ども服にどれくらいの金を費やすのだろう。慶介はまたチェッと舌打ちをした。

子ども服の店の角を曲がると、目指していた看板が目に入った。「ロシアンカフェ・パーミャチ」という木でできた札が掲げられていた。

いまどき、ロシア料理か。あらかじめ知ってはいたが、原宿の真ん中にこんな店があることにあらためて驚いた。時代はどんどん軽薄短小に向かっているというのに。重厚長大の代表格とも言えるロシアの料理を提供する店が、軽薄の代名詞のような原宿に存在することに、軽い衝撃を受けた。

躊躇いがちにゆっくりと扉を開けると、ドアにつけてあったベルが涼しげな音を立てた。カウンターの中から丸顔の女が慶介の方に顔を向ける。

「いらっしゃいませ」

女は一瞬、ぱっと嬉しそうな表情を浮かべた。

カウンターとテーブルあわせて十人も入ればいっぱいになるような小さな店で、初老の男が一人で珈琲を飲んでいる以外には客はいない。いかにも閑古鳥《かんこ》の鳴いている気配だ。けれど店全体はこざっぱりして清潔感がある。思っていたほど暗い印象ではない。何より甘く香ばしい匂いが漂っていて、慶介は思わず腹の虫を抑えるのに必死だった。

黒のトレーナーにタータンチェックのスカートをはき、グレーのエプロンをした丸顔の女が、笑顔を浮かべながらやって来て、奥のテーブルに案内した。テーブルにはギンガムチェックのテーブルクロスがかかっていて、木製の椅子にも同じ模様のクッションが敷いてある。聞き覚えのあるロシア民謡が静かな音で流れていた。

女は三十代後半だろうか、黒い髪を肩までのばし、前髪を少しカールさせている。色白で、唇がぽってりしている。もう若くはないが、どこか幼いような、時代に取り残されたような、奇妙に透明感のある女だ。美人と言えるかどうかは判断の分かれるところだが、中肉中背で男好きのする愛嬌《あいきよう》もある。腰のあたりの肉づきに色気がある。

慶介はふいに昔の恋人を思い出した。長い付き合いだったが、二年前にこっぴどく振られた。ジーンズの似合う、マニッシュで都会的な女だった。生活力がないのに夢ばかり追いかける慶介に、女はついにあいそを尽かしたのだ。少しばかり年上の女で、もうこれ以上待てないと言われた。

女の年齢を推察するのは難しいが、慶介の前から立ち去った女と、いま目の前にいる女は、肌と髪の毛の様子からして、だいたい同じ年頃に思われる。

慶介と別れた後に、稼ぎの良い編集者と結婚したと風の噂に聞くけれど、あの女はどうしているだろう。あれ以来、慶介は女っけもなく、不自由な毎日を送っている。風俗に通う勇気も金もなく、グラビア雑誌を眺めては無聊《ぶりょう》をかこつ日々だった。

カウンター内にはもう一人背の低い年配の女性がいて、スープを味見している。日本人の反ソ感情が高まり、ロシア語を学ぶ学生もめっきり減ったと聞く。ましてや流行の先端を行くような原宿で、ロシア料理の店など流行るはずがないように感じる。そんなことをぼんやり考えていると、丸顔の女がおしぼりと水をテーブルの上に置いて、慶介の顔を窺うようにして尋ねた。

「お客様、ご注文はお決まりですか」

ロシア料理店に入るのがはじめての慶介は、メニューを見ても良くわからない。だが店から漂う香ばしい匂いに誘われて、ますます腹が減ってきた。

「僕はロシア料理というのがはじめてで、メニューを見てもわからないのですが、何かお勧め料理はありますか」

そう尋ねると女はまたはじけるような笑顔を浮かべた。この女、ちょっとカマトトだな。慶介は苦笑いをした。

「お客様は、お肉はお好きですか」

「僕は好き嫌いがなく、何でも食べられます」

メニューに書かれた値段は、幸いなことにどれも手ごろである。せっかくだから今日はこの店の料理をたっぷり味わおうと決めた。

「かしこまりました。ではまず温かいボルシチに柔らかいお肉を沢山入れてお持ちします。もしお腹が空かれているならば、ペルメニという水餃子《すいぎょうざ》がお勧めです。ひき肉の入った揚げパンのピロシキも美味しいですよ」

そう言って笑う女の顔に、どこかで見た記憶があるように思えてならなかった。

「そうですか。ではボルシチにピロシキ、水餃子も頂いてみます。食後には珈琲をお願いします」

「はい、かしこまりました」

女ははきはき答えると、カウンター内の年配の女性に向かってオーダーを繰り返した。

間もなく運ばれてきたボルシチは、甘酸《あまず》っぱい香りを放つ美味しさで、言われた通り肉と野菜がたくさん入っていた。よく煮込まれた肉はたしかにとても柔らかい。揚げたてのピロシキは、サクサクしていて油っぽさがなく、ひき肉の香ばしさがひきたつ上品な味だった。

　近所の弁当屋で冷めた唐揚弁当や、固くなったハンバーグ弁当を食べ、ラーメン屋で、油が汁に浮いたラーメンを啜るのが日常になっている慶介にとって、久しぶりのごちそうのような気がする。

　二つ目のピロシキを口に入れたときに、ふいに記憶が甦《よみがえ》った。あっと声を上げそうになった。そうだ、あの女に似ている。二〇年ほど前に、善福寺川に仰向けに横たわって死んでいたあの女に。

　慶介は出版社で働き始めた頃に、編集長からスチュワーデス殺し事件の話を聞かされた。捜査線上に外国人神父の名が浮かんだが、捜査途中で本国に帰国してしまい、迷宮入りになった事件だった。

　事件について書いてみないかと編集長にしきりに言われて、ダンボール二箱分の資料を見せてもらった。話を聞くうちに慶介も次第にやる気になり、資料と格闘しはじめた。そんな日々が、目の前に浮かぶ。

　だが編集長と共著の形で三分の二ほど書き終えたところで、編集長が倒れた。末期の肺がんだった。一日何箱もピースを吸う愛煙家で、編集長の周りにはいつも煙が立ち込めていた。今思えばそのせいだったかも知れない。病気が見つかってからわずか三ヵ月であっけなく逝ってしまった。

後任の編集長は全くタイプの違う男で、ジャーナリスティックな内容よりも、大衆受けするエンターテインメント性を強く打ち出したいという方針を掲げて、社に乗り込んで来た。慶介の書いていた記事はほとんどすべて、あえなくボツになった。雑誌は名前も変わり、エンターテインメント雑誌としてリニューアルされ、一時話題になったものの、結局会社が倒産して、その雑誌も跡形もなく消滅した。出版業界の栄枯盛衰を思い知らされた。

慶介はそれ以来、事件を追うのはとうに諦めていた。何より生活が立ち行かなくなってしまって、事件の取材どころではなくなったのだ。それでも編集長から引き継いだ事件の資料を棄てる気にはなれず、段ボール箱に詰めて部屋の隅にしまってあった。もう二度とダンボールを開くこともないだろうと思っていた。


同郷のライターから「原宿のロシア料理店で働く女」について噂を聞いたのは、ほんの一ヵ月前のことだった。

「原宿の小さなロシア料理の店に入ったら、そのママさんが、博多出身だった。もう若くはないが、可愛らしい感じの人だった。よく言われる博多美人っていうタイプだな。それより何より、彼女の経歴が非常に変わっていて、ハーグで畠中元最高裁長官邸の、メイドをしていたというんだ。彼女の話を聞いていて、お前の顔がふと浮かんだ。事件がらみで、確か畠中長官の妻のことを調べていなかったか」

すっかり忘れていた事件のことが、ふいに生々しく慶介の目の前に浮かんだ。それはこの上なくありがたいアドバイスだった。同郷の友人というのは、やはり頼りになるものだ。

元・最高裁長官の畠中博太郎も、慶介と同郷の福岡出身だった。その妻が熱心なカトリック信者で、スチュワーデス殺し事件が起きた時に、S会の司祭の相談に乗っていたらしいという情報を、編集長から度々聞かされていた。神父が本国へ帰国するために、一役買ったのではないかとも噂されていた。もし友人の話が本当なら、ぜひその女に会ってみたかった。

友人に感謝の念を伝えてから、店の名前と場所を早速メモさせて貰った。だが原宿という場所には全く縁がなく、訪ねる機会もなく、若者が集う華やかな街ということで、多少敷居も高かった。弁護士の取材で原宿に出向くことになって、今日こそそのロシア料理店を訪ねてみようと慶介は思い立ったのだ。

だが一体どうして、店の女があの被害者に似ているんだ。この女が畠中邸でメイドをしていた女なのだろうか。単なる偶然にしてはでき過ぎている。偶然の裏には、何かどす黒いものが潜んでいるのかも知れない。忘れかけていたジャーナリスト魂が、かすかにうずき始める。混乱しながらピロシキをかじっていると、ふいにかたまりを飲み込んでしまい、危うく喉に詰まらせるところだった。

咳き込む慶介を心配して、女があわてて飛んできた。

「大丈夫ですか。お水をお持ちしましょう」

女のアクセントに、懐かしい博多なまりをかすかに感じ取った。

「ひょっとして、君も博多出身なんか」

咳き込みながら尋ねると、女は怯えたような表情をして頷いた。

被害者の女の写真を、編集長に見せてもらったのが昨日のことのように甦る。いま目の前にいる女に、言われてみれば確かによく似ていた。

「博多出身の友人からちょこっと聞いたんばってん、ハーグの畠中博太郎邸でメイドばしよったって、ほんなこつなん？」

同郷のよしみもあり、つい軽口を叩いてしまった。案の定、女は怪訝そうに慶介の顔を見つめている。博多の町でよく見かける、目のくっきり大きな愛嬌ある顔立ちだ。今では老けてしまい、目じりの皺と目の隈が目立つのが痛々しいようだが、若い頃はそれなりに可愛いらしかっただろう。

　先ほどまで居た客は既に帰ってしまって、客は慶介だけになった。ロシア民謡が低く流れている以外は、店はしんと静まり返っている。女の警戒心を解くために、慶介は姿勢を正し、標準語に戻して、あらためて自己紹介を始めることにした。

「いや、いきなり驚かせてすみません。えっと。紹介が遅れました。フリーライターの松尾慶介と言います。福岡出身です。巨人軍のいわゆる〝空白の一日〟の取材で、ある弁護士さんと会っていました。指定された場所が原宿で。この店のことは友人から聞かされて知っていました。取材の帰りに思い切って訪ねてみましたが、思いがけず美味しいものを食べさせて頂いて感謝しています。お訪ねして良かった。どうかあまり警戒しないでください」

　ポケットから名刺を取り出し、軽く頭を下げると、女はようやく少し安心したようで、名刺を食い入るように見つめて、はにかんだ笑顔を見せた。

「警戒なんて、そんな、とんでもないです。ご友人からご紹介して頂けただけで本当にありがたいのです。ハーグの畠中邸で働いていたことは事実です。でもずいぶん前のことですし、忘れてしまったことも多いものですから。その件ではお役に立てないように思います」

そう言うと女は口をつぐんだ。表情に一瞬深い翳《かげ》りが見えて、それが慶介の興味をいっそうかきたてる。

「その代わりといっては何ですが、美味しいロシア料理をたくさん食べて行って下さい」

女はそう言うと元の明るい表情に戻った。

＊

山のような資料を机の上に広げて、必死に推理した日々を、慶介は自分でも驚くほど鮮明に記憶している。何年も前のことだというのに、それほど印象深かったのだ。思えばあれほど真剣に記事に取り組んだのは、最初で最後だったかもしれない。

事件が起きたのは、一九五九年——。もう二十年も前の早春のことだ。

編集長の聞き書きによれば、被害者の苑子が勤めていた中野区の乳児院はS会の経営で、ペータース神父は教会の用事でしばしば乳児院を訪ね、苑子と知り合ったらしい。

苑子は乳児院の複数の同僚に「尊敬できて何でも相談できる人があらわれたが、その人とは結婚を前提としたお付き合いではない」と話していた。相手の男性を、明らかに恋人として同僚に語っていた。単に尊敬できる人に過ぎないのであるならば、結婚を前提にしないという断りなど入れる必要はなかったはずだ。

苑子は新たな恋を得たことが嬉しくてたまらず、或いは切なくてたまらず、誰かに打ち明けずにはいられなかったのだろう。相手が神父であるなら、結婚はおろか、恋愛や交際だって許されるはずはない。相手の名前を明かすことはできないが、彼女の告白は自身の思いに忠実で、一途な恋心を吐露していたようだ。少なくとも慶介にはそう感じられてならなかった。

刑事がＢＡＡＣ関係者に聞き込みをしてみると「お世話になっている神父さまに何をお土産《みやげ》にすればいいだろうか。運転をなさるので手袋がいいのではないかしら」と複数の同僚に相談していたこともわかった。後日「あの手袋を買ったのよ」と同僚に報告もしている。

神父からの大きな封書が、ロンドンに届いていたという同僚の証言もあった。中には皇太子殿下ご成婚期日発表の新聞記事が入っていたという。

――ご誠実で、ご立派で、心から信頼申し上げ、ご尊敬申し上げていかれる方。

皇太子の婚約者が記者会見でこう述べたのが、一九五八年十一月二十七日のことで、苑子が「尊敬」という言葉を使って、恋人の存在をうっすらとほのめかしたのと、ほとんど同じ頃だ。

ロンドン滞在中の苑子に、ペータース神父がわざわざ記事の切抜きを送ったくらいだから、苑子はきっとこの「ご婚約」に人並み以上に関心があり、その話を度々交わしていたに違いない。

幸運にも難関のスチュワーデス試験に合格した苑子は、我が身をシンデレラになぞらえていたのかもしれない。皮肉にも苑子が殺されたのはご成婚の一ヵ月前のことで、苑子がご成婚を目にすることは叶わなかった。

捜査が進むに連れて、ペータース神父を対象とした専従捜査員は三倍にも増強された。名刑事と謳《うた》われた平塚八兵衛《ひらつかはちべえ》も加わった。

八兵衛は、神父がどこかに秘密のアジトを持っていたのではないかと推理した。それまでの捜査で、ペータース神父が度々背広姿で外出していることが確認されていたが、教会の戒律では聖衣を脱いで外出するのを禁じていた。となると、聖衣から背広に着替えて別の顔になるための、秘密の隠れ家があったのではないか。八兵衛はそう見込みを立てたらしい。

もしもペータース神父が苑子を殺したのなら、その秘密の場所が、犯行現場になった可能性もある。そう八兵衛は推理した。教会を中心に円を広げるように、粘り強く地道な聞き込みが続けられた。

　その結果、中野区鷺宮《さぎのみや》在住の四十代女性宅が浮かび上がった。彼女はS会の熱心な信者ということだったが、一人暮らしのはずの彼女のところに、ペータース神父ほか三人の神父が、ほとんど毎日出入りしているという情報も得られた。

　がっしりした体格の気の強そうな女は、一枝《かずえ》という名で、大型犬を何匹か飼っていたという。

「私は教会の仕事を自宅でやっているのですから、神父さんが出入りなさっても当然でしょう。何か不都合でもありますか」

　はじめからけんか腰で一枝が応じると、犬もそれに連動するように吠え立てた。

「教会の仕事というと？」

「聖書の翻訳ですよ。何か問題がありますか」

「翻訳の他に何か教会の業務をなさっていますか」

「いいえ」

　そう言うと一枝は怖い顔で刑事を睨みつけた。

「翻訳に全身全霊を注いでおります。神にお仕えする毎日なのです。よけいなことに時間をとられるのも惜しいほどです」

「翻訳をなさっているところに、神父さん方が、毎日お越しになる必要があるのでしょうか」

「必要があるからいらして下さるんです。いくらご説明しても、あなた方には、わかっては頂けないでしょう」

結局それ以上踏み込めず、刑事たちは不信感を募らせながらも、立ち去るしかなかった。

この一枝という女性が、後に取材にやって来た週刊誌の記者に、意味深な言葉を残している。

「もし管区長からお許しが出れば、何でも喋ってさし上げますよ。私は知っているんです」

そして慎重に言葉を選びながら語った。

「人間がこの世に生を受けて、どんなに思いもかけないことに出会うかを、身にしみて感じますよ」

ペータース神父と相前後して日本を出国してしまった一枝という女の行方は、その後、杳《よう》として知れない。

「話しにくいかもしれないけれど、いったいどんなきっかけで、ハーグの畠中邸で働くことになったんですか？　それだけ聞かせて貰うわけには、いかないでしょうか」

慶介ははやる気持ちをおさえきれずにいた。しかしできるだけ冷静に、冷静にと、自ら言い聞かせながら、ゆっくりと問いかけをした。女はカウンター内にいるもう一人の年配の女性と目を合わせ、当惑したような表情をした。

「ああ、困らせてしまいましたね。僕は職業柄、疑問に思ったことをずけずけ聞く癖がついてしまって。失礼な質問だったら謝ります。答えたくなければノーコメントで構いません。別に取材ではないのですから」

慶介は素直に頭を下げた。すると女は目を大きく見開いて、首を横に振った。

「そんなに謝らないでください。私は、もう構わないんです」

女は大きく息を吐いた。そして覚悟を決めたように両の掌を胸に押し当てて、天井を見つめた。それは聖職者が祈りを捧げるときの十字を切るしぐさに似て見えた。

「今日はもうお客様も来ないでしょう」

女がそう言って、年配の女に目で合図をした。年配の女が扉の外に閉店の看板をかけに出て、すぐに戻った。それを確認してから、女は静かに語り始めた。

「私は東京のデパートに就職して、福岡から上京しました。当時はそれだって大変なことで、両親の大反対を押し切って上京して、叔母のところに下宿させて貰ったのです」

年配の女の方を気遣うような視線で見やった。吹っ切れたような話し方だった。

確か事件の被害者の苑子も、叔母のところに下宿していたのではなかったか。不思議な共通点を見出し、慶介はますます興味が募り、身を乗り出す。

「叔母の勧めで教会に通うようになりました。そこで百合子夫人、いえ畠中長官、当時は最高裁長官でしたので、畠中長官夫人とお知り合いになりました」

「教会に畠中長官夫人もいらしていたのですね」

「はい。教会の神父様たちは、夫人のことを、『日本一の貴婦人』と言って崇《あが》めていました。もう六十歳に近いご年齢でしたが、首が長くて華奢《きやしゃ》な印象は、年齢を超越しているようにさえ感じました。独特のオーラを放っていて、私は遠くからその姿に釘付けになり、見とれておりました。一瞬で百合子夫人の虜になってしまったといっても、言い過ぎではないかも知れません」

「それで、あなたは畠中長官夫人と、親しくなった、というわけですか」

女は当時のことを思い出してか、少し頬を赤らめた。

「親しくなるなんて、そんな……。お話をするのも憚られるような存在でした。当時教会では、畠中長官夫人は美智子様を皇太子妃として推薦した方としても知られていました。雲の上の存在の方だったんです。でもあるとき、夫人から、思わぬお声をかけて頂いたのです」

「ハーグに誘われたということですか」

「畠中長官はちょうど最高裁を退官して、ハーグの国際司法裁判所に転身することが決まっていました。それは長官の待ち望んでいたポストだったそうです。当時百合子夫人は、現地に連れて行くスタッフの手配に奔走していました。秘書兼アシスタント兼メイドのような形で、私に白羽の矢が立ってしまったのです。田舎から出てきてデパートの靴下売り場で働いていた何もわからない私のような女に、何故と大変に驚きました」

「ずいぶん唐突ですね。いったい、何故？　何が理由だったと思われましたか」

慶介は問いを発してから、少しぶしつけ過ぎたかと後悔した。女は再び顔を赤らめる。そして言いにくそうに呟いた。

「明るく快活で健康で、難しいことなど考えない、従順な若い女性、ということでした。健康には確かに自信がありました。従順だったかどうかはわかりません。確かに、あまりものを疑ったりする方ではなかったかも知れません。周りは大反対でした。畠中長官は、反動的な判決を出す裁判官として、一部の人々から憎悪の対象にもなっている方でした。そんな人のところに仕えるようなことはやめろと、叔父は必死になって止めてくれました。郷里の両親ももちろん反対でした。でも……」

「でも行くことに決めたんですね。今でこそ、海外に留学したり旅行に行ったりするのは、珍しくもなくなったけれど、当時は大変なことだったのでしょう」

慶介は言葉を区切って再び尋ねた。

「何かに突き動かされるような感じだったのでしょうか」

「ええ。そうですね。若かったのですね。自分の可能性に賭けてみたかった。新しい世界に飛び込んでみたかった。怖いもの知らずだったのです、本当に」

女は再びあの翳りある表情を浮かべた。

「閉店した後で申し訳ないのですが、何か酒をもらっても良いでしょうか。ロシア料理屋ならば、ウオッカもありますよね」

慶介は決して酒に強いほうではなかった。けれどこんな話を、しらふで聞けそうにもない。自分は歴史の生き証人の目の前にいるのだと、身体に電流が走るような思いだった。

「僕はアルコールに決して強い方ではないのです。でも嫌いではない。ウオッカがあるならトマトジュースで割って貰えますか。トマトジュースを多めにして貰った方が助かります」

女はぱっと表情を変えて、素早くカウンターに戻った。緑がかったきれいなグラスにウオッカを少なめに注ぎ、トマトジュースをたっぷり入れた。氷を入れてレモンを添えると慶介の前に戻り、ギンガムチェックのテーブルクロスの上に差し出した。

「ゆっくり召し上がって下さい。まだもう少し時間がありますから」

女はそう言うと慶介のことを、慈愛《じあい》に満ちたまなざしで見つめた。

愚かな人間の業をすべて許すかのような、優しく温かいまなざし。見つめられると、体の芯から癒《いや》されるようなまなざし。いつか画集で見た記憶のある、聖母マリアのまなざしにも似て見える。

殺された苑子という女も、神父に向けてこんなまなざしをしていたのだろうか。ふとそんな風に感じられて、慶介は女を、まじまじと見つめた。

＊

刑事・平塚八兵衛が捜査した結果、ペータース神父のもう一つの重要な拠点と思われる場所が、見つかった。それは杉並区天沼《あまぬま》の三十一歳の光代《みつよ》という女性の部屋で、彼女はD社の事務員だったが、部屋にペータース神父らしき男性が度々訪れていたことが、近所の住人の証言でわかった。

彼女が帰宅する頃合を見計らったかのように、ペータース神父の白のルノーが乗りつけられていて、近所では「外国人のおめかけさん」と噂されていたという。しかも光代の部屋の敷金や引越し費用などを、ペータース神父が支払っていることが判明した。神父は私有財産を持てないはずなのに、富士《ふじ》銀行四谷《よつや》支店には、ペータース神父名義の当座預金まであることが突き止められた。

慶介が調べてみると、そもそも以前から、S会には黒い噂が付きまとっていたようだ。一九五一年に起きた闇砂糖事件では、S会に海外から送られてきた援助物資の一つだった砂糖が、闇市場に横流しされていた。援助物資というのは表向きの話で、実質は宗教を隠れ蓑にした密輸と言えるのではないかとまで囁かれた。

日本でのキリスト教の布教は、戦前からプロテスタントが主流だった。カトリックではイエズス会やマリア会が先発で、S会は大きく遅れをとっていた。敗戦による日本人の価値観の変化を一つの大きなチャンスと見て、S会は日本に攻勢をかけていて、その分、資金の投入も盛んだった。闇砂糖事件はその余波とも言える事件だったのだろう。

S会だけではなく、苑子が就職したBAACも、その極東路線について良からぬ噂が絶えなかった。S会の闇ドルも、BAACスチュワーデスが運び屋になって日本へ持ち込まれたと噂されており、苑子が殺された同年秋には、一人のスチュワーデスが密輸容疑で警視庁に逮捕されている。

翌一九六〇年には、麻薬などの密輸に関わっていたという理由で、BAACのスチュワーデスやパーサーら関係者百二十七人が解雇されるという異様な事態にも発展した。

S会とBAACのこうした乱脈ぶりを合わせてみると、神父と苑子の接点には、恋愛以外の何かが介在していたのではないかという疑いが、いやがおうにも浮き上がる。

神父が苑子を運び屋に仕立てようと近づいたのではないかとか、苑子は何らかの目的の下に、S会からBAACに送り込まれたのではなかったのかとか、様々に取りざたされた。

麴町ではD社が所有していた空き家の存在も明らかになった。鍵を所有していたのはペーターース神父だった。トップ屋として事件を取材したあるジャーナリストは、苑子はこの空き家で殺されたのではないかと推理して、記事を書いた。

社会派として名高い作家は、事件を小説仕立てにして、スチュワーデスが香港—東京間の麻薬の運び人に仕立てられそうになり、それを断ったために、背後の組織の指図でペータース神父に殺されたものと推理している。動機は秘密保持だ。ジャーナリストの推理と同様、麻薬がらみの知りすぎた女が抹殺されたというストーリーで、二人の見解は一致していた。

ペータース神父は一九五九年六月十一日に羽田発エールフランス機で本国に突然帰国してしまう。羽田空港の入管職員は、ペータース神父のパスポートを見て飛び上がらんばかりに驚き、あわてて上司に事情を告げた。入管から警視庁へ緊急の連絡が取られたが、逮捕状が出ているわけでもない人物の身柄を拘束する法的根拠はなく、警視庁としてもなす術も無く、見送るしかなかった。ペータース神父はゲートをくぐり、機上の人となった。もはや日本の警察の手の届かない場所に飛び去り、二度と日本に戻ることはなかった。

日本国内で日本人女性が殺された事件であったのに、警察は結果的に手も足も出なかった。日本はまた占領下に舞い戻ったのかと、義憤を感じる人たちもいた。

＊

「僕は雑誌の編集長から、ＢＡＡＣスチュワーデス殺人事件についての調査資料を見せてもらって、記事を書こうとしたことがあるんですよ。編集長が倒れて企画がうやむやになり、果たせないままでいます。でもいつかは書き上げて、単行本として出版したいという夢があります」

　女は微笑を浮かべて頷いた。

「あなたはあの事件についても、もちろんご存知ですよね」

「もちろん」というところを強調して質問してしまったことを、慶介はすぐに悔いた。案の定、女の表情がさっと青ざめ強張った。年配の女性の方も、怪訝そうな表情に変わった。店の中に流れる空気も心なしか冷たくなった。

「すみません。また失礼なもの言いをしてしまいました。これは取材ではないですよ。僕はあくまで、巨人軍の空白の一日について取材しに来たに過ぎず、この店のことは、友人から偶然教わったに過ぎないんです」

　慶介は焦りを覚えつつも、つとめて穏やかに口調を変えた。

「ただ一ライターとして興味があるのは、正直なところです。あの事件では、神父に捜査の手が及ばないように、早く出国できるようにと、働きかけた人たちがいると噂されました。その一人が畠中博太郎です。奥様が熱心なカトリック信者だったのですよね。貴女はこの事件について夫妻が何か話しているのを聞いたことはありませんか」

　女はふいに観念したように、慶介の顔を見つめた。

「貴方がお聞きになりたいことが、よくわかりました。その事件については、当時からいろいろなところで読んだり聞いたりしてまいりました。もちろんよく知っております」

静かな笑みを湛えたまま、女は語り始めた。

「貴方がお知りになりたいことを、そのまま私が知っているわけではないのです。失望させてしまって申し訳ありません。ただ……」

「ただ?」

慶介は再び身を乗り出した。その様子を見て、女は困ったような顔をした。

「お二人は大変仲の良いご夫婦でした。基本的に裁判の判決については、家族で会話をしないのがルールと思えます。けれど時々言い争いをされることがありました。百合子夫人が、ご主人の博太郎様に、ご意見をされることもあったのです」

「ご夫妻で言い争いをなさることもあったと」

「はい。もちろん、ごく、たまにですが」

女は少しむきになって言い返した。

「ご主人様は、奥様のご意見にも、きちんと耳を傾ける方でした。それでも不機嫌そうな顔をなさることもありました。あの事件について、百合子夫人に直接何か責任があるわけでは決してありません。それは確信を持って言えます。けれど人知れず罪の意識を持って、ずっと気になさっていたのを、薄々存じ上げております。あれで本当に良かったのかしらと、ご主人様に問いただすように尋ねていたのを、偶然聞いてしまったこともあります」

「そうでしたか。夫人はやはり、気にかけていらしたのですね」

慶介は神妙に頷いて見せた。

「お邸には現地採用の外国人のスタッフも多く、ふだんお二人は邸の中でもほとんど英語で話していらっしゃいました。百合子夫人は大変英語がお得意でいらっしゃいました。ですので、日本語で話されるときには、かなり本音を漏らされていたように記憶しています。他の人に日本語は理解できないと思って、つい本心を語られたのではなかったでしょうか。私が邸内にいることも忘れて」

「どのように本音を漏らしていらしたのでしょうか」

女はしばらく口ごもった。取材ではないと言いながら、慶介は興味津々で、つい露骨に質問を投げかけてしまう。

「いえ、私も、必ずしも、はっきり覚えているわけではないのです。偶然立ち聞きしてしまっただけですし、耳をすましていたわけでもありません。けれどペータース神父のその後の動向を、夫人が気にかけていたのだけは確かです。ずっと悔やんでいたことも。その証に……」

「その証に？」

女は咳払いして、少し言いにくそうに語り始めた。

「真夜中になると邸に幽霊が出ると、使用人たちの間で噂になったことがありました。白い夜衣をまとった女の幽霊が、夜な夜な、二階の踊り場に出没すると」

女は低い声で内緒話でもするように囁いた。

「夜衣をまとった女の幽霊、だって？　イギリスのゴシック小説じゃあるまいし」

怪談仕立てにされてごまかされてはたまらない。慶介は呆れて首を横に振った。

「私も慣れない洋館住まいで、幽霊の噂を耳にして、ぞっとしました。でも私にはすぐに、正体がわかりました」

「正体は何だったんです？　まさかカーテンが夜風に揺れていた、なんて言わないで下さいよ」

少し苛立って口調を強める。

「白いレースの夜衣を身に着けた華奢な女性が、踊り場で窓の外の闇を見つめていたのを目撃したことがあったからです。髪を後ろにまとめて、首が長く、老いたバレリーナのような女性。私には一目でわかりました」

「まさか、それは」

「ええ、奥さまでした。百合子夫人だったのです。夫人はしばらく不眠に悩み、浅い眠りの果てに邸を彷徨《さまよ》うようなことが、度々ありました。まるで夢遊病者のようでした」

慶介は何と言っていいかわからず、思わずグラスを手にとって一気に飲み干した。

「慣れないハーグでの生活が、心労の原因だったのではとも言われましたが、百合子夫人は著名な学者の娘で、海外生活の経験も豊富な方でした。ハーグでの生活を待ち望んでいたとも聞きます。ハーグの邸は快適な住まいでした。それが心労になったとは到底思えません。眠りが浅くなられていた原因は、きっと」

「あの事件のことですか?」

「これはあくまで私の推測です。けれどあの事件が、百合子夫人の心に重くのしかかり、暗い影を落としていたのは確かかと思えるのです」

女は今までとは違って、堂々と勝ち誇るように言い切った。

「それに……」

女は少し言いにくそうに話を続けた。

「あるとき私は見つけてしまったんです。寝室のドレッサーの抽斗に、百合子夫人がスクラップブックを隠していらっしゃることを」

「スクラップブックを？　いったい何をスクラップしていたんですか」

「ガーネット色の表紙にはレースの飾りが施されていて、百合子夫人らしいスクラップブックでしたが、夫人はそれを大事そうに抱えて、時々眺《なが》めていらっしゃいました。私はてっきり家族の思い出のアルバムか何かだと」

慶介が関心を持って乗り出すと、女は上気したように頬を赤らめる。

「百合子夫人はまめな方で、写真を整理してアルバムに貼られるだけでなく、美術展や音楽界のチラシなどもファイルに綴《と》じていました。料理のレシピを書いたメモを、まとめているスクラップブックもあり、見せて頂いたことがありました。ただそのガーネット色のスクラップブックだけは、誰にも見せないように、秘密の宝物みたいに扱っていらっしゃいました。そんな風にされると、よけいに気になってしまって」

女は俯いて、しばらく言いよどんだが、すぐに顔を上げて話を続けた。

「百合子夫人がある日、外出直前に玄関で寝室に忘れ物をしたことに気づかれたんです。常備薬が入った小さなポーチを、寝室に置き忘れてしまわれたのですが、あわてて私に取りに行って欲しいと頼まれて」

「それで寝室に入ったんですね」

「はい、私が一人で夫婦の寝室に入るのは、それが最初で最後でした。寝室のドレッサーはマホガニーで作られたアンティークの美しい家具でした。ドレッサーの上に紫色のレースのポーチが置かれていて、一目でそれとわかったのですが、なぜかドレッサーの抽斗がその日は少しだけ開いていて」

「そこにガーネット色のスクラップブックが見えたんですね」

「ええ、そうなんです。ずっと気になっていたので、思わず手に取り、見てしまいました」

「そこには何が貼られていたんですか？」

「新聞記事です。あの殺人事件に関する記事が、日付ごとに何枚も貼られていました。新聞の種類も、一紙だけではなかったですね」

「ああ、そういうことですね。なるほど」

「それから写真です。神父さんの写真は数枚あり、整った甘い顔立ちの優しそうな神父さまでした。そんな恐ろしい事件に関わった方のようには見えませんでした。それから教会の写真、事件現場の川の写真もありました。善福寺リバーと記されていました」

そう言うと女は黙った。

「夫人は事件のことをずっと気にしていたんですね。よくわかりました」

慶介がそう返すと、女は頷いた。

思い出したように女はカウンターに戻ると、ウオッカのトマトジュース割をもう一杯作って、慶介の前に差し出した。やや幼く見える女だが、酒の準備の仕方が妙に手際よいのがちぐはぐに映る。女は恐縮するように頭を下げた。

「すみません。覚えていることをいくつかお話ししました。ずいぶん前のことですが、よく覚えています。記憶違いではないと信じています」

女ははっきりした口調でそう言ってから、首をすくめてみせた。

「偉そうなことを申してお許しください」

女は恐縮するように頭を下げた。しばらく考え込むような表情をしてから、ふいに顔を上げて尋ねた。

「あの、私からも、一つお尋ねしていいでしょうか」

「もちろん、私でお答えできることなら」

慶介が答えた。

「やはりあの事件は、ペータース神父が犯人だったのでしょうか」

直球過ぎるような質問に、今度は慶介が戸惑う番だった。

「真犯人が誰かということまでは、私には断言できません。刑事ではありませんからね。しかし少なくとも、ペータース神父が真相を知っていたのだけは、確かな事実と思われます」

　女の真剣なまなざしにたじろいで、慶介はつい慎重な言い方をしてしまった。女はそんな慶介の顔を、複雑な表情をして眺めている。

「あの事件については実に多くの人が推理をしています。S会はそれまでも、密輸などの、とかく噂のつきまとうところでした。BAACの極東路線にも、麻薬の密輸の噂がありました。スチュワーデスが麻薬の運び人に仕立てられそうになり、それを断ったために、背後の組織の指図で、神父に殺されたのではないかと推理している人が多いのです。動機は秘密保持です」

「背後の組織ですか？　秘密保持の為に、彼女は殺されたのでしょうか」

「ありえない話ではない。いや、その可能性は高いと感じます。彼女は確かに〝知りすぎた女〟でした。だけれどそれにしては、不審な点もあります」

「たとえば？」

　今度は女が身を乗り出す番だった。カウンター内の年配の女性も、食器を拭きながら耳をそばだてている。

「背後に組織的な集団の意思が働いたにしては、死体遺棄《いき》の方法が稚拙《ちせつ》なのです。鑑定によれば、彼女は少し息のあるうちに遺棄されたらしいのです。もう一つ奇異に感じたのは、被害者はＢＡＡＣに就職は決まったものの、まだ乗務員として搭乗前だったんですよ」

「搭乗前だったのですか？　それは本当なのですか」

女はたいそう驚いた表情をした。

「ベテランのスチュワーデスさんだと思い込んでいました」

「そうなんです。彼女はスチュワーデスという業務に、実際にはまだ携わっていなかったんです。ロンドンでの研修を終え、いよいよこれから初フライトをするという、期待と不安がないまぜになった状態だった。そんな素人《しろうと》同然の彼女に、プロの組織が、麻薬運びを持ちかけるでしょうか。少なくとも、もう少し〝すれっからし〟のスチュワーデスに、依頼するのではないでしょうか」

「うーん、確かにそうですね」

女は感心したように頷く。カウンター内の女も、耳をそばだて聞き入っている。

「では松尾さん、あなたはどう推理されるのでしょう」

遠慮がちにおずおずと女が尋ねた。直球がだめなら変化球で行こうと思ったのだろうか。真相を知りたいという熱意だけは、痛いほど伝わってくる。

「もちろん、麻薬疑惑も棄てきれないです。何しろ彼女が殺された年の秋には、同じ社のスチュワーデスが、警視庁に密輸容疑で逮捕されていますからね。化粧箱を二重にして、宝石や金を隠して運んだようです。翌年にはやはり極東路線の関係者が、密輸に関わったとして百名以上解雇されるという事件も起きています。まったく油断も隙もないところです」

「はあ」

女は明らかに当惑した様子だ。

「ただ私はね、もしペータース神父が犯人だったとして、主たる動機は案外、痴情のもつれだったかもしれないと感じるんです。ペータース神父は他にも女を囲っていたらしい。そのことに、被害者が気づいてしまった、とか」

「まぁ、神父さまには、他にも、女がいたというのですか。何ということでしょう」

女は大きな目を更に大きく見開いて声を上げた。既に三十代も後半と思われるが、男性経験が少なく、意外にうぶ、なのかもしれない。

いや、とすぐに慶介は打ち消した。女という奴は、まったくわからない。

「たとえ百人の男と寝ていたって、女は平気な顔でヴァージンロードを歩けるものよ」

そう言っていたのは、別れた女だったか。この女も、単にカマトトぶっているに違いない。

「密輪がらみの面はもちろん否めません。けれど核心にあったのは、やはり男女の情のもつれではなかったでしょうか。被害者の女性は、神父に夢中だった。同僚たちに何度もほのめかしていることからしても、彼女は自分の感情に素直だった。恋心を誰かに話したくて仕方なかった。抑え切れない恋心の発露だったと思えてなりません」

女はなおも慶介の話にじっと聞き入っている。慶介はつい得意げな表情になって話を続ける。

「このそばの、原宿のホテルが二人の逢瀬の場所だったらしい。東京オリンピック前の原宿は、今とはまるで違って、建物がぽつんぽつんと点在する、閑散とした場所だったらしい。人目もそんなにはなかったのでしょう。でも宿の受付の女性が、二人が何度か宿に入ったのを覚えているんですよ」

「この原宿で、二人は逢引していたというのですか」

女は考え込むようなしぐさをした。

「彼女の思いの深さに比して、神父はそれほど真剣ではなかった。言葉は悪いですが、欲望のはけ口に過ぎなかったのかもしれません。僕にはそう思えてならない。彼女の真摯な思いが逆に、疎《うと》ましく感じられたのではないかと」

「それでは被害者の女性が、あまりに気の毒です」

女は眉をしかめて、堪えられないという表情をした。被害者の女性に妙に肩入れをしているように見える。

「同じ男として正直に言えば、神父の気持ちがわからなくもない。でも幾らなんでも殺された女性が気の毒です。そのまま逃げ延びて不問に付されたと聞けば、やりきれない思いでした」

「彼女に直接手を下したのは、やはり神父なのでしょうか」

女はなおも食い下がる。慶介はだんだん息苦しくなってきた。取材するつもりが、これではこちらが取材されているようだ。けれど今さら引き下がれない。酒の勢いもあって、饒舌《じょうぜつ》になっていくのが自分でもわかった。

「あくまで私の推理ですが、神父はやばい筋の人物に、彼女との関係を知られて脅された。その男に、何かとんでもないことを依頼された。悩んだ末に女に打ち明けると、女はあまり深刻には捉えずに、その男に会ってもいいなどと言った。それで男の待つ場所に女を行かせることにした」

「彼女は世間知らずのお嬢さまだったんですよね。自分が神父を助けることができると、最後まで信じていたのではないでしょうか」

女は独り言のように呟く。

「けれどその人物は、女が相手できるような生易しい男ではなかった。女は激しく抵抗して、現場から逃げ出そうとした。神父はあわてて女を追いかけ車に乗せ、車を走らせながら説得を試みた。だが女はなおも、あんな人物とは縁を切れと迫った。神父にとっては女とは縁を切れても、その人物を切ることなどできはしない。激しい口論になり、女は一連のことを口外すると言い出した。あなたを助けるために、あえて口外するのだと。そして車から飛び降りて、朝もやの中を善福寺川に沿って走った」

「神父はさぞ驚いたでしょうね。事実を口外されたら、神父もS会もおしまいですから。追いかけて、すぐに追いついたのですね。そして女の首に腕を回した」

女の目が熱を帯びてきらりと光る。まるで見てきたかのように言うと、小さくため息をついた。

「彼女は最後まで神父の身を案じていたのに、神父は身の安全と名誉が大事だったんですね」

苑子によく似た女が、まるでとりつかれたかのようにぼそぼそ呟いている。慶介はそれを不思議な気持ちで眺めていた。二人の女が、ますますだぶって見えてくる。

慶介は二杯目のウオッカを一気に飲み干した。二杯目の方が少しアルコール度が高い気がする。酒に弱いことを忘れて、こんな強い酒を飲んでしまった。後悔しても遅く、天井が回り始めた。

慶介の脳裏に真夜中の青山通りを駆け抜ける一台の白いポルシェが浮かんだ。運転席に座っているのはあの友人だ。いや、よく目を凝らせば、青い瞳の神父がハンドルを握っている。隣にはグリーンのツーピースを着た丸顔の苑子が座っていて、膝には黒いエナメルのバッグを置いている。

目をこすってもう一度見なおすと、助手席に座っているのは苑子ではなく、目の前にいる女だった。女は嬉しさを隠し切れない様に頰を染め、男の太ももに片方の掌を乗せて男を見つめている。だが男の横顔は硬く険しく、疲れた表情を浮かべて、放心したようにじっと前方を見つめている。ポルシェはそのまま夜の帳《とばり》を切り裂くように、猛烈なスピードで疾走して行く。

事件がこのまま人々の記憶から消えてしまうのは、やりきれない。事件のことをもう一度書いてみよう。朦朧とした頭で、慶介はそんな決意をしていた。今日聞いたことも参考にして、畠中裁判官のことも絡めて書けば、奥行きのあるルポルタージュになるのではないだろうか。志半ばで死んだ編集長も、それを望んでくれている気がする。考えてみたら、世話になった編集長に何一つ恩返しをできていないのだ。

神父の帰国で事件から手をひかざるをえなかった刑事の悔しさも、今になってよくわかる。何より被害者の無念を少しでも晴らしたい。部屋の奥にしまいこんだダンボール箱を、久しぶりに開けてみよう。そこから何かが始まるのだ。編集長の喜ぶ顔が、鮮やかな輪郭をもって、浮かんでは消えた。

第十一章　六月の花嫁

百合子　一九二四年秋

「この際だから」

巷《ちまた》では人々がこぞってこの言葉を口にする。大震災の被災者たちが復興を目指して立ち上がる、心機一転の合言葉のようになっている。

百合子が結婚を決意したのは「この際だから」というわけでは決してない。けれど大震災を契機に、心境の変化があったのは確かだった。

一九二三年九月一日。あれからもう一年が過ぎる。遠いようでいて、まるで昨日のことのように思い出されてくる。暑い夏だったが、とりわけあの日の東京は、うだるような残暑にさらされていた。

百合子の通う学校は未だ夏休みで、お父さまもまだ大学の授業が始まらず、杉本家は軽《かる》井《い》沢《ざわ》に滞在していて難を逃れた。軽井沢もゆらりとゆっくりした揺れがあったが、部屋の中のものが落下するほどの被害はなかった。まさか東京が甚大な被害を受けているとは、そのときは思いもよらなかった。

正午近くにあった地震から半日たった夜、東京の教え子からお父さま宛に電報が届いて、はじめて東京が壊滅《かいめつ》状態になっていると知った。お父さまは電報を読みながら、見る見る蒼《あお》ざめていった。

ばあやの長男が住んでいる下町のあたりが、火の海になっているらしいとわかって、ばあやは半狂乱になってしまった。けれど東京に戻ろうにも汽車は止まっていて、いつ復旧するかもわからない。取り乱したばあやを、落ち着かせるのに一苦労だった。

手賀沼《てがぬま》に住む博太郎はどうしているだろう。一瞬考えたけれど、連絡のとりようもなかった。博太郎の気難しそうな顔が、無性になつかしく思えてならなかった。

震災から三日後の夕刻、真っ赤に日焼けした博太郎が、別荘の庭に忽然《こつぜん》と現われたときには、本当に驚いた。髪はぼさぼさで眼鏡の下の目は落ち窪み、ズボンも泥で汚れていた。

これは亡霊に違いない、博太郎はきっと既に死んでしまっていて、無念の思いで百合子に会いに来たのだ。百合子は白日夢を見ているのだ。そんな風に思えてならなかった。

「皆さん、ご無事でしたか……」

博太郎は、膝から頽《くずお》れるようにしゃがみこんだ。その姿を見てはじめて、これは幻ではないのだと百合子は理解した。手賀沼から汽車と人力車を乗り継ぎ、命からがらたどり着いたという。

「経験したことのない恐ろしい揺れでした。ゆらゆら揺れ始め、一旦おさまったかと思うと、更に急激な揺れが襲って来ました。とても立っていられないほどでした」

博太郎はつとめて冷静に話そうとしていたが、それでも声がふるえている。しぼりだすように呻くようにして、言葉を続けた。

「浅草《あさくさ》の凌雲閣《りょううんかく》は大破し、建設中だった丸《まる》の内《うち》の内外《ないがい》ビルディングは崩壊し、何百名もの作業員が犠牲になったようです。そこら中で建物が倒壊し、砂ぼこりが舞っていました。やがてどこからともなく火災が発生、折から強風の日だったので、町中が火の海になり、逃げまどう人々で地獄のありさまでした」

博太郎は額の汗を拭った。

「神奈川《かながわ》に実家がある友人から聞いたところ、東京よりもっと激しい揺れだったそうで、山崩《くず》れや崖崩れも発生し、ちょうど通りかかった列車が、駅舎とホームもろとも、土石流により海中に転落し、多数の死者を出したようです。土石流で村の大半が埋没したところもあるそうです。千葉《ちば》の房総《ぼうそう》半島でも津波が起きました。地震の恐ろしさを身にしみて感じました」

博太郎の語る生々しい報告に、百合子と家族はあらためて震え上がった。

「けれど地獄はそれだけではなかったのです」

博太郎の身体が小刻みに震えはじめた。

「朝鮮人の労働者達が暴れ回り、盗みを働いたり、人を傷つけたりしているという根も葉もない噂が囁かれていました。自警団みたいなものが現われ、至るところに立っていました。『止まれ!』と言って話しかけて、喋り方が少しでもおかしいと一突きに殺して、遺体を見せしめのために、電柱に吊るしていました」

そう言うと、肩をがっくり落とした。

博太郎はひどい熱を出し、昏々《こんこん》と眠り込んだ。百合子は心配して、ばあやと共に懸命に看病を続けた。三日目になって博太郎はようやく起き上がると、ばあやの作ったお粥《かゆ》を美味しそうにすすった。元気になると博太郎はすぐに準備を始めて、ばあやを連れて東京に舞い戻った。博太郎の尽力で、ばあやは息子一家の無事を確認することができたのだった。しばらくして、百合子の親族縁者の無事も確認することができた。ふだんは寡黙な博太郎の、意外な行動力と頼もしさに一家は驚かされた。

「博太郎さまは私の命の恩人です」

ばあやは泣きながら何度も頭をこすりつけるようにして礼を言った。

そんな博太郎と百合子が、はじめて出会ったのは大震災の二年前の冬、杉本家の応接室だった。その日は木枯らしが吹き、博太郎は手にコートを持って、寒そうに肩をふるわせていた。南国生まれのせいか、博太郎は寒さに弱いようだった。

博太郎の第一印象は、無口で陰鬱《いんうつ》、西洋の哲学者然とした雰囲気をかもし出していた。同じ法学の徒であっても、実務面でも活躍した父には、もう少し豪放磊落《ごうほうらいらく》な陽気で朗らかな面があった。だが博太郎は、いかにも堅苦しく真面目そうで、全身から近づき難い気配を放っていた。

度の強い眼鏡をかけて、気難しい顔つきをした博太郎は、九州なまりも残り、およそ女好きのするタイプとは言えなかった。

肉親と教師以外には、生身の男とは会話した経験さえなかった百合子ではあるが、小説の登場人物に憧れ、夢に思い描いてみることがあった。夢の中の男たちは決まって、繊細で華奢で青白い顔の美青年だった。少なくとも目の前に現われた博太郎とはまったく異なっていた。

それでも父との会話を聞いていれば、博太郎が感受性豊かで、詩人の魂を持つという、意外な一面が見えてきた。そして自分にほのかに好意を寄せているということも。

博太郎は何に対しても真剣に打ち込む男で、商法の研究室で法律に没頭するだけではなく、通勤の汽車の中ではベートーベンと聖書の研究に打ち込んだという。

とことん追究する性分で、ベートーベンの研究に関しては、内外のあらゆる書物を読み、聖書の研究には、原始キリスト教からわからなくてはだめだと言い、ヘブライ語の勉強までしたらしい。

そんな学者気質を、父は好ましく思っていて、機会あるごとに博太郎を家に招いてもてなした。博太郎はしばらくの間、緊張して畏まった様子をしていたが、家を訪れる度に次第にうちとけ、くつろいでいくのがわかった。厳しい冬が過ぎ春を迎えるころ、まるで雪が溶けるかのように、表情も温和に穏やかになり、時折笑顔を見せるようになった。

父と博太郎の交わす会話はもっぱら音楽や文学の話で、二人が法律論を戦わせているのを、百合子は聞いたことがない。特にベートーベンについて語らせると、二人は時間も忘れるほどだった。

父の前でピアノ・ソナタについて饒舌《じょうぜつ》に語った博太郎を、百合子は忘れることはできない。怜悧《れいり》で鋭い刃物を思わせる博太郎に、こんな情熱的な一面があったなんて。

百合子が応接室に置かれたグランドピアノに向かって、覚えたてのショパンの「ノクターン第二十番」を弾いていると、博太郎が訪ねてきた。応接室に入ると、何も言わず部屋の隅に立ってじっと耳を傾け、弾き終わると手を叩いてくれた。振り返ると博太郎の目の端に、かすかに光るものが見えた。

「恥ずかしいわ。こんな拙《つたな》い演奏をお聞かせしてしまって。せめてもうすこし上達してから、お聞かせしたかったのに」

百合子の華奢な腕と指は、万感の思いをこめて弾く箇所で、強弱がつけられない。細かく震わせるように奏でなければならないトリルも、ちっとも巧く弾けないのだ。

百合子が顔を赤らめうつむくと、博太郎は小さく首を振った。

「あなたの心の清らかさ、優しさが、にじみ出るようなすばらしい演奏でした。一途な片想いに悩み苦しむショパンの姿が、目に浮かんでくるようです」

そして独り言のように呟いた。

「どんな高名なピアニストより、私にとって価値のある演奏でした」

博太郎の一途な思いは百合子の胸に十分すぎるほど響いたが、自分のようなか細い腺《せん》病《びょう》質の女に好意を寄せるのは、父への恩義のため、ひいては出世のためではないだろうか。そんな疑いを拭い去ることができなかった。女らしい丸みの欠けた肉体と容貌を鏡に映しては、絶望的な思いに至って、ため息をついた。

胸が薄く骨細で腺病質、気鬱の気味があり神経質な百合子を、両親は少しばかり持て余し気味だった。時には腫れ物にさわるように接していた。

自分はお父さまやお母さまのように、たくましく生き抜いていくことはできない。百合子はそんな風に自らを思い定めていた。

同年代の貧しい東北の少女たちが、身売りや奉公に出されるような時代だったというのに、百合子は蝶よ花よとかしずかれ、壊れ物のように大事に育てられた。

詩を書いたり、物語を書いたりして生きていく人生を夢見たこともあるけれど、女文士の凄まじい生き様を知れば空恐ろしくなり、自分には無理だと諦めた。ピアノのレッスンも、一通り弾きこなすことはできても、それ以上の表現力を得られなかった。

修道女になって祈りの日々を送ろう。そして恵まれない人々の為に、奉仕の生活に生きる。それこそが自分にふさわしい人生だ。決意は日に日に強くなっていた。

博太郎にはほかにもふさわしい女性がいるはずだ。あれだけ優秀な学者であれば、見合いの相手に不自由はないだろう。

百合子が博太郎をわざと遠ざけようとすると、博太郎は百合子を睨みつけるようにしてこう言った。

「あなたが先生のお嬢さんでなくても、私はあなたを好きになったはずです。そもそも結婚によって高い地位を得ようなんて、そんな浅ましいことを考える男だと、思われるのですか」

百合子の思いを見透かしたかのような言葉だった。博太郎の瞳には怒りの炎がたぎっていて、たじろぐほどだった。百合子は返す言葉も見つからなかった。

「あなたは私にとって、この世で唯一無二、運命の女性なのです。あなたのような女性は、今後二度と現われないでしょう」

博太郎の気迫に押されて、百合子は思わず頷いた。それが事実上のプロポーズの言葉だった。


リラの花が咲きにおう六月、博太郎と百合子はカトリック教会で結婚式をあげた。皆の祝福を受けた結婚だったが、誰よりも父が喜んだのは、言うまでもない。

花嫁二十歳、花婿は三十四歳だった。

政略結婚だと陰口を叩く人もいたようだが、博太郎は打算としての結婚をかねてから軽蔑していた。

「これは運命の導きなのです」

堂々と胸を張ってそう言った。

式の直前の親族紹介の場で、百合子ははじめて博太郎の弟に出会った。博太郎より十三歳年下で、百合子とほとんど同じ年頃だった。

「はじめまして。博太郎の弟の吉彦です」

少し遅れて教会に駆けつけ、頰を紅潮させた背の高い青年が、ふと顔を上げた瞬間、百合子は思わずあっと声を上げそうになった。鼻筋の通った繊細で端整な横顔は、百合子が女学生の頃、小説を読みふけっては、夢の中で思い描いた主人公の姿にそっくりだった。

「大学で兄と同様に法律を学んでいます」

博太郎よりも十センチほど背丈の高い吉彦が、涼しげなまなざしをまっすぐに百合子に向けた。そのまなざしに射られたように、百合子は動揺して眼を逸らした。胸の鼓動を抑え切れず、誰かに気取られてしまわないかと案じた。

どうして博太郎の弟が、よりによって、百合子の夢想の青年の姿で立ち現われるのだろう。これは運命の皮肉としか思えない。何故、博太郎と出会う前に、吉彦に出会えなかったのか。

そんな邪《よこしま》な思いが百合子の胸をよぎった。それを振り払うのに必死だった。オルガンの演奏が始まった頃には、ようやく鼓動が収まり、冷静さを取り戻した。けれど吉彦の面影は、その後も長く、百合子の脳裏から去ることはなかった。

女学生の頃、百合子は図書館から借りた小説を、いつもベッドの下や枕の下に隠しおいては、家族が寝静まってから、読みふけったものだ。百合子にとって一日で最も楽しみな、空想の時間でもあった。

特に好んで読んだ作品は『赤と黒』や『嵐が丘』などの、情熱的な恋物語だった。贖罪に苦しみながらも、ジュリアン・ソレルへの恋情を持ち続けたド・レナール夫人に百合子は心惹かれた。野心的で直情型のジュリアン・ソレルという男のことも、印象に残った。

荒涼としたヨークシャーを背景にした『嵐が丘』の物語も、深く記憶に残っている。

「ヒースクリフは、私以上に私なの」

そこまで言い切るキャサリンに驚愕しながらも、二人の魂の深い繫がりに心揺さぶられたものだった。

とはいえ『赤と黒』や『嵐が丘』は、しょせん作り話に過ぎなかった。人生を変えてしまうほどのこんな激しい恋愛は、実際にありえないのではないかと百合子は訝った。人間は恋愛だけを考えて、生きているわけではないからだ。

けれど百合子が数ヵ月前に、フランス語に堪能な友人から譲り受けた、私家版の抄訳『アベラールとエロイーズ　往復書簡』に書かれていたのは、小説ではなく、十二世紀に実際に起こった、まぎれもない実話だった。

アベラールという高名な神学者が、二十歳以上年齢の離れたエロイーズの家庭教師をするうちに、二人はいつしか激しい恋に陥り、エロイーズは身ごもってしまう。そのことを知ったエロイーズの叔父は激怒し、二人は秘密の結婚をするが、エロイーズの叔父は縁者を送り込み、アベラールの局部を切断させてしまう。

二人が亡くなってから、二人の間で交わされた書簡がまとめられて本になった。

遠い昔の十二世紀に、こんな情熱的な恋愛が、本当に存在したなんて。百合子は驚きを隠せなかった。

エロイーズは良家の子女であるだけではなく、非常に聡明な女性だったらしい。書簡にはこんなくだりがある。

――妻という呼称の方がより尊く、面目が立つように思われるかも知れませんが、私にとっては愛人という名の方がいつだってずっと甘美に響いたものでした。お気を悪くされないなら、妾、あるいは娼婦と呼ばれても良かったのです。

さらにエロイーズはこんな疑問も投げかける。

――できることならひとつだけ教えてください。あなた一人でお決めになった私たちの修道院入りの後、私がこれほどまでにあなたからなおざりにされ、忘れ去られてしまい、いらっしゃってお話によって元気づけていただくことも、いらっしゃらなくてもお手紙で慰めて頂くこともまるでかなわないありさまなのは、いったいなぜなのですか。お願いです、できることならどうかおっしゃってください。さもないとこの私の方から、自分で感じていることを、それぱかりか誰もが疑っていることを、申し上げてしまいますことよ。あなたを私に結びつけていたのは、友情ではなくて、むしろ身のうちに燃え上がる色欲だったと。愛ではなくて、むしろ官能の炎だったと。だからこそ、あなたの欲望がひとたび消えてしまうと、それゆえにお示しくださった私へのあれこれのお心づかいも一緒に消えうせてしまったのではないですか。

妻という呼称より、愛人という呼称を望んだエロイーズの率直さに百合子は驚嘆した。「身のうちに燃え上がる色欲」というあからさまな表現にも、うろたえ、たじろいだ。

博太郎からプロポーズを受け結婚することになり、一人前の女として、百合子はすっかり「恋」を知ったつもりになっていた。

けれどどこの書簡集を読めば、博太郎と百合子の関係などは、しょせん友情に過ぎないように思えてくる。それはもっとずっと穏やかで、凪《なぎ》のように静かな関係だった。

百合子は本物の「恋」を未だに知らずにいたのだ。恋の嵐が吹きすさんだことなど一度もなく、「官能の炎」が何を意味するのかも、実はまだよくわからない。

エロイーズとアベラールの間に交わされた、凄まじいほどの深い交わりを、実感を伴って受け止めるのは、なかなか難しいことだった。

書簡集を読みながら想像するに、女は男に恋をすると、恋心だけではなく、心からの尊敬を感じるのではないか。女にとって、肉体の欲望というのは、あくまで二の次のように思われる。

それに比して男というのは、もっと正直で生々しく荒々しい存在で、まずは欲望ありきのようだ。それはアベラールほどの信仰篤い高名な学者であっても同じことだ。そして一旦欲望が失せると、男は女への興味を、急速に失ってしまうらしい。

だが女から男への情愛は、すぐに冷めるようなものではない。たいていの場合、女が抱く情熱は、男よりもずっと長く、深く、静かに続く。

ならばいつの世も、哀しい思いをするのは女たちなのではないか。百合子は絶望的な気持ちになって、ため息をついた。

『赤と黒』や『嵐が丘』のヒロインたち、それにエロイーズのように情熱的な女性に、憧れがないわけではない。けれどそれにもまして、男の生身の欲望を恐ろしく感じた。男の身勝手な欲望に振り回されて泣くのはごめんだった。男の愛など、しょせん当てにならないのだ。

情熱的な「恋」に憧れながら、「恋」という魔物の持つ激しさを、つくづく恐ろしいと感じた。

修道女として清らかに生きる人生と、恋のために身を捧げる情熱的な人生。そんな二つの対照的な人生を、結婚と同時に百合子は、胸の奥深くに封印した。


結婚後間もなく、父親の命令で博太郎は短期のヨーロッパ留学に赴くことになり、百合子も同行することになった。今までゆっくりと流れていた百合子の運命の輪は、一気に加速度をつけて回り始めた。

夏でも二十度前後にしかならないスコットランドの主都エディンバラを愛した百合子に対して、南国育ちの博太郎は、明るい陽光の降り注ぐ南仏や南イタリアを愛した。二人で各地の教会や美術館、博物館めぐりをした。城や教会の点在するドイツの街道を、馬車に揺られながら旅をした。

アッシジを訪れたときには、博太郎はジョットの宗教画に見とれ、しばらく立ち竦んだ。マドリッドではエル・グレコのキリスト磔刑《たっけい》の図を前に、静かに涙をこぼしていた。

極東から訪れた若い夫婦が、奇異な目で見られることもないわけではなかったが、語学にも堪能な博太郎は、堂々として臆するところはなかった。博太郎は自分に対してだけではなく、周囲への気遣いも忘れなかった。思いやりにあふれ優しく寛容で、申し分のない人物だった。どこで学んだのか、マナーさえ心得ていて、すぐに周囲にとけこみ、尊敬のまなざしを受けるようになった。

両親のもとを離れ、遠い異国の地で博太郎に接してはじめて、妻になったのだという自覚が、百合子の内に芽生え始めた。現世的な生き方を選んで良かったのかという、悔いとわだかまりは残ったが、旅が終わる頃には、それも少しずつ薄れていった。

祈りを捧げる人生も意義深かっただろう。恋に身をゆだねる人生も情趣深かっただろう。

けれど博太郎に寄り添って生きる、そんな穏やかで静かな人生もまた、意義があるのかも知れない。百合子はそんな風に自分に言い聞かせ、納得させた。

博太郎の為に人生を捧げよう。与えられた人生を全うしよう。そんな覚悟が、ひんやりと固まっていった。

「僕は偏屈で、ともすれば傲慢《ごうまん》になりがちな男です。あなたという伴侶を得てはじめて、一人前の人格になれるような気がします」

博太郎があるときそんなことを呟いた。偏屈で傲慢……。それは百合子とて同じだ。二人は似たもの同士なのだ。欠点を補い合うように、二人は巡り合ったというのだろうか。ならば博太郎の人生を補うように、陰になり日向になり支えていけばいいのだ。それが神の御心にかなうならば。

百合子が夢見た別の人生は、記憶から次第に遠のいていった。吉彦の端整な横顔も、次第に記憶の中から薄れていった。

第十二章　祈り　百合子　一九七九年初夏

ああ、また転寝《うたたね》をしてしまった。分厚い聖書を膝の上に落として、はっとして目を覚ました。まだ汗ばむような季節には至っていないが、まるで罪深い夢でも見たかのように、身体は寝汗でぐっしょり濡れている。百合子は汗ばんだ身体をまっすぐに起こした。

夕刻の祈禱の時間を終えて部屋に戻り、ライティング・ビューローの椅子に腰掛け聖書を読みながら、うつらうつらと浅い眠りに落ちてしまった。

五年前に夫の博太郎を見送り、ほどなくして、修道院で暮らすことになった。十時前に就寝し、朝の五時に起床する生活が始まった。祈りの生活にはすぐ慣れたが、もともと夜の眠りの浅い体質だったので、早朝起床にはなかなか慣れることができないでいる。夕方には猛烈に眠気が襲う。浅い眠りに落ちた時には少女の頃の夢、そして博太郎と出会った頃の夢を、しきりに見るようになった。

博太郎の妻として生活しているときには思い出しもしなかったが、沈黙と祈りの生活を送るようになって、少女時代の記憶が、昨日のことのようにはっきりした輪郭を持って鮮明に目の前に浮かぶ。

修道女になって祈りの日々を送ろう。恵まれない人々の為に、奉仕の生活に生きる。それこそが自分にふさわしい人生だ。そんな決意を胸に抱いていた少女時代。

部屋にこもって本ばかりを読んでいる百合子の行く末を、両親は憂《うれ》えていたのだったか。修道女になるという決意を、誰に打ち明けたわけではなかったが、察知されていたのかもしれない。

あるときから頻繁に博太郎が父のもとを訪れるようになった。

「あなたは私にとって、この世で唯一無二、運命の女性なのです」

博太郎の思いを受入れ、百合子は皆に祝福されて花嫁になった。

博太郎に寄り添って生きる、そんな人生もまた、意義があるのかも知れない。博太郎の為に人生を捧げよう。与えられた人生を全うしようと。

百合子はそんな風に自分に言い聞かせ、納得させてきた。修道女として生きるはずのもう一つの人生を百合子は封印したのだった。

博太郎はカトリックに帰依し、それを機に、以前にも増して、精力的に論文をこなしていった。揺ぎ無い信仰を持ちながら、学問の高みに果敢に挑み続ける博太郎の姿は眩しく、妻として博太郎を支えるのは誇らしいことだった。それが新たな生きがいともなった。学者の妻として、静かな生活を送るうちは、百合子の心の平安は保たれていたように思う。

戦時中、博太郎は軍事優先の風潮へ厳しい批判を展開した。国際協調と世界統一法による世界平和を展望し、軍国主義を徹底的に批判して、やがて軍部に睨《にら》まれるようになった。

けれど苛酷な戦争がようやく終わって安堵したのもつかのま、博太郎の人生は今までとは違う方向に回り始めた。軍部に睨まれていたために、皮肉にも博太郎は人望を高め、戦後に新たな役割を担うようになったのだ。百合子には少なからず当惑があったが、博太郎はそれを、嬉々として受け入れ、邁進していった。

アメリカ訪問を終えてからは、博太郎はことさらにアメリカ贔屓《びいき》になった。

「これからの日本はアメリカとの同盟関係の下で大きく発展していくだろう。日米同盟の強化に向けて、私も全力を尽くそうと思う。残りの人生はそのためにあると言っても過言ではないと思っている。日米同盟を揺るがすような輩がいれば、この私が決して許しはしない」

折にふれて博太郎はこんなことを口走るようになった。今まで何度か二人でヨーロッパ諸国を歴訪したが、博太郎は常にヨーロッパの文化と歴史に畏敬の念を示してきた。それに比して、アメリカ文化については、どこか軽侮しているようにも見受けられた。そんな博太郎が、ここまでアメリカ贔屓になったことに、百合子は驚きを隠せなかった。そんな百合子を博太郎はいつも諭した。

「アメリカこそが、日本を共産化から守ってくれる、力強い同盟国なのだよ。それはあなたも、よくわかっているはずだ」

博太郎は自らに言い聞かせるようにそう言った。

一九四六年五月、第一次吉田内閣で文部大臣に就任した博太郎は、一九四七年には参議院選挙に立候補して当選する。政治家の妻になるつもりのなかった百合子にとって、この転身は驚きでしかなかった。けれど博太郎の運命の輪はあまりにめまぐるしく回っていて、百合子の気持ちを付度《そんたく》する暇も、振り返る隙もないように思われた。

ついに博太郎は三権の長である最高裁長官に任命された。内閣が畠中を長官に選んだのは、吉田首相の推薦だったと聞く。長官の人選は、最高裁判事の真野毅《まのつよし》と博太郎の二人に絞られたというもっぱらの噂だった。慣例に従えば、真野判事の昇進が順当だったにもかかわらず、吉田は博太郎を強く推したのだ。

吉田茂が畠中を選んだ理由として「反共理論家であることが有力な要素となった」と新聞に大きく書き立てられた。けれど博太郎は、少しもひるむことなくその役割を堂々と受け入れた。果たしてそれは、神の望まれる道だったのだろうか、百合子には未だにわからない。

目覚ましい転身と出世を遂げた博太郎だったが、以前からほの見えた傲慢な資質が、次第に顕著になっていった。今まで身を律していたのかもしれないが、歳をとり、抑制が効かなくなったのかも知れない。それは百合子には、どうすることもできなかった。己の道を信じて邁進する博太郎に、もはや繊細な詩人の魂が残っているようにも思えなかった。

家庭での博太郎は以前と変わらず穏やかだったが、内側での変容は明らかだった。

かつてはリベラルな学者だった博太郎が、戦後はすっかり反動的な裁判官になっていくのを、百合子は驚きと共に静かに見守っていた。

目の前に立ちふさがったアメリカという国に、博太郎がのみこまれ、とりこまれていくようにすら映った。そんな夫がふがいないように感じることもあった。日本が共産化するのは確かに恐ろしく思われたが、博太郎の「反共」は、時に病のようにさえ感じられた。まるで何かに怯えているかのようだった。

最高裁長官としての博太郎が下す判断は、様々な批判を受け、それは百合子の耳にも当然入ってきた。家庭で判決について話すような機会はなかったが、百合子も胸を痛めることがあった。

かといってその当時の百合子に、一体何ができたであろう。最高裁長官夫人として、賓客の接待や、使用人を使った邸の切り盛りに追われ、日常の暮らしの中で、多くのことに蓋をして、見ないふり、聞かなかったふりをして過ごさざるをえなかった。

普通の夫婦なら叶ったであろう日常のささやかな喜び、子どものこと、孫のことを語ったり、花を愛でたり、季節の移ろいを愉しむ余裕は、二人には望むべくもなかった。

博太郎がハーグに赴いた頃から、ようやく過去を省みる余裕がうまれた。

特に痛みを伴って思い出したのは、善福寺川に浮かんだスチュワーデスのこと、そして、数年前に急逝した義弟・吉彦についてだった。

百合子は義弟の死について、あえて深く考えないようにしていた。けれど心の隅に、いつも棘《とげ》のように突き刺さっていた。義弟について書かれた記事や手紙を、ハーグの書斎で丹念に読みふけった。五十四歳で旅立った吉彦の端整な横顔を、甘やかな痛みと共に、懐かしく思い浮かべた。

——仕事をしていてつくづく感じましたのは、被告たちが白であることの証はつぎつぎといくらでも出てくるが、黒である証はひとつも出てこないこと、この事件は黒とも白ともみられるというようなものでは全くないということです。明らかに無実の人たちが、一審、二審と続いて死刑その他の重刑を宣告されているのは捨ておけることではありません。

病床から書き送ったという松川事件被告への支援依頼の手紙に、吉彦はそう綴《つづ》っていた。捨ておけることではありません、という言葉の前に、たとえ畠中博太郎の実弟であっても、という思いも込められていたのだろう。

吉彦の妻・春美《はるみ》は吉彦より二〇歳も年下で、鎌倉の女学校を特待生として卒業した才媛だった。歌人の吉野秀雄《よしのひでお》に師事して和歌を学んでいたが、吉彦と知り合い、周囲の心配や反対の声を押し切って結婚し、病弱な吉彦を支えたという。

春美は聡明で文才にも恵まれていたようだ。『とりもどした瞳　松川の家族たち』というアンソロジーに、壺井栄《つぼいさかえ》や佐多稲子《さたいねこ》らと共に寄稿している。百合子は日本からこの本を取り寄せ、ハーグの書斎で何度も読み返したものだ。

本名ではなく、野中和江《のなかかずえ》という仮名を使っての寄稿だった。仮名を使ったのは、義兄の博太郎を慮ってのことと言われていて、百合子の胸はひときわ軋んだ。

——残酷なからくりのなかで無実の人たちがおそろしい罪をきせられ、殺されそうにさえなって、家族ぐるみ叫びをあげているのを見すごすわけにはゆかぬ人間たちの、自然な負い目の意識と意識が網の目に結ばれあって、松川の運動はひろがってきた。真実を通わせあったその網の目が、網の目を結ぶ人々にさえ到底察して貰えぬ辛苦、労苦にあけくれている被告たちや家族たちを支えて、彼らにきびしい、しかし祝福に満ちた負い目の意識を深めさせた。

「負い目の意識とともに」という題で、春美は真摯《しんし》な思いを綴っている。だが誰よりも負い目を感じなくてはならないのは、他ならぬ百合子のはずだった。

誰よりも博太郎に読んで貰いたい。そう願った百合子は、書斎の本棚に『とりもどした瞳　松川の家族たち』をそっとひそませた。博太郎は果たしてそれに気づいたのだろうか。

生前はそんなことを正面きって尋ねるなんてできなかった。でもいつか天国で再会を果たせたなら、博太郎に尋ねてみたい。

何より博太郎は、松川裁判の真相を、本当はどのように考えていたのだろうか……。

そして善福寺川であの忌まわしい殺人事件が起こったのが、一九五九年の三月十日だった。事件の捜査が進むに連れて、百合子は司祭から相談を受けるようになったが、博太郎の身辺はまったく別の理由で、慌しくなっていった。

事件の二十日後の三月三十日のこと、東京地方裁判所において、伊達秋雄《だてあきお》裁判長が、砂川事件について重大な判決を下していた。

砂川事件は、一九五七年七月八日に東京の砂川町で起きた。米軍基地拡張の測量に反対する地元農民と支援する労働者や学生に、警官隊が襲いかかり、基地に立ち入ったとして、市民七名を逮捕・起訴した事件だった。それまでにも占領軍により多くの土地が接収されていて、これ以上農地が奪われたら農民はもう生きていけないと、町民が立ち上がったのだ。

「日本政府がアメリカ軍の駐留を許容したのは、指揮権の有無、出動義務の有無に拘わらず、日本国憲法第９条二項前段によって禁止される戦力の保持にあたり、違憲である。したがって、刑事特別法の罰則は日本国憲法第31条に違反する不合理なものである」

東京地裁で伊達は全員無罪の判決を言い渡したが、検察は直ちに最高裁へ跳躍上告に踏み切った。後の世に、「伊達判決」と語り継がれるようになる異例の事態だった。伊達判決以降、博太郎の周囲は俄かに騒然となり、政府要人から頻繁に呼び出しを受けるようになった。中にはアメリカ政府高官からの要請もあるようだった。

博太郎はいつになく警戒心を募らせ、百合子にも多くを語らず、最高裁長官邸には、絶えずピリピリした緊張感が漂っていた。博太郎の表情にも険しさが増していった。

「アメリカこそが、日本を共産化から守ってくれる、心強い同盟国なんだ」

政府要人やアメリカ政府高官からの呼び出しを受けて帰って来ると、博太郎は別人のようにげっそりやつれて見えた。そんな時にはことさらにアメリカへの賛辞を繰り返した。

「たとえどんな厳しい要求をされたとしても、できる限りアメリカの意向に沿うようにしなくてはならない。同盟関係を強固にするためには、それが是が非でも必要だ。最終的にはそれが、日本を守ってくれることになる。アメリカは偉大な同盟国なのだから」

博太郎はそう言って頷いて見せた。まさか脅かされているわけではないだろうにと、百合子が不審に思うほど、強く大げさな口調だった。

博太郎は、ソ連を筆頭とする共産主義国家を心の底から忌み嫌っていた。カトリック信者として共産主義を恐れる気持ちは百合子も同じだったが、博太郎の反共思想は、百合子のそれとは段違いに激しかった。自然法的正義を具現した世界観を共有できる国家は、アメリカしかいない。博太郎はそう頑なに信じていた。それは、博太郎が自らにかけた呪文のようにも思えてならなかった。

一九五九年十二月十六日、最高裁は原判決を破棄し、地裁に差し戻す。

「憲法第9条は日本が主権国として持つ固有の自衛権を否定しておらず、同条が禁止する戦力とは日本国が指揮・管理できる戦力のことであるから、外国の軍隊は戦力にあたらない。したがって、アメリカ軍の駐留は憲法及び前文の趣旨に反しない。他方で、日米安全保障条約のように高度な政治性をもつ条約については、一見してきわめて明白に違憲無効と認められない限り、その内容について違憲かどうかの法的判断を下すことはできない」

博太郎の反共は、アメリカにとって何より都合が良く、結果的にアメリカに利用されたのではなかったか。そもそも博太郎の発言や行動が、アメリカの監視下におかれていたのではないかと疑う人もいる。サンフランシスコ講和条約の締結を経た後も、日本は決して独立国などではなかったのだと。

一九六〇年八月、最高裁を退くに当たって博太郎はワシントンの国務省を訪問し、米政府高官を訪ねた。

「長年の裁判官としての経験を、国際司法裁判所判事として役立てたい」

そんな意思を表明したと、後に百合子は聞かされた。米政府高官は、博太郎の申し出を快く歓迎し、立候補にあたっては、あらゆる考慮を払うと応じたというのだ。

果たして一九六〇年十一月、博太郎は国際司法裁判所判事に当選した。それは博太郎の最も望んだ職務だった。報せを受けたときの博太郎の安堵に満ちた表情を、百合子は忘れることはできない。まるでアメリカという重い足枷から解き放たれたかのような、晴れ晴れとした和やかな表情だった。こんな博太郎を見るのは久しぶりだった。

最高裁長官としての十年の任期は、二人にとって名誉な、しかしとても重苦しい歳月だった。博太郎にとってアメリカとは、如何なる存在だったのだろうか。プライドの高い博太郎が、なぜここまでアメリカにひれ伏したのだろうか。アメリカしか日本を守れないと固く信じたのか。或いはアメリカを極度に恐れ、アメリカの重圧に屈服したのだったのか。

それは妻の百合子にも、ついぞわからなかった。

博太郎が砂川判決をめぐって多忙な日々をおくっている頃、百合子もまたスチュワーデス殺し事件をめぐって悩ましい時間を過ごしていた。

刑事に提出されたという三月八日から十日までのペータースという神父の行動の一覧表が、百合子の元にも届けられた。そこには一分の隙もないほどの緻密《ちみつ》さでペータース神父の行動が綴られていた。これを見た刑事は、逆に疑いを持ってしまうのではないかと思えるほど、綿密なアリバイ表だった。

事件前日の三月九日昼にペータース神父は、調布《ちょうふ》の神学校の校庭で信者たちと昼食会に出席していたという。そこでは記念撮影が行われて、集合写真が残された。けれどその中にペータース神父の姿は見当たらない。ペータース神父は、自分がシャッターを押した当の本人なのだと主張した。

「押したものは押したのですから」

自らシャッターを押したのだから、記念写真におさまっていなくて当然だ、そう主張してひかなかったという。参加した者たちも、ペータース神父がシャッターを押したのだと口を揃えた。

だがそれは苦しい言い訳のように思えてならない。その場には職員も何人もいただろうに、ゲストであり、主役であるはずの神父が写真から外れたなら、記念の意味もなくなるだろう。もし仮にペータース神父が最初にシャッターを押したとしても、次には別の者が代わりにシャッターを押して、神父を中心に撮影するのではないだろうか。

　ペータース神父が集合写真に写っていないというのは、どうにも不自然と思われた。もしこの写真にペータース神父が写っていたなら、どんなに良かっただろう。それなら神父への嫌疑も一気に晴れる。祈るような気持ちで、目を皿のようにして、百合子は神父を探してみた。けれど長身で甘い顔立ちのペータース神父に似た姿は、どこを探しても見当たりはしなかった。

　教会の中には被害者の苑子を悪く言う人たちも少なからず存在した。苑子がペータース神父を誘惑して堕落させたのだと。苑子こそが魔女なのだと。

　潔癖な性質の百合子も、神父と恋愛関係に陥る信者という存在が、はじめは信じられなかった。苑子に問題があるのではないかと疑ったこともある。けれど様々な証言を聞くにつれて、ペータース神父の乱脈ぶりに驚かされた。

　苑子も恋多き女だったが、ペータース神父への思いは純粋だったように見える。彼女はペータース神父を心から尊敬して慕っていた。苑子はやはり、犠牲者でしかなかったのだろう。

　尊敬するペータース神父から思いを寄せられ、苑子は自分を選ばれた女のように感じていたのか。アベラールに愛されたエロイーズのように。

中世屈指の神学者アベラールは、若くして優れた学才を示し、その名声は天下に鳴り響いた。彼の著作は広く読まれ、自信に満ちて大胆な講義は学生たちの心を捉え、彼の教えを受けようと数千もの学生がつめかけたという。

アベラール全盛期の頃、出会ったのが二十二歳年下のエロイーズだった。彼女は美しいだけでなく、当時としては珍しく博学の女性としても知られていた。

苑子は自分をエロイーズになぞらえていたのではないか。

けれどペータース神父は、アベラールなどでは断じてなかった。アベラールのような器量も、崇高な信念も、深い愛情も持ち合わせてはいなかった。ペータース神父は、ただの弱い男に過ぎなかった。

苑子はロンドンからペータース神父宛に、すがるように、何通もの手紙を出している。神父もまた苑子に「カトリック生活」という雑誌や、新聞の切抜き記事を送っている。

語学の苦手だった苑子は、ロンドンでずいぶん心細い思いをしたらしく、ペータース神父から届く手紙を待ち焦がれ、心の拠り所にしていたようだ。苑子はペータース神父を頼りきっていた。苑子にとって神父は、恋人というのみならず、保護者のような存在だったのかも知れない。苑子は友人たちにも、神父が彼女にとって特別な存在だと仄めかしている。

ペータース神父にとっては、苑子は公には決してできない存在だった。苑子の真摯な思いが、次第に重く、疎ましくなった可能性はないだろうか。彼が守ろうとしたのは苑子ではなく、自身の立場や名誉だった。

苑子の家族が事件の真相を知りたいと強く訴えたなら、事態はまた少し変わったかもしれない。熱心なカトリック信者で保守的なエリートだった苑子の両親は、それを望まなかった。これ以上スキャンダラスに騒がれるよりは、忘れ去られる方を望んだ。

ペータース神父はそのまま逃げおおせ、聖職を辞することもなく、名誉を失うこともなく、今はカナダのセント・ジョンという静かな町に在住しているらしい。

カナダは元々入植者をカトリック教徒に限定したため、今でもカトリック信仰が人々に深く根を下ろしている。移民や難民、亡命者などに寛容な政策をとってきたことでも知られている。

ペータース神父はその町で多くの信者に慕われ、尊敬され、精力的に布教活動を続けているという。もちろん事件のことを知る人はいない。

事件は一九七四年三月、公訴時効を迎えた。ペータース神父が日本の地を再び訪れることは決してない。

神父は告解室で自らの罪を告白し、神からの赦しと和解を得たというのだろうか。自らが目撃したこと、或いは自らが犯した罪を、心から悔いたのだろうか。

神は果たして彼の罪を赦し給うたのか。百合子にはわからない。


百合子も一度だけ刑事の訪問を受けたことがある。それは司祭からの懇願を受け、博太郎に事件について相談して間もなくのことだった。

「BACのスチュワーデスだった女性が殺された事件についてご存知ですよね」

目つきの鋭い刑事は、百合子の顔を食い入るように見つめながら尋ねた。事件は連日報道されているし、知らないと言うのは不自然だった。百合子が仕方なく頷くと、刑事は更に鋭い視線を百合子に向けた。刑事の言葉遣いは丁寧だが、語調は大変に厳しかった。

「あなたは熱心なカトリック信者として、S会の教会に顔を出す機会も多いと聞いております。ペータースという神父のことはご存知ないですか。彼について、何か聞いたことはありませんか。ほんの噂話のようなことでもいい、耳にしたことはないでしょうか」

「存じません」

百合子はすぐさまきっぱりと否定した。

「名前を聞いたこともございませんし、ましてや、お見かけしたことなど、全くございません」

「本当ですか」

「もちろん本当です。刑事さんが何を仰りたいのか、見当もつきません」

自分でも声が上ずっているのがわかった。

「私が嘘をついているとでも言うのですか。知らないものは知らないのです。これから大事なお客様が見えます。どうかお引き取り下さい」

刑事は百合子の顔をまじまじと観察したが、「わかりました」と言って、立ち去った。

百合子は刑事に向かって「知らない」と確かに言ったのだ。鶏が二度鳴く前に、イエスを知らないと三度言った、あのペテロのように。


それからずっと、後ろめたい思いを抱えて生きてきた。

事件が起きる一年ほど前に、百合子は教会の集まりで、神父が若い女性信者と親しそうに話しているのを目撃していた。それがペータース神父だったのかどうか確証は持てない。その後サンドロ神父に、教会内に規律の乱れがあるのではないかと忠告したこともあった。

「ソノヨウナ事ノ決シテナイヨウ、気ヲツケマス」

サンドロ神父は、はっとしたような表情を浮かべて早口で答えた。あのときのサンドロ神父の青ざめた顔が忘れられない。百合子の忠告が、サンドロに余計な気遣いをさせて、それが事件の遠因になっているということはないだろうか。様々な思いが百合子の脳裏を駆け巡る。百合子の言動が、事件を引き寄せてしまったような、そんなことはないだろうか……。

考えすぎかもしれないが、奇妙な加害者意識に苛《さいな》まれた。

そんな罪悪感が、百合子に幻を見せたのか。教会で出会った悦子という若い女性の出現に驚き、苑子の影を重ねてしまった。

悦子も苑子と同様に、若く瑞々《みずみず》しく愛らしかった。田舎から出てきたばかりの悦子は、おそらく苑子よりもずっと、素朴であどけなく幼かった。百合子への憧れをてらうことなく見せる姿に、悪い気はしなかった。娘を育てた経験のない百合子は、悦子をそばに置いて世話をしてやりたいという気持ちに駆られた。それには一抹の贖罪の気持ちも込められていた。とはいえ、悦子の人生を大きく狂わせたかも知れない決断であり、もう少し慎重になってしかるべきだった。

ハーグに到着すると百合子は悦子を、秘書のような娘のような存在として、いつも身近に連れ歩いた。悦子にとって見るもの聞くものすべては目新しかったらしく、若者らしく素直に目を輝かせた。

百合子にとっても若い娘をそばに置くというのは初めての体験だった。器量よしの悦子はどんな服でも着こなし、いつも明るく朗らかだった。悦子がいるだけで空気が変わり、華やいだ気配が漂った。百合子自身も気持ちが若やいだ。

悦子は素直で従順でもあり、カトリックの洗礼を受けたいと申し出て、百合子を喜ばせもした。百合子は信頼できるカトリック神父に頼み、洗礼を施してもらうことになった。洗礼名はエリザベトという名に決まった。その頃まで悦子との関係は良好だった。

けれど悦子は語学が苦手で、いくら教えてもなかなか話せるようにはならなかった。片言の英語で挨拶くらいはできたとしても、相手の言うことを聞き取ることも、自分の意思を伝えることもできない。それなのに悦子が明るく微笑んだだけで、言葉で伝える以上のことを、伝えているかのようだった。日本女性は神秘的なイメージを伴うせいか、ヨーロッパでとても人気があり、悦子の周りにはいつも男性たちがとりまき、熱いまなざしが注がれるようになった。

そんな様子をはじめは百合子も微笑ましく眺めていたが、次第に奇異に感じるようになった。

悦子が周りに放っている気配の正体はいったい何なのだろう。悦子は意図せずしてそういう振る舞いをしているのか。それとも、故意なのだろうか。

百合子は次第に悦子を、疎ましく感じ始めた。悦子は勘の良い娘だった。百合子の気持ちを察したのか、自分にはメイドの役割がふさわしいと申し出て、百合子のそばを離れ、使用人としてメイドの仕事をすることになり、屋根裏部屋で起居するようになった。

しばらくして悦子はコック長の男と親しくなった。よりによって、相手は十五も年上のオランダ人男性だという。しかもプロテスタントで、離婚歴のある男だった。百合子は当惑し、憤《いきどお》りさえ覚えた。もっと真面目な子だと思っていたのに、見損なった。悦子を預かった手前、責任も感じる。いずれは日本のエリート男性と、縁組させようと考えていたのだ。それなのに……。

今の若い女たちはどうしてこんなにむこうみずなのだろう。たかが恋のために、人生をなげうってもいいというのだろうか。恋こそが、人生を狂わせるまがまがしい元凶なのではないか。昔から恋が生んだ悲劇はあとをたたない。

苑子だって恋に溺れさえしなければ、あんな悲劇に遭遇しなかったのに。

そもそも百合子にはどうしても理解できないことがある。神父と信者の恋愛などという、到底許されない関係を持っていたというのに、話を聞く限り、苑子はほとんど罪の意識を感じてはいなかったらしい。それどころか神父との恋を通して、身が浄められ、信仰が深まり、天上に近づいていくようにさえ感じていたようだ。苑子の全身からは歓びがあふれ、いきいき輝いていたとも聞く。それではまるで、殉教者のようではないか。それこそが、恋の魔力というのだろうか。

　恋というのは、それほど、すばらしいものなのか。


　一ヵ月ほど前のことだった。修道院の百合子の元を一人の中年男性が訪ねて来た。

「古賀悦子さんという方の紹介でまいりました松尾と申します。フリーのライターをしております。以前古賀さんは、ハーグで百合子さまに大変お世話になったそうです。ハーグ時代のお話をお聞かせ頂けないかと思いまして、お訪ねしました」

　男はそう申し出たという。

「畠中百合子さまは、確かにこちらの修道院にいらっしゃいます。心静かに祈りと奉仕の日々をおくっていらっしゃいます。ご家族でさえ、特別の事情がない限りご面会はできません」

　そう言って丁重にお引き取り頂きましたと、受付の若い修道女から事後報告として聞かされ、名刺を手渡された。悦子の名前を聞いて、百合子は内心ぎくりとした。遠い記憶の中から、ハーグでの日々が、一瞬目の前に甦った。

「奥さま、どうか許して頂けないでしょうか」

あのときハーグの百合子の部屋で、悦子は頭をこすりつけんばかりに必死に許しを請うたのだ。離婚歴のあるコック長の男と一緒になりたいと、土下座をせんばかりに、声をふりしぼってむせび泣いていた。痛々しい悦子の姿が、眼前にふいに浮かび上がる。

悦子のそんな姿を、百合子は忌々しいとも、汚らわしいとさえ、感じたのだ。

「お引き取り頂いて、よろしかったでしょうか」

二十歳《はたち》を過ぎたばかりの見習いの修道女が、百合子の顔色を窺うようにおずおずと尋ねた。動揺を気取られまいと黙って頷くと、女はほっとしたような表情を浮かべた。

百合子は夫婦愛を知ってはいても、「恋」を知らない。小説や映画やオペラの中の「恋」は知っていても、現実の「恋」を知らないのだ。

博太郎との間の愛情は、もっと穏やかで温かなものだった。嵐のような恋に身を焦がした経験が百合子にはない。ましてや性愛に溺れた経験もない。

吉彦への思いは「恋」に近いものだったが、百合子の一方的な思いに過ぎなかった。それすらも百合子は封印したのだ。

多感な頃に恋愛小説を読みふけり、胸ときめかした記憶だけが鮮明に甦る。

『赤と黒』や『嵐が丘』のような恋が、現実にあるとは思いもしなかった。苑子のように身を滅ぼしても良いというほどの激情にゆだねてみたなら、人生の景色はずいぶんと違うものになっていたのではないか。

もし人生でやり残したことがあるとすれば、それは……。

だがすぐに、そんなことを一瞬でも考えた自分を恥じた。百合子は今や、神に仕える身なのだから。

博太郎の妻として歩んだ人生は、十分すぎるほど満ち足りていたではないか。それは恋などという、一瞬の熱病のような、夢幻のようなものとは比べ物にならないはずだ。

博太郎と百合子は、激動の昭和を、精一杯駆け抜けたのだから。

百合子は目を閉じた。すると繰り返し思い出す嫌な光景が、ふいに脳裏をかすめた。

博太郎の盛大な葬儀の後に、道行く人から投げられた罵声が、今も百合子を苦しめるのだ。

「畠中博太郎なんざぁ、勲章ばかりもらって、くそったれの勲章野郎だ！」

怒りのこもった、吐き捨てるような叫びを、忘れることはできない。

法学者として多くの業績を積み、文部大臣、最高裁長官、国際司法裁判所判事と、要職を歴任し、この世の栄光を一身に受けた博太郎だが、二十年後、三十年後には、人々からすっかり忘れ去られているのではないか。百合子は身震いを覚える。それは確かな疑念となって、膨らんでいく。

讃えられるのは伊達判決であって、博太郎の下した判決ではない。勇気を賞賛されるのは博太郎ではなく、吉彦なのだ。

アメリカに擦り寄った裁判官として、博太郎は未来永劫《えいごう》、疎まれ、非難を受け続ける。たとえそれが、信念に基づいていたとしても……。

いや、非難されるだけならまだ良い。博太郎の学者としての功績も、やがて忘れ去られ、一顧だにされなくなるのではないか。

この世での栄光の代償がそれならば、あまりに哀しすぎる。博太郎の苦悶の表情が目に浮かぶ。自分たちの歩んだ道は、何だったのだろう。博太郎はあれほど平和を願っていたというのに。博太郎に与えられた役割には、何の意味があったというのだろう。

どんな栄光の中にあっても、博太郎はいつも孤独だった。徒党を組むようなこともなかった。批判を受けたときにも、誰かを味方につけて、反論させるようなことは決してなかった。

帰宅するとピアノに向かい、一心不乱にベートーベンのソナタを弾いていた。

結婚した当時は少しばかり百合子の方が上手だったが、博太郎のピアノの腕はどんどん上達して、ハーグではリサイタルを開かないかという話まで持ち上がったのだ。

今思えば、鍵盤に向かっているときの博太郎が、一番幸せそうだった。それは百合子にさえ、決して入り込むことのできない瞬間だった。

——心の貧しい人々は、幸いである、天の国はその人たちのものである。

マタイによる福音書の一節を、百合子は思い浮かべた。博太郎は、人生のいかなる場面においても貪欲だった。どんな地位や職務を与えられても、それでは飽き足らず、更に上を求めた。そういう意味で、充足を知らない人生だった。博太郎こそ「心貧しき人」だったのではないか。ならば博太郎は、天の国に入ることが叶ったのかも知れない。そう考えると、百合子の心は少しだけ安らぐ。

百合子の人生は、間もなく終わりを告げるだろう。天国で果たして、博太郎と再会することができるのだろうか。

それでもなお百合子は、恋というものを知らずに終わる人生に、一抹の寂しさを感じずにはいられない。悦子や苑子のように、身を焦がすような恋に飛び込むことはできなかった。自分には一歩を踏み出す勇気が足りなかった。

不幸な被害者と憐れまれる苑子は、実は幸せだったのかもしれない。恋する神父を守って、死んでいったのだから。それは百合子には決して理解できない、至福だったというのだろうか。

自らの恋に殉ずるように死んでいった苑子、そして全てを投げ打っても良いほど恋に身を焦がしていた悦子。あの情熱が眩しかった。百合子はあのとき嫉妬していた。今になってそれがよくわかる。

百合子の前で必死に許しを乞うた悦子の身体は熱を帯びていて、炎のようなものが立ち上っていた。それを直視することができなかった。本能に忠実に、恋心の赴くままに生きていく女たちが、空恐ろしかった。同時に羨ましく、妬ましかったのだ。

しかしもうそれらもすべて、遠い彼方へと過ぎ去った。まもなく消灯の鐘が鳴る時間だ。百合子は静かに頭《こうべ》を垂れる。

第十三章　黒衣の影法師

一枝《かずえ》　一九五八年初冬

　東京の人口は年々膨れ上がっているというのに、一枝の住むこの辺り一帯は、都市開発の波にもすっかり取り残されている。かといって美しい田園風景が広がっているというのとも少し違う。ナラ、カエデ、カシ、クヌギなど、ふだん美しいと賞賛されるわけでもない木々が、たくましい生命力を見せて、至るところに自然のままに、自由気ままに生い茂っている。林の奥には農家が点在し、そこを突き抜けると新興住宅地が広がっている。武蔵野の原野と新しく開発された東京が、混在している場所と言ってもよいだろう。

　夕方の景色はとりわけ美しく、広い夕焼け雲を背にして、S会の教会の尖塔が黒い影絵のように映る。尖塔の聳える眺めは独特な趣に満ちていて、道行く人々に不思議な詩情を与えていた。月がきれいな晩には、銀色の十字架の尖った先端が、夜空にきらめいて見えるのだった。その景色を眺めるのが、一枝は好きだった。

　農家が点在しているが、家と家の間は広く、野菜を植えた畑も随所に見られる。通行人はほとんど通らず、昼間でもひっそりと静まり返っている。通りを歩いているのは、ほとんどが近隣の住人だった。夜になればまるきり闇の中に深く沈み、樹木の香りが漂うだけの寂しい場所だった。

一枝の寝起きする家は、こんな隠れ場所になりそうなところに位置していた。この家に越してきたのは、十数年ほど前のことだった。百坪を超える地所にほんの十五坪ほどの小さな家が建っていて、その家に一枝はたった一人で暮らしている。もっとも大型犬を四匹も飼っていて、不安を感じることもない。家のあらゆる戸口に内側から錠を下ろして、用心深く生活していた。

そんな一枝の家に、黒衣に身を包んだ背の高いサンドロ神父が、週に何度か青いルノーに乗って訪れてくる。五十代半ばのサンドロは、血色の良い肌と茶色く澄んだ瞳をしている。学識深く、教会の主任司祭を務めていて、教会に通う信者は誰もが彼を尊敬している。むろん一枝も熱心なカトリック信者で、サンドロ神父の崇拝者の一人でもあった。

サンドロの青いルノーは庭木の鬱蒼《うっそう》と茂った木陰の下におかれ、三時間も四時間も停められている。時には一晩中おかれていることもある。そのようなときには、サンドロは未明のうちにルノーのエンジンをかけて、一枝の家から教会へと急いで帰って行く。朝のミサは午前六時から始まる。ミサに間に合うように帰らなければならないのだ。

サンドロ神父は戦前から日本に滞在していて、日本語は極めて上手で、哲学書なども読みこなせる力がある。サンドロが今一番力を注いでいることは、難解な文語体から、読みやすい口語体に聖書を翻訳し直すことだ。女子高等師範出身で元国語教師の一枝は、外国語が堪能というわけではないが、サンドロの訳した日本語を、正確なものへと直す力は十分に備わっていた。

サンドロ神父の弟子にして忠実な助手のような存在――。一枝は世間からおそらくそのように思われているはずだ。

一枝は一九一八年に徳島《とくしま》に生まれた。祖父は藩家老の家来で士族だったが、廃藩になってから農業に従事するようになった。だが一枝の父は農業を捨てて教師になった。母親は父親と同郷の人で、一枝は夫妻の次女として生まれた。幼い頃から頭脳明晰で、父と同じ教師になることを志願し、難関の女子高等師範に入学、地方の女学校の国語教師になった。

何年か勤めたあとに恩師の推薦で上京を思いたち、東京西部にある私立学校の国語教師として赴任した。その私立学校はスペイン系の宗教団体が経営するカトリックのミッションスクールだった。一枝はその宗教的な敬虔《けいけん》な雰囲気に影響され、カトリック信者となった。

その学園に、外部の教会からミサをあげに来る外国人神父がいた。その人こそ、サンドロ神父だった。

「サンドロ神父、信仰についてどうか私をお導きください」

若く理想に燃えた一枝がそう尋ねると、神父は穏やかで温かい笑みを浮かべた。

「私ニモ、ワカラナイコトガ、タクサンアリマス。共ニ勉強イタシマショウ」

学識深く心優しいサンドロ神父を一枝は尊敬し、慕うようになった。サンドロ神父の茶色の澄んだ瞳は美しかった。二人の清らかな友情は続いたが、手紙のやり取りをするうちに、サンドロ神父は一枝の中に秘められた文章の才に気づいたようだった。

国語教師の一枝は日本語文法も正確だったし、古典にも通じていた。それだけに留まらず、時々短歌を詠んでみることもあった。そんな才気煥発《さいきかんぱつ》なところが、サンドロ神父に高く評価されたらしかった。

「一枝サン、私ノ仕事ヲ手伝ッテクレマセンカ」

神父は聖書の口語翻訳についての、かねてからの計画について説明した。

「それは素晴らしい計画です。ぜひ手伝わせて下さい」

一枝は目を輝かせた。勤務先の学校をやめて、自分の所属する教会に来て欲しいというサンドロの依頼にも、一も二もなく頷いた。

「どこへでも参りますわ、サンドロ神父さま」

若い一枝は宗教的使命感に燃えていた。サンドロ神父にどこまでもついていこうと決意した。それはどこか恋心にも似ていた。

その頃、日本はドイツとイタリアを同盟国として不幸な戦争の只中にいた。同盟国が日本より先に降伏すると、イタリア出身のサンドロ神父らは、たちまち捕らえられて信州《しんしゅう》野尻湖《のじりこ》に収容されることになった。S会の神父はほとんどがイタリア出身で、同じ場所に軟禁されていた。

戦争末期で食糧に欠乏している時代だった。一枝はわが身を省みないほどに、サンドロ神父の身を案じた。

東京から列車に乗って野尻湖そばまで出向くと、農家を何軒も回り、農夫らを拝みたおして鶏や卵を買い漁った。そして自分で作った食材を、官憲の目をかいくぐって、神父らの元に届けたのだ。野尻湖の水温は真夏でも二十五度くらいにしかならないが、一枝は湖を泳いで渡って、食材を届けに行ったのだった。神父らを助けたい一心だったせいだろうか、水の冷たさなど少しも感じなかった。

戦争が終わると、一枝は約束どおり勤務先の学校を退職して、S会教会の正式な翻訳部員となった。サンドロが口述した訳語を筆記して、正しく美しい日本語文体に直していく仕事に没頭するようになった。その作業は共訳と言っても間違いではなかったし、一枝は高潔な使命感に燃えていた。

野尻湖で神父らを助けようとした一枝の勇気ある行動が、しばらくして教会から高く評価されるようになった。恩賞として、現在の住まいをS会管区長から贈られることになった。過分な恩賞だと一枝は感じて一度は固辞したが、サンドロらの勧めもあり、ありがたく受け取ることに決めた。そしてすぐにその家に引っ越した。一枝はS会への恩義をますます強く感じるようになり、一生を教会のために尽くそうと固く誓った。

サンドロは変わらず一枝の才能を賞賛し、一枝もサンドロを師として敬い続けた。一枝はサンドロにとってかけがえのない弟子だったし、そこには少しも不純なものがまぎれこむ余地はないように思えた。


敗戦により物資の極度の不足を来たし、闇物資の横行する時代がやって来なければ、或いは一枝も、純粋な使命感を燃やし続けることができたのかもしれない。けれど一枝の新しい住まいの立地条件が、思いもよらぬ環境の変化を招いた。

日本でのキリスト教布教に大きく遅れを取っていたS会は、それを挽回しようと資金の投入も盛んだった。

　S会に海外から送られてきた援助物資の一つだった砂糖が、闇市場に横流しされる事件が起きて、やがて刑事がかぎまわるような事態になった。砂糖が運び込まれる場所として、一枝の住まいが選ばれたのだ。人の通行もまばらで、樹木の香りが漂うだけの寂しい場所は、支援物資を置く場として最適だった。

　その頃から一枝とサンドロとの間柄は変質していった。「闇」と呼ばれる支援物資を介するようになって、皮肉なことに一枝とサンドロの関係も、明るい場から暗い場へと移っていった。

　陽が明るいうちに一枝の家を訪れて翻訳に没頭していたサンドロが、夕刻、陽が翳《かげ》ってから訪ねてくるようになった。支援物資を一つ一つ確認するサンドロの表情からは次第に笑顔が消え、目の下には黒々とした隈が見られるようになった。

　時折ため息をついてしゃがみこむ姿は、清らかな神父というより、世に倦んで疲れた中年男の姿そのものだった。高潔で明るく見えたサンドロの表情が、ひどく世俗的で下卑《げび》て歪んだ表情に見えた。そんなサンドロを見るのは初めてだった。一枝の家から教会に戻って行くとき、月に照らされたサンドロの影法師は、ひときわ長く、濃く見えるのだった。

　警察が闇売買摘発の為に教会に疑惑の目を向けたという情報が流れると、サンドロは激しく動揺して、天を仰ぐようなしぐさをした。

「S会ハ、モウオシマイカモ、知レナイ。アノ方ノ、オ力ヲ借リルホカ、アリマセン」

あの方……というのは、S会の信者でもある最高裁長官・畠中博太郎夫人の百合子さまのことだった。

「百合子サマハ日本デ一番ノ貴婦人デス。美シイダケデナク、知的デ優シク、コノ上ナク高貴ナ御方デス」

サンドロはいつもそう言って夫人を崇めていた。

高名な学者の娘として生まれたという百合子夫人は、外国暮らしも長かったという。そのせいか、しぐさの一つ一つが洗練されていて優雅で美しく、常に笑みをたやさない。彼女が現われるだけで空気が変わるような、そんな不思議な存在だった。立身出世した夫をもちながら、どこか少女の面差しを失わないのも、不思議な魅力になっているような人だった。神父たちが崇めるだけではなく、教会の女性信者たちも、皆が百合子夫人に憧れていた。あの人こそ、聖母マリアのような存在なのだと。

夫人のおかげもあったのか、教会は、警察の疑惑の目を逃れたらしかった。しばらくして、どんより澱んだ表情のサンドロが家を訪ねた。ワインを飲んでいるのか、少し顔を赤らめ、ひどく疲れた表情だった。

「一枝サン」

うめくように囁くと、サンドロは一枝の肩をふいにつかんだ。はじめて感じる強い力に、一枝はたじろいだ。今まで見せたこともない暗い光が、サンドロの瞳に宿っていた。一枝は一瞬恐ろしくなり後ずさった。けれどサンドロは一枝の肩を離そうとはしなかった。

これはサンドロではない。サンドロのはずはない。これはサンドロの抜け殻、サンドロの影法師なのだ。一枝はそう思いこむことにして、目をつぶって身を任せた。サンドロの影法師からは、干草のような匂いがした。

それ以来、サンドロの影法師が時々家を訪ねて来るようになった。一枝自身も、サンドロの影に飲み込まれて、いつしか影法師になっていくような気がしてならなかった。

いつの頃からか、ペータースという名の若い神父も、一枝の家を訪ねるようになった。サンドロは青いルノーで、ペータースは白いルノーでやって来る。

ペータースは整った容貌をしているものの、まだ若いせいか、時折おどおどした表情を見せ、気弱な印象のする神父だった。ペータースはS会の会計係を担当することになった。気弱で脆弱そうに見えるペータース神父に、会計係という、清濁併せ呑むような職務が務まるのだろうか。彼には重荷なのではないだろうか。一枝は少し心配になった。そんな不安を伝えると、サンドロは意に介さないと言わんばかりに、首をすくめて見せた。S会の方針に意見するようなことなど、一切認めないと言われているようで、少し傷ついた。

ペータースはサンドロとずいぶん打ち解けて話し、時には女性の品定めのような話題をすることもあった。

「苑子トイウ女ハ、トテモ可愛ラシクテ、魅力的デス」

ペータース神父が信者の一人について、そんな風に軽口をたたくのを、一枝は意外な思いで聞いていたが、サンドロも微笑みながら頷いているのだった。

夕暮れが近づくと、ペータース神父は黒い聖衣を脱いで街に出て行く。

可愛ラシクテ、魅力的デス……そう評した苑子という女性に、会いに出かけるようだった。ペータース神父も、きっと影法師になるのだと一枝は思う。苑子という女も、いずれ影法師にされてしまうのだろう。

けれど一枝は知っている。苑子も一枝も、教会の掟の下では許されない存在であるのだと。あってはならない存在なのだと。

自らを貶《おとし》めてでもサンドロを支えたい。そう願って汚れ役を引き受けようと一枝は覚悟を決めたはずだったが、今では足のつま先から頭のてっぺんまで、すっかり罪の色に染まってしまった。そんな身の上が、時折たまらなく情けなく感じられた。

ペータースの話を聞けば、苑子は次第に彼に夢中になっているという。もしかすると彼がいつか神父をやめて還俗し、晴れて夫婦になれるかも知れないなどと、夢見ているのではなかろうか。一枝がかつてそう夢見たように。

だがそんなことは決して起こらない。サンドロもペータースも、ただひたすらにS会での出世を夢見ているのだ。女のことなど、単なる気晴らしに過ぎないのだ。男と女の夢は、いつもこうして食い違う。

あろうことかペータース神父は時々別の女性の存在を仄めかすこともある。軽率な言動が多く、神父としての適性に欠けているとしか思えなかった。苑子との付き合いも、かなり大っぴらにしているようで、サンドロもその点は心配しているようだ。

二人の間柄が、とんでもない不幸な結末に終わらなければいいのだが。自らのことを棚に上げて、一枝はそんなことを案じていた。


サンドロと接していて一枝は時たま奇異に感じることがある。それは彼が、世の中にはまるで二種類の女が存在するかのようなことを口にすることだった。

男の欲望の対象として汚れていく罪の女。その対極にいるのが、欲望の対象になることなく、清く正しい存在として輝き続ける百合子夫人だ。

百合子夫人が天上に限りなく近い崇高な貴婦人であるならば、一枝や苑子は、神に反逆し罰せられ、天を追放された堕天使なのか。

ばかばかしい。一枝は腹立たしく感じる。女が二種類に分かれるはずはない。それは男の身勝手な分類に過ぎない。いつも安全地帯にいて、奇跡のように汚れなく見えるあの百合子夫人だって、もしかすると許されない恋に身をやつしたことがあるのではないかと。

一瞬、百合子夫人のことを、一枝は心の底から激しく憎んだ。

明け方近くにサンドロを送り出して外に出ると、白々と明けはじめた南の空に、薄い月が浮かんでいる。今にも消え入りそうな月を眺めながら、使命感に燃えていた若い頃を、ふいに懐かしく思い返した。

人間がこの世に生を受けて、数十年と生きていくうちに、どんなにか思いもかけないことに出会うかということを、一枝は身にしみて感じていた。よるべのないこの身は、このままどこへ漂流していくのだろう。

飼い犬の黒いシェパードが、一枝の思いを知るかのように身体をこすりつけ、哀しげな鳴き声をあげた。

第十四章　蛇行して流れる川

慶介　二〇〇九年春

今年の桜はあっという間に散ってしまった。三月半ば過ぎにつぼみが開き、二十日過ぎには満開になり、はかない夢のように、あっという間に散り急いだ。年々桜の開花が早くなるように感じるけれど、これは地球温暖化と関係があるのだろうか。

満開の頃には善福寺川沿いのこの辺りも、大勢の人でにぎわったはずだが、今は道行く人もまばらで、犬を連れた人が時折行きかうばかりだ。

慶介の住まいは井の頭線沿いの築二十年ほどになるマンションの一室で、近所の井の頭公園に桜を見に出かけた帰り道、ほろ酔いかげんで階段をのぼろうとして腰に衝撃が走った。ぎっくり腰だった。そのまま十日間ほど痛みが治まらず、出歩くことができなかった。

慶介が寝ついている間に、桜はあっけなく消え去ってしまった。今年はとりわけ善福寺川の花見を楽しみにしていたが、果たせなかった。ハラハラと散り行く白い花びらを幻視しながら、慶介は夕暮れ時の善福寺川緑地をゆっくりと歩いて行く。新緑が眩しい。

善福寺川は杉並区を北西から南東に貫くように流れ、中野区の中野富士見町駅付近で神田川に合流する。住宅地の低地を蛇行しながら流れる川で、古くから氾濫する川として知られている。四年ほど前の秋に発生した集中豪雨では、想定される貯流量をはるかに超える雨が川へ流れ込み、この辺りの民家数千戸が被災する事態が発生したらしい。現在でも橋の付近には、防災カメラや土嚢《ドノウ》が常備されているようだ。

氾濫する川として住民から警戒はされても、五十年前にこの川の宮下橋という橋で起きた殺人事件について知る人は、今やほとんどいないだろう。

もうすぐ六四歳になる慶介は、気持ちだけはまだ若いつもりだが、髪はすっかり白くなり、見た目にはもはや立派な老人だ。四歳年上の妻の悦子が営む小さなロシア料理店が、原宿から高円寺《こうえんじ》に移ってもずっと手伝って来たが、妻も最近は腰を痛めて、毎日は店に立てなくなった。長年の常連客に支えられて細々続けて来た料理店だが、店じまいもそう遠くはないだろう。

故郷の両親はとうになくなり、祖父の代から続いた松尾内科医院は、今では従兄弟《いとこ》が継いでくれている。父の死に目には会えなかったが、母の亡くなるときには、さすがに後ろめたさに駆られて飛んで帰った。博多の実家に到着した時、母はすでに意識もなかったが、息をひきとる直前に、かすかに眼を開けて慶介の顔をじっと見つめた。

だからと言って許されるわけではないだろうが、母の慈愛に満ちた末期のまなざしによって、慶介はどんなに救われただろう。しかも放蕩《ほうとう》息子の慶介に、母はいくばくかの財産を残してくれた。万年貧乏を通してきた慶介にとって、どんなにありがたいか知れなかった。

元々の生業だったライター業はぱっとしないまま、出版不況のあおりを受けて開店休業状態を余儀なくされている。善福寺川で起きた殺人事件に関するノンフィクション四百枚を書き上げたものの、引き取ってくれる出版社は皆無だった。事件から五十年目に当たる今年中に、自費出版をしようと決めている。遺産の一部を使わせてもらうつもりだが、少しでも話題になったなら、母への恩返しにならないだろうか。五十年も前の事件について、関心を持ってくれる人がどれほどいるかわからないし、都合の良い理屈かも知れないが、これも慶介なりの罪滅ぼしのつもりだった。

ロシア料理店を手伝ってくれていた悦子の叔母を、母代わりとも感じて世話してきたが、数年前から認知症がひどくなり、昨年ついに都下にある老人ホームに入所させた。今では妻の悦子と飼い猫のミーシャとの静かな生活を続けている。

明るいのがとりえの妻の悦子も、最近ではすっかり口数も少なくなり、物忘れがひどくなった。店を閉めたならどこか温泉にでも、連れて行ってやりたいものだ。悦子はずっと働き通しで、何のぜいたくもさせてやれなかったのだから。

善福寺川沿い周辺は、五十年前とはすっかり変わり、今やきれいに整備された公園となっている。もうすぐこの辺りに高級マンションが何軒か建つ予定らしい。マンション購入予定者は慶介には手の届かない高額所得者ばかりなのだろうが、どれくらいの人たちがあの未解決事件のことを知っているのだろう。

この事件については様々な謀略説が語られてきた。

そのうちの一つが、ＢＡＡＣはイギリス情報機関の協力会社であり、提携するＣＩＡに密輸工作の便宜を図っていたのではないかという疑惑だった。Ｓ会はＣＩＡと提携していて、布教活動を隠れ蓑にした不正な資金調達を行い、捻出した利益を両者でわけあっていたのではないかと。この説によれば、神父がそのエージェントだったという。荒唐無稽に思える仮説だが、即座に否定し切れない要素がある。

米軍占領期に日本で活動したカトリック教会の一部には、ＧＨＱの参謀二部Ｇ２と連携して、不正な資金調達をしていたグループが実在したと思われるからだ。彼らはＧ２部長ウィロビー、およびにその直属機関キャノン機関と連携して、密輸により資金調達を行っていたという。この秘密工作には、教会に加えてバンク・オブ・アメリカ東京支店と、アメリカの実質支配下にあった台湾の航空会社も加わっていたと噂されている。

たとえば占領終了と同時に、G2と交代で秘密工作を本格化させたCIAが、ウィロビーのやり方を参考にし、別ルートで秘密資金調達工作を始めていたとしたならどうだろう。偽装するためにあえて、イギリスの航空会社を利用しようとした可能性はなかっただろうか。

そんな国際的な謀略の可能性について、慶介も考えたことがある。

戦時中は陸軍中将として暗躍し、戦後はウィロビーと結託して、共産主義者を密告する諜報網を作っていた有村《ありむら》という男が、S会周辺にうろつくブローカーと懇意だったという記事を、週刊誌の片隅に発見したのは何年前のことだっただろう。記事には〝スチュワーデス殺しとS会の闇〟というタイトルが付けられていた。

すぐに出版社に電話をして、記事を執筆していたフリージャーナリストにアポイントを取ることができた。だが約束の場所に彼は現われず、その後なぜか一切連絡が取れなくなった。事件の背後に蠢《うごめ》く存在を感じて、鳥肌が立つ思いだった。

同時に、もし万が一CIAがこの事件に関与していたなら、こんな稚拙《ちせつ》な殺害方法をとるだろうかという疑問を拭い去ることができなかった。S会やBAACが、CIAと何らかの関係を持っていた可能性を、全否定はできない。けれど万万が一、神父がCIAの末端エージェントだったとしても、殺害自体は、痴情のもつれ、あるいは言い争いか何かの末の弾みで、被害者を死に至らしめてしまった可能性の方が、高いのではないだろうか。そんな風に思えてならない。

様々な思いが慶介の胸に去来する。腰をいたわりながらゆっくりとした歩調で、宮下橋と名づけられた橋の上に、慶介はようやくたどり着いた。

五十年前の善福寺川はごみが散乱し、濁って腐敗臭が漂っていたという。今ではそんなことが信じられないほど、川の水は澄み、水鳥の憩いの場所にさえなっている。川沿いには、こぎれいな住宅が整然と並んでいる。

被害者が遺体となって横たわっていたのは、宮下橋の下流百数十メートルほどのところだった。遺体から十五メートルほど上流では、ダークグリーンのコートが発見された。遺体はグリーンのツーピース下に白いシュミーズ、白いブラジャー、白いパンティにコルセットを装着していた。コルセットに付いた靴下吊りのガーターに、ストッキングがきちんと留められていて、着衣に少しの乱れもなかったという。ただしストッキングの足底だけが、無残に擦り切れていたそうだ。

事件当日には、神父の運転する白いルノーの目撃証言もある。

ここから推察できることは何だろう。慶介はもう何十年にもわたって考え続けている。特にこの季節に善福寺川沿いを訪れる度に、思いを巡らしている。

遺体として発見される前の晩に、被害者の苑子は下宿先に戻らず、電話連絡もなかったという。無断外泊をしたことは一度もなかったというから、おそらくどこかに監禁され、電話もかけられない状況だったに違いない。

翌日の早朝、或いはまだ薄暗い夜更けに、苑子は監禁されていた場所から、神父の車に乗って川沿いに連れて来られたはずだ。

神父は軟弱で心の弱い人物だった。教会の会計係をするうちに、闇組織の末端にあたる人物と図らずも接触を持ってしまい、乱脈な女性関係について脅かされていたのではないだろうか。苑子に麻薬の運び屋になることを、神父は車中で今一度哀願したのかもしれない。そして再び断固として拒絶された。

被害者の苑子は、神父をこの上なく愛していた。神父にとってただ一人の特別な女性だという自負があった。だが神父には、他にも親密な女性が何人もいた。苑子はそれをおそらく知っていた。不実な神父を幾度となくなじったことだろう。殺される直前にも、車中で神父の不実を嘆いたのかもしれない。

苑子は神父を愛するだけでなく、深く尊敬していた。神父が悪の道から更生することを願っていたはずだし、神父の幸せを、おそらく最期まで祈っていただろう。

彼女のことを、奔放でふしだらな女性と噂し、眉をひそめる人たちもいる。だが慶介が調べる限り、恋の噂以外は、悪い評判のほとんどない被害者だった。神父を一途に愛し、心から尊敬し、最後まで尽くそうとした純粋な女性だったに違いない。

神父にとって苑子は、もはや疎ましい存在に代わっていた。一度は女性として真剣に愛したけれど、自分を責め立ててばかりで言うことを聞かない苑子は、もはや鬱陶しい存在に変化していたのではないだろうか。あまり考えたくはないが、神父にとっては所詮、〝植民地の女〟に過ぎなかったのかも知れない。

あの日、薄暗く寒風吹きすさぶ中を、苑子は勢いよく、車外に飛び出したのではなかったか。逃げて生き延びることを彼女は最後まで諦めなかった。同時に神父を悪の道から救うことをも願った。

近隣の農家に駆け込み、警察に通報して貰おうと、一縷《いちる》の望みをかけた。道はぬかるみ、何度も足をとられながらも、苑子は薄暗い中をひた走った。

神父は車を停めてあわてて追いかけた。苑子を逃すわけには絶対にいかなかった。通報されたなら、すべては終わりだ。

苑子よりずっと背丈の高い神父は、簡単に追いつく勝算があっただろう。それは赤子の手をひねるよりも簡単だった。

苑子は川へと向かった。浅い川を渡って、反対側の民家に駆け込もうと考えた。川の中でパンプスが脱げるが、構ってはいられなかった。ひたすら逃げ続けた。あっという間に神父は追いつき、苑子のコートに手をかけた。ダークグリーンのコートが脱げて、川に落ちる。苑子はなおも諦めず、逃げようとした。ついに追いついた神父は、被害者の細い首に、太く頑丈な腕を回した。

苑子ははじめのうち抗って、手足をばたつかせた。神父の腕に噛み付こうとして、必死にもがいた。大きな声を上げたところを、神父の厚い掌で口を塞がれた。更に神父が腕に力をこめると、嘘のように、すっと静かになった。

神父は我に返った。ついに殺してしまった。何という大罪を犯してしまったのか。だが罪を悔いるより先に、やらなくてはならないことがいくつもあった。まず目撃者がいないかが気になった。川べりの道に停めた車も、誰かに見られていないか不安に駆られた。

――見ラレテシマッタラ、スベテオシマイダ。暗イウチニ、逃ゲキラナケレバ。

かつて愛した苑子の身体を、汚いどぶ川に浮かせたまま、神父は大またでルノーの車内に戻ってエンジンをかけた。

どす黒く濁った善福寺川に、グリーンのスーツを着たまま浮かんでいる苑子の姿が、慶介の脳裏に甦る。現場をじかに見たわけではないが、何度となく、頭の中で思い描いた発見現場だった。

　夜が明けて、畑に水やりをするために川べりを歩いていた農婦に見つかるまで、苑子の身体はまるでマネキンか何かのように浮かんでいた。遠くから見ると、薄い唇がわずかに開いて微笑んでいるように見えたという。一方の手を額に当てて、もう片方の手を胸においたまま、もの言わぬ姿となって横たわっていた。

　浅い水流は苑子の身体に沿って、迂回するかのようにもつれていたという。カラスがその周りを旋回し、何度も甲高い声でないていた。


　ふいに一羽の水鳥が、慶介の目の前で川に降り立った。身体は褐色で、頭部に黒い線が入っている。黒くて長い嘴《くちばし》の先は黄色い。よく見ると嘴の先に緑色の何かを咥《くわ》えている。夕暮れの淡い光を浴びて、嘴の先の緑が時折きらりと光る。何だろう、あれは……。

　眼をこらして見てみると、丸いボタンのようにも見える。緑色の丸く大きなボタン。慶介は背筋に冷たいものを感じた。

　苑子が当日着ていたのは、ダークグリーンのコートにグリーンのスーツだった。当時、流行していたのは大きなボタンのついたデザインだった。苑子もそのデザインの服を好んで着ていたという。もちろん当時のボタンを、水鳥が咥えているなどということはありえない。けれど単なる偶然と片づけることもできない。遠い昔に葬り去られた被害者から、何かを託されているのではないか、そんな風に思えてならなかった。

苑子がもし生きていたなら、子どもや孫に囲まれ、穏やかな老後を過ごしていたかもしれない。神父とさえ知り合わなかったら、平凡でも幸せな人生を歩んでいけただろうに。

カトリック教会の信者として、事件を知っていたという畠中最高裁長官夫人の百合子が、終《つい》の住処《すみか》として選んだ修道院を、慶介は三度訪ねている。妻の悦子の縁もあり、話を聞けないかと切に願ったのだ。

それは叶うことはなく、百合子もやがて病に倒れ、あっけなく旅立ってしまった。あれだけ栄華を極めた畠中長官だが、今彼の名を知る人はほとんどいない。法律を学ぶ人たちからも、彼の業績はもはやほとんど顧みられないという。畠中長官と百合子の間に生まれたたった一人の息子も、独身のままヨーロッパで客死したと、風の便りで聞いた。歴史の彼方へ疾風のように消え去った、不思議な一家だったように思えてならない。

くだんの神父は、八十代半ばを過ぎて未だ健在らしい。カナダのとある田舎町で、神父として人々から尊敬を集めていると聞く。事件後何十年たってなお、神父を続けているという事実に、慶介は呆然とする。地獄に堕ちるのを恐れるかのように、頑強な肉体を保って、未だ生きながらえているとでもいうのだろうか。

カトリックには聖職者への告白を通して、その罪における神からの赦しと和解を得る「ゆるしの秘跡」と呼ばれる信仰儀礼があるという。神父もこの儀礼を行ったのだろうか。それによって罪を許されたとでもいうのだろうか。

慶介の胸に新たな怒りがふつふつとこみあげてくる。自らの恋心に殉じるように死んでいった苑子が、不憫《ふびん》でならない。彼女の無念を、少しでも晴らすことはできないだろうか。

慶介の思いを知ってか知らずか、水鳥は川面に静かな曲線を描いて静かに遠ざかって行く。嘴に光っていたものは、もはや見えない。慶介の思いが見せた幻だったというのだろうか。

とり残された慶介は、川底に沈んでいく大きなボタンを思い描きながら、宮下橋の上で呆然と立ちすくんでいた。

第十五章　ブルーベルの森

苑子　一九五九年三月

苑子は勢いよくルノーの扉を押し開いた。今まで乗りなれている車だったが、今日は何と扉が重く感じることだろう。隣に座るペータース神父がぎょっとして、コートの上から苑子の腕を強くつかんだが、掌に爪を立てると一瞬ひるんだ。そのすきにペータースの体を強く押し返し、ハンドバッグで眉間を叩き付けた。うっという低いうめき声が聞こえたが、そのまま勢いをつけて扉を体ごと押して、転がるようにして車外に飛び出した。

時刻は午前四時少し前、辺りは真っ暗だ。闇の中で犬の遠吠えだけが響いている。刺すような冷気に思わず身震いして、苑子はコートの衿元を握り締めた。一刻の猶予もない。ペータースは愛車のルノーをそのまま置き去りにはできないはずだ。停める場所を見つけるまで、ほんの数分の間があるだろう。その間に少しでも走って、川沿いの農家に助けを求めなくては。農家に飛び込んで扉を勢いよく叩けば、おそらく誰かは気づいてくれるだろう。農家の主婦なら、そろそろ起きだす人もいるかもしれない。

闇の中をおそるおそる手探りで歩いているうちに、しだいに目が慣れてきた。周りの景色が、ぼんやりと輪郭を持って浮かび上がってくる。

苑子はふだんから視力には自信がある。暗い夜道でもすぐに目が慣れる方だった。それに比して、ペータースは視力がよくないのだ。真っ暗な中を逃げるのなら、もしかすると苑子に勝ち目があるかもしれない。

善福寺川の流れがぼんやりと見えて、川の向こう側には、藁葺き屋根の家が一軒、影絵のように浮かび上がった。あの家に駆け込むのが、今のところ最善の策のように思われる。その為には、まずこの川を渡らねばならない。

善福寺川はふだんからごみや枯れ木の浮かぶ泥だらけの汚い川だ。足をつけるのが憚られるような川だが、そんなことを言ってはいられない。幸いごく浅い川のはずだから、コートをたくしあげたら、服を汚さずに渡れるかもしれない。

しばらく前に降った雨のせいで、川べりの道はひどくぬかるんでいる。走り始めた途端に足をとられ、苑子は何度も転びそうになった。こんなことになるのなら、ハイヒールのパンプスなど履いて来なければ良かった。これではあっという間にペータースに追いつかれてしまう。

バサバサという羽音に驚いて振り返ると、高い木のてっぺんに大きなカラスが停まっている。苑子をあざ笑うかのように見下ろし、カアカアと大きな鳴き声をあげている。

苑子は思い切ってパンプスを脱ぐことにした。パンプスのままで川に近づくことは無理だとわかった。ストッキング越しに触れる地面は、雨のあとでぬかるんでひどく気持ちが悪い。足の裏には小石や小枝が刺さるが、逃げるためにはこの方がずっと好都合だ。

　右手にハンドバックを抱えて左手にパンプスを持って、苑子は低い土手を駆け降りて行く。このまま川を渡ってしまえば、運が良ければ逃げおおせるかもしれない。腐った汚水の臭いが、ふいに鼻腔を刺激する。苑子は一瞬吐き気を覚えた。

「苑子サン、待チナサイ」

　泥川の手前で一瞬躊躇したそのとき、低くくぐもった声が、闇をつんざくように響き渡った。まるで地底から聞こえる悪魔の叫びのようだ。ペータースらしき人影が、土手の上に浮かび上がる。それは魔王を思わせる恐ろしい姿だった。

　ペータースは苑子の師匠であり、愛しい恋人でもある。ずっと彼のことを愛していた。人間としても深く信頼していた。いや、今でも愛している。その彼が、今は悪魔に魂《たましい》を売り渡したようにしか思えない。

　苑子はコートをたくし上げて、つま先立ちで恐る恐る川に足を踏み入れた。できるだけ汚臭を吸い込まないよう、ハンドバッグを口元に当てた。とにかく早く向こう岸まで渡らねばならない。浅い川だと高をくくっていたが、踏み入れてみるとふくらはぎがほとんど隠れるくらいの水深だった。しかも水は氷のように冷たく、すぐに足がかじかんでしまいそうだ。もう一ヵ月もすれば、この辺りにも桜が咲くというのが、信じられないほどの冷たさだった。

＊

山田《やまだ》と名乗る見知らぬ男の家に二日間監禁され、貿易商なる赤毛の怪しい男に脅され、いたぶられそうになり、一度は運び屋になることを承諾した苑子だったが、本気でそれを引き受けるつもりなど毛頭なかった。ペータースを悪の組織から救い出すことこそが、自分の使命だと固く信じた。

密輸に加担するのを前提に、ようやく山田の家を抜け出すことができた。車中で二人きりになると、ペータースは涙を浮かべて今までの顚末を語り、迂闊さを詫び、苑子に謝罪した。

ペータースはS会の会計責任者を引き受けていた。それはS会における出世コースの一つでもあり、神父はその役目を嬉々として引き受けていた。頭の回転が速く、人当たりも良い彼にとって、それは適職のはずだった。しかしその職務を遂行するには、彼はあまりに軽率で優柔不断、思慮も浅かった。

S会は日本に進出して間もないころに、闇の砂糖を転売して、利益を得たことがあったらしい。事件は結局、日本人の一信者とブローカーが仕組んだ不祥事として片づけられた。S会は事件に一切関わりがなかったとされた。そのときに介在した何人かのブローカーが、濡れ手に粟のような儲けを得たという噂を、苑子も以前耳にしたことがあった。ペータースがS会の会計責任者としての任務に就いてから、当時のブローカーだったという男が近づいて来たという。山田と名乗ったその男は、かつて大儲けをさせてもらった恩返しをしたいと語った。一見いかにも裕福そうで、穏やかで温厚な紳士に見えたらしい。

人を疑うことを知らないペータースは、すっかり山田を信じこみ、意気投合した。ごちそうになったり、酒の席に呼ばれたりしたという。苑子の存在についても、ついうっかり喋ってしまった。苑子がＢＡＡＣの試験を受けるということも。

「ほう、神父さんの彼女さんが、ＢＡＡＣのスチュワーデスになられるのですか。それは、それは。良い話をお聞かせ頂いた」

山田は目を爛々《らんらん》と輝かせ、興味津々といった様子で話に耳を傾けていたらしい。

苑子が正式にスチュワーデスとして採用されてから、山田はすぐに、その本性をむき出しにしてきた。

「あなたの愛しい苑子が、東京—香港間のフライトに乗務するようになったなら、麻薬の運び屋をやってもらいたい。いや、やってもらわないと困る。そうでないと、あなたとあなたの組織の秘密を、すべて公にすることだってできるのだから」

山田はそう言ってペータースに迫ったという。

山田を介して紹介された赤毛のカッシーニという男も、表向きはイタリアワインやパスタの輸出の会社を経営する貿易商だったが、実態は麻薬組織の極東支部長だった。山田は欧米を拠点にして暗躍する麻薬組織とも繋がって、利益を得ていたのだ。

車中で二人きりになり、苑子は待ち構えていたようにペータースに改心を迫った。二人で地の果てまで逃げようと迫った。二人でなら、逃げきれると苑子は信じていた。今ならまだやり直せると、一縷《いちる》の望みをかけたのだ。

「今サラナニヲ言ウノデス、ソレデハ私ガ殺サレル。苑子モ私モ、共ニ殺サレマス」

ペータースは青ざめて突然わなわなと身体を震わせ始めた。

「逃ゲ切レルワケハナイ、彼ラハ、ソンナニ甘クハナイ……。二人トモ殺サレマス。オ願イデス、苑子サン、私ヲ助ケルト思ッテ……」

密輸の手伝いをすることを、ペータースは再び何度も懇願しはじめた。

何という情けない姿だろう。こんないくじのない卑怯な男を、今まで自分は信頼し、惚れ込んできたのか。苑子は途方もない自己嫌悪と絶望感に襲われた。

　これ以上、ペータースを説得するのは無理だ。苑子は絶望にうちひしがれながらも、近隣の家に逃げ込む道を選んだ。ペータースを救うために、そして自分自身も救うためには、それしか手段はなかった。

　警察に通報したなら、ペータースは逮捕されるだろうが、少なくとも悪の道からは救われる。教会からは追放され、この世での名誉は損なわれるだろうが、悪の道に染まるよりはずっとましに思えた。服役を終えてから、二人でやり直すことだってできるのだから。

＊

「苑子サン、何処ニ行クツモリデス。待チナサイ」

　背が高く、脚の速いペータースは、さぶさぶと川の水をかきわけ、あっという間に苑子に追いついた。長い腕を伸ばしてコートの袖に手をかけ思い切り引っ張って、苑子を引き寄せようとした。もがいているうちにボタンがはずれ、厚手のコートがはらりと脱げて、川に落ちた。苑子が手に持っていたパンプスもハンドバッグも、川に落ちた。それでも苑子は向こう岸に向かって、つま先立ちでよろよろと歩き続けた。ここで諦めるわけにはいかなかった。

「苑子サン、ワカッタ、ワカリマシタ、私ノ負ケデス。アナタノ、言ウ通リニシマショウ」

振り返ると、神父がひざ下まで水に浸かったまま、悄然と佇んでいる。口元には淋しそうな笑みを浮かべて。まるで母親に叱られた男の子のような様子が、苑子の胸を突く。身体の芯がふいに疼いた。

「私ノ負ケデス、苑子サンニハ勝テマセン、アナタノ言ウ通リニシマショ」

出会った頃の、少年のようにはにかむ姿がそこにあった。だが彼の言うことを、にわかには信じられない。

「神父さま、それは本気なのですか」

「ソウシマショウ、一緒ニ、逃ゲマショ、何処マデモ、逃ゲマショウ」

はじめてペータースと二人きりで話したときのことが脳裏をよぎる。彼はベルギーの貧しい農家の出身だったが、幼い頃、母親に連れられて行った森の景色が忘れられないのだと語った。

その森には春になるとブルーベルという小さな花が一面に咲き、青い絨毯を敷き詰めたような幻想的な景色が広がるという。ブルーベルというのは野生のヒヤシンスで、文字通り小さなベルの形をした青みがかった花だそうだ。ブルーベルの紫とイチリンソウの白で、森の奥に薄靄がかかったように見えるという。

「トテモ、トテモ、美シイ森ナノデス。夢ミタイナ景色デス。苑子サンヲ、アノ森に連レテ行ッテアゲタイ」

ペータースは瞳を輝かせ、たどたどしい日本語で訥々《とつとつ》と語った。その姿に、苑子は強く惹かれたのではなかったか。

「一緒ニ、逃ゲテ、私ノ故郷、ベルギーデ、暮ラシマショ」

冷たい水に浸って、身体は氷の柱になりそうなほど冷たくなっていたが、ペータースの言葉は苑子の冷え切った心を、少しずつ解きほぐしていく。胸にぽっと灯りがともり、再び熱い血潮が甦る。

「神父さま。本気で仰っているのですか。お言葉を信じても良いのですか」

「モチロンデス、何処マデモ、逃ゲマショ。ベルギーで夫婦ニナリマショウ。ダカラ、モウ、私カラ逃ゲナイデ」

苑子はペータースの顔をじっと見た。もう一度だけ、この人を信じてみようか。彼をどうしても嫌いにはなれない。いや、今でも好きでたまらないのだ。

苑子が立ちすくんでいると、ペータースは川の水をかき分けるように苑子に近づき、腕を伸ばし、苑子の髪や頬や唇を愛撫した。

「カワイソウニ。コンナニ、冷タクナッテイル……」

それはいつもと変わらぬ優しい口調だった。

ベルギーにはペータースの母親も健在だという。彼の母親の世話をしながら、ベルギーの片田舎で暮らすのを、苑子はずっと夢見ていた。できるならば彼の子どもを産みたい。ペータースによく似た澄んだ瞳の男の子を連れて、ブルーベルの咲く森に、家族三人でピクニックに行くのだ。苑子の脳裏に、青い絨毯を敷き詰めた深い森の光景が広がる。もうこれ以上は何も望まないと苑子は思った。

「信じていました。きっと分かって下さると」

苑子は充足感で胸がいっぱいになる。ペータースの腕にしっかりと抱き留めてもらいたい。苑子は口づけを待って目を閉じた。

と、その瞬間、ペータースの太い腕は、素早く苑子の華奢な首筋をしっかり捉えた。そして信じられないような強い力で、あっという間に苑子の身体は数センチ持ち上げられ、ペータースのもとに手繰り寄せられた。苑子は思わずロザリオを握りしめたが、鎖が切れて、水底に沈んでいった。

苑子の身体は宙に浮いたまま、声を上げる間もないうちに、更に強い力を込められ、首筋をぐっと締めあげられた。あごの骨のきしむ音がする。息ができない。青白い森がまぶたの奥にはっきりと浮かんで、すぐに跡形もなく消えた。

大きなナラの梢で鳴いていたカラスが、ばさばさと激しい羽音を立てて二人の周りを旋回し、やがて遠くへ飛び去った。

終章　恋の恍惚《こうこつ》　苑子　一九五九年二月

あれは一年前のことだったか、それとももっと前のことだっただろうか。

神父の運転する車に乗って、二人で夜の森を訪れた。せせらぎの音を聞きながら、二人は肩を並べて暗い森を歩いた。森は静まり返り、怖いほどだった。鳥や虫さえ眠っているのか、或いは息を殺して二人を見守っているのか、何の音もしない。

怖がる苑子を勇気づけるためか、神父はイタリアの民謡を歌う。しっとりした低い声は異国情緒たっぷりで、木々も草も鳥さえも、その歌声に耳を傾けているようだった。

歌がやんだかと思うと、神父は突然苑子の華奢な肩を強く引き寄せ、唇を吸う。そのあまりの激しさにうろたえて苑子が小さく声を上げると、神父は身体を離し、苑子の顔をじっと見つめた。

「苑子サン、カワイイ。キレイデス……」

月明かりに照らされた神父の顔は青白く、まるで彫刻のようだった。昼間は空の青を映す瞳が、今は湖のように夜空と星を映して静かに輝いていた。

春の草は伸びたばかりで、夜露はまだ降りてはいない。神父は苑子を草の上に座らせると、自分も長い足を横たえる。そして膝の上に苑子の足を揃えて乗せた。

「私たち、二人きりですわね、神父さま」

苑子が口を開くと神父は苑子の手を強く握って、再び顔を近づけて唇を吸う。唇を吸われながら苑子の頬に冷たいものが伝わった。神父は泣いていた。夜露でもなく霧でもなく、それは神父の流す涙だった。神父の寂しさ、孤独の深さを思えば、気の毒にも思えて、苑子も負けずに強い力で神父の身体を抱きしめた。いつまで続くかと思われた抱擁が終わり、二人は少しだけ身体を離した。

「神父さま」

苑子は尋ねる。

「私を愛してくださいますの？」

神父は身体の奥底からうめくように低い声で囁いた。

「苑子サン、ワタシ、アナタガ好キデス。タイヘンニ、好キニナッテシマイマシタ」

「本当なのね？」

何度でも言って欲しくて苑子はねだるように尋ね続けた。

「ホントデス。ウソノハズハ、アリマセン。神ニチカッテ、言エマス。アナタガダイスキデス」

神父の声は熱を帯び上ずっている。

「私も神父さまが大好き。ずっとずっとそばに居てください」

「モチロン、モチロンデストモ。苑子サン」

二人はまた固く抱きあう。森が白々と明るくなるまで、二人は抱擁を続けた。

それ以来、神父の存在が、苑子にとって世界のすべてになった。苑子を抱きしめるために伸ばす神父の腕が、苑子の地平線となったのだ。

今までにも何人かの人と恋に落ちてきた。けれど彼ほどの知性や温かさを持ち合わせている人はいなかった。その優しさと、神への純真さ、そして自分に注がれる熱を帯びたまなざしが、苑子の胸をときめかせる。

何より彼は美しい。すらりと伸びた肢体、亜麻色の髪、そして青く澄んだ瞳。見つめられるだけで、身体がとろけそうになる。

もちろん苑子とて熱心なカトリックの信者なのだから、聖職者がこのような破戒的な行為をすることの罪を知っている。けれど自分のために厳格な宗律を破る彼に、かえって心惹かれるのも確かだ。密かな罪の匂いが、苑子を陶酔させる。

苑子をかき抱く時の激しさは狂おしいほどで、身体を離したときに浮かべる苦悶の表情も、苑子を更に高揚させた。

神父は孤独なのだ。自分でもどうすることのできない苦しみを抱えている。ならばその苦悩を、少しでも受け止めてさし上げよう。神父を守れるのは自分しかいない。

苑子はそんな風に思うようになった。

本当は彼の妻になって子どもを産みたかった。恋人に対してそんな風に思えたのは初めてだった。彼に似て美しく賢いわが子を、この腕に抱いてみたい。

彼が神父をやめて還俗してくれたなら。カトリック信者の夫婦として、つつましい暮らしができたなら。そんなことを、どれだけ夢見ただろう。けれどそれは叶わぬ夢だった。

神父は貧しい家に生まれながら、聖職者を志した。勤勉と苦労を重ねた末に、修道会の中で尊敬される立場になった。母国にいる両親や兄弟は、彼の活躍を喜び、心から誇りにしているそうだ。家族について語るときの神父は、堂々と胸を張って、いつもよりなおいっそう誇らしげに見える。家族の為にも、聖職者をやめることなど考えられないという。

だから苑子も、そんなことを望んではならないのだ。

結婚が叶わないならば、秘書としてでも、身の回りの世話をする家政婦としてでも、そばに居ることは叶わないだろうか。おそばにいて、彼を見守っていられれば、それで良い。

かねてから憧れていたスチュワーデスの試験に受かったときには、夢のようだったし、友人たちからは羨望のまなざしでみられた。神父も心から喜んでくれた。

だがロンドンでの研修はことさらに厳しく辛い時間だった。語学力の貧しさが情けなく、夜毎《よごと》、自己嫌悪にさいなまれた。神父と会えないのもひどく辛かった。友人たちにもなじめず、ロンドンの街をひとりで歩くことも多かった。異国の道をさまよいながら、神父のことを思い、孤独な旅人の感傷にひたった。

皆が寝静まったあとに、神父あてに手紙を書いてひたすら返事を待った。神父からの返事が、文字通り苑子の、よすがとなった。

――合宿所はロンドンの街中にあります。ロンドンは活気にあふれ美しい街です。古いものと新しいものが混在する興味深い街です。

けれど朝から晩まで外国語ばかりなので、私はついていけません。ほかの友人たちは皆、私よりもずっと語学ができます。私の語学力が拙いのを知って、友人は悪口を言っているようです。叔父がＢＡＡＣ東京支社の部長をしていることが知られてしまって、どうせコネで入ったのだろうと噂されているのです。私を仲間はずれにしようとするふうにも見えます。

異国の宿で毎日暮らす私にとって、それがどれだけ心細いのか、お察し下さい。ただスチュワーデスの講習というのは、病人の介抱や子どもの世話なども入っていて、これがかすかに自信となっているのです。というのも私は看護を学び乳児院で働いていたから、その経験が少しは役に立つのです。

神さまはこんなときにお救いくださっているのでしょう。わたしは毎晩、神さまに祈ります。そして神父さまのことを、片時も忘れずに想っております。わたしたちの将来に、神さまの祝福がありますように。お祈りしながらベッドに入っております。


しばらくして待ちに待った手紙が届いた。苑子は胸を高鳴らせて封をあけた。ひらがなばかりだが、たどたどしい文字には苑子への情熱がこめられているように感じた。

神父は平易な日本語は書けるが、漢字は書けず、熟語などは辞書をひいて調べているはずだった。会計係として多忙な彼が、苑子に手紙を書くために、時間をかけているのがよくわかり、苑子はそれだけで感謝の気持ちでいっぱいになった。

——コトバがわからないあなたは、さぞやごクロウをなさっていることでしょう。テガミをよんでそれがよくわかりました。けれどもチカラをおとしてはいけません。トモダチがなんといおうと、すこしもキにかけてはなりません。

イエスさまがイホウジンたちにどのようにくるしめられ、イシをなげつけられたかは、あなたもよくしっているでしょう。イエスさまのジュナンをおもえば、あなたのクツウはなんでもないでしょう。

マイバン、あなたがカミサマにいのるのはたいへんすばらしいことです。とおいくににひとりでいて、フアンになったときに、なによりのタスケはカミサマです。

あなたはいまクルシミをあじわっています。けれどもクルシミをきらってはなりません。くるしむことによってあなたはセイチョウし、カミサマのイシにそうことになるでしょう。そしてわたしじしんも、あなたがすこしでもはやくクルシミからぬけだすことができるように、とおいところからカミサマにいのっております。

苑子は神父からの手紙を読んで、はらはらと涙を流した。手紙をお守りのように持ち歩き、何度も何度も読み返した。朝食の後に読み、講習の後に読み、寝床に着いてまた手紙を広げた。今まで堪えてきた分だけ、とめどなく涙があふれて、枕を、シーツを、パジャマを濡らした。

何て温かい励ましのお手紙だろう。今までもらった手紙の中でも、もっとも力強い励ましの手紙で、一生の宝物にしたいと思うほどだ。神父からの励ましがあったからこそ、辛い研修をのりきれたと言っても過言ではない。

そして手紙を通して、苑子は神父の偉大さをあらためて感じた。何と気高く、聡明な方なのだろう。彼は尊敬に値する立派な人物だ。苑子は自分の恋心が、間違ってはいないと確信した。


長く辛い研修を終えて、羽田空港のロビーで親族や友人の中に、ひときわ背の高い神父の姿を見つけたときの嬉しさといったら。言葉に尽くせないほどだった。だがその時には、叔父や叔母や友人の目を慮って、目と目で愛を確認しあうことしかできなかった。

数日後に二人きりで会えたときには、胸が高鳴り、このまま心臓が破れてしまうのではないかと思うほどに嬉しかった。天にも昇る心地というのは、こういうことを言うのかも知れない。

原宿のホテルのかび臭い狭い一室に入った途端に、二人は瞬時も惜しむように服を脱いで、ベッドに纏《もつ》れるように、折り重なるように横たわった。

聖職者の彼に抱かれるのは罪深いことだと知っている。けれど彼に激しく体を貫かれる度に、むしろ体が浄化され、清められていくような気がするのは何故だろう。このような立派な方に、女として、人間として愛される自分は、何と幸せな身の上だろう。

友人からの悪口や、自己嫌悪や劣等感は、神父に抱かれた途端に、一瞬にして霧のように消え去った。そして目の前に、澄み切った空が広がっていく。少しずつ天に近づいて行くような、そんな悦びを感じるのだ。

けれど神父は、苑子の身体を離した後に、ほんの少し暗い表情になった。長いまつげが、頬に影を落として見える。頬も以前よりこけたように感じる。S会の会計係としての重要な責務があるせいなのだろうか、だいぶお疲れのようだった。

「神父さま、何かお悩みがあるのではございませんか。お役に立てないかもしれませんが、何でも話して下さい。私でお慰めすることはできませんか」

神父は驚いたように目を見開いて、苑子の髪を優しく撫でた。

「苑子、アリガトウ。アナタハ、ナンテ優シイ人ナノデショウ。タシカニ私ハ今、タイヘンナ岐路ニタタサレテイマス」

「神父さま、いったいどうなさったというのです。私で何かお役には立てないでしょうか」

ロンドンで孤独に苛まれたときに、神父は苑子を助けてくれた。遠くから心の支えになってくれた。神父は苑子の恋人であると同時に、人生の指南役であり、師匠であり、恩人でもあるのだった。今度は苑子が、恩返しをする番のような気がする。

神父は、躊躇《ためら》いがちに、苑子に苦悩を訴えた。

「私ハ今、アル人カラ、トテモムズカシイ要求ヲサレテイマス。今ハマダ、ソノ内容ヲ話セマセンガ、ソノ人ニ貴女トノコトヲ、知ラレテシマイマシタ。彼ハアナタニ、アッテミタイト言ウノデス」

苑子は驚いて、少し考え込んだ。

「まあ、私とのことが知られてしまったのですか。どこかで見られていたのですか」

すると神父は悲しそうな顔をして、口ごもった。

「私がその方とお会いするのですか。どんなことをお話しすればいいのでしょう」

二人の関係が知られてしまって、脅されてでもいるのだろうか。神父に女性スキャンダルが許されるはずはない。ならば苑子は、神父を守るために、身をもって潔白を証明しなければならない。

けれど苑子はいつも楽観的だった。相手が気難しい男だとしても、苑子が証言することによって、少しでも良い方向に進展する可能性だって、あるかもしれない。自分が多くの男性に好感を持たれ、信頼される女であることを知っているし、多少の自信は持っていた。

「分かりました、神父さま。私で良かったらお目にかかりましょう。日時と場所を指定してくだされば、伺います。できる限り、力を尽くしましょう」

苑子はきっぱり断言すると微笑んだ。

「大丈夫です。これ以上、もう気に病まないで。私が必ず、あなたをお助けしてみせます」

これだけお世話になった神父に、少しでも恩返しがしたい気持ちでいっぱいだった。その思いは純粋で、疑いなど微塵もなかった。神父の顔に笑みが戻った。

「苑子、アリガトウ。アナタハヤハリ、私ノ天使デス。スバラシイ恋人デス」

神父は大げさなほどに喜んだ。

彼が喜んでくれることなら、苑子は進んで身を挺《てい》そうと思う。たとえこの身に災いが降りかかろうとも、彼を助けるために、何でもしてさしあげたい。

苑子は半ば陶酔して、気が遠くなるほどの幸福感に満たされた。そして慈愛に満ちたまなざしを神父に向ける。自分が聖母マリアになったかのような、恍惚とした気持ちだった。

神父の身体が再び熱を帯びて苑子の肢体を覆う。さっきよりも更に激しく深く、苑子の身体を貫いた。身体が張り裂けてしまうのではないかと案じるほどに。

けれどたとえ身体が裂けてしまっても一向に構わない。苑子は確かにそう感じた。愛する神父の為ならば、喜んで身を捧げよう。

神父の額には大粒の汗がいくつも浮かんでいる。その汗を、苑子は舌で拭う。塩辛いはずなのに、甘くて良い匂いがする。彼の腕の中で死ねたなら、どんなに幸せだろう。

神父さま、あなたが大好きです。神父さまがいなかったら、私はもう、片時も生きていけない。あなたは、私の世界のすべてなの。ずっと私のそばにいて下さい。おそばにいられるだけで、苑子は、本当に、本当に幸せなのです。

謝辞

原稿を書くにあたって左記の方々に取材をさせて頂き、貴重なアドバイスを頂戴いたしました。五十嵐裕治氏、伊部正之氏、甚野尚志氏、春名幹男氏、浜田慎也氏、福島公夫氏に心より御礼申し上げます。

引用文献・参考文献

松本清張『黒い福音』(新潮文庫)
佐々木嘉信　産経新聞社編『刑事一代　平塚八兵衛の昭和事件史』(新潮文庫)
朝倉喬司『誰が私を殺したの』(恒文社21)
黒井文太郎『謀略の昭和裏面史』(宝島社文庫)
末浪靖司『対米従属の正体』(高文研)
布川玲子・新原昭治『砂川事件と田中最高裁長官』(日本評論社)
三浦春子『女性記者　奔る』(澪標)
大橋義輝『消えた神父を追え!』(共栄書房)
広津和郎　壺井栄　佐多稲子　野中和江他『とりもどした瞳　松川の家族たち』(大同書院出版)
山本祐司『最高裁物語　上』(講談社+α文庫)
沓掛良彦・横山安由美訳『愛の往復書簡　アベラールとエロイーズ』(岩波文庫)
『法曹』あの人この人訪問記　第七十七号　昭和四十一年一月号
『週刊昭和』34年　35年　40年　45年　53年(朝日新聞出版)
そのほか週刊新潮、サンデー毎日など、多数。

一〇〇字書評

扼殺

切り取り線

購買動機（新聞、雑誌名を記入するか、あるいは○をつけてください）	
□（　　　　）の広告を見て	
□（　　　　）の書評を見て	
□ 知人のすすめで	□ タイトルに惹かれて
□ カバーが良かったから	□ 内容が面白そうだから
□ 好きな作家だから	□ 好きな分野の本だから

・最近、最も感銘を受けた作品名をお書き下さい

・あなたのお好きな作家名をお書き下さい

・その他、ご要望がありましたらお書き下さい

住所	〒				
氏名		職業		年齢	
Eメール	※携帯には配信できません		新刊情報等のメール配信を 希望する・しない		

この本の感想を、編集部までお寄せいただけたらありがたく存じます。今後の企画の参考にさせていただきます。Eメールでも結構です。

いただいた「一〇〇字書評」は、新聞・雑誌等に紹介させていただくことがあります。その場合はお礼として特製図書カードを差し上げます。

前ページの原稿用紙に書評をお書きの上、切り取り、左記までお送り下さい。宛先の住所は不要です。

なお、ご記入いただいたお名前、ご住所等は、書評紹介の事前了解、謝礼のお届けのためだけに利用し、そのほかの目的のために利用することはありません。

〒一〇一-八七〇一
祥伝社文庫編集長　坂口芳和
電話　〇三（三二六五）二〇八〇

祥伝社ホームページの「ブックレビュー」からも、書き込めます。

http://www.shodensha.co.jp/bookreview/

祥伝社文庫

扼殺《やくさつ》　善福寺川《ぜんぷくじがわ》スチュワーデス殺人事件《さつじんじけん》の闇《やみ》

平成30年1月20日　初版第1刷発行

著　者　橘《たちばな》かがり
発行者　辻　浩明
発行所　祥伝社《しょうでんしゃ》
東京都千代田区神田神保町3-3
〒101-8701
電話　03（3265）2081（販売部）
電話　03（3265）2080（編集部）
電話　03（3265）3622（業務部）
http://www.shodensha.co.jp/

印刷所　堀内印刷
製本所　ナショナル製本
カバーフォーマットデザイン　芥　陽子

Printed in Japan ©2018, Kagari Tachibana ISBN978-4-396-34386-6 C0193